데스마치에서 시작되는
이세계 광상곡 **29**

루루
쿠보크 왕국 출신.
아리사의 언니.

아리사
쿠보크 왕국의 옛 왕녀.
전생은 일본인.
금색 가발로 변장 중.

용사의 성지
사가 제국 구도에서 관광!

세이기

● **정의심안**　*진실은 언제나 하나*
악의 있는 거짓말을 꿰뚫어볼 수 있다.
또한, 그 자가 악인지 아닌지도
판별할 수 있다고 한다.

● **사악탐색**　*악당은 어디냐*
대단히 넓은 범위에서 악인을 발견할
수 있다. 마왕 같은 커다란 악일수록,
멀리서도 탐지할 수 있는 모양.

● **단죄의 검**　*정의는 이긴다*
죄가 깊은 자에 대한 공격을
증폭시키는 힘. 대상이 한정적인
만큼, 강력한 위력을 자랑한다.

▽ **신전의 보고**

파격적인 탐지 능력을 가져, 마왕 탐색에 커다
랗게 공헌할 수 있을 것으로 보인다. 전투 능력
은 다른 용사와 비교해 다소 떨어지지만, 종자
와 연계하여 보충할 수 있을 것. 머리 회전도
빠르고 참모의 재능이 있지만, 용사 유우키와
행동하면 우쭐해지기 쉬운 점에도 주의가 필요.

▽ **종자 와트소의 보고**

사물을 잘 생각하는 점은 멋지다. 그러나, 아직
시야가 좁다. 이것은 제가 종자로서 지탱해야
할 부분입니다.

유우키

● **낭만폭렬**　*영광은 나와 함께*
마법의 위력을 향상시키는 능력.
현재의 마법 체계에서 이것을
넘어서는 것은 발견되지 않았다.

● **무한 사거리**　*어디까지나 멀리*
사용 마력을 늘려서, 공격의
사정거리를 늘린다.
상한선은 없는 것으로 보인다.

● **권속동조**　*모두의 힘을 나에게*
종자가 가진 마력을 쓸 수 있다.

▽ **신전의 보고**

국지 전투와 광역 섬멸 모두 적합한 능력을 가진 마
법검사. 화력, 사정거리가 모두 부족함이 없으며
능력을 모두 구사하면 일국의 군대에 필적한다.
다소 단순한 구석이 있지만, 긍정적인 정신성은 용
사로서 적성도 있으며 제어가 쉽다.

▽ **종자 미에카의 보고**

한마디로 말하면 어린애입니다. 그러나, 그 올곧음에
걸맞은 총명함을 익히게 되면 용사의 이름에 부끄러움
없는 걸물이 될 것입니다.

메이코

● **최강의 칼**　*베지 못할 것 없으리*
온갖 것을 베는 검격을 쓸 수 있다.
베지 못하는 것이 있는지는 불명.

● **무적의 기동**　*맞는 일 없으리*
온갖 공격을 회피할 수 있다.
마치 환상이나 마법이 피해가는
것 같다.

● **무한 무기고**　*끝없는 검*
자신이 바라는 무기를 만들어낼 수
있다. 놀랍게도 모두 성검에 필적한다.

● **선견지명**　*긴박하기*
상대의 미래위치가 보인다. 한정적인
미래예지로 추정된다.

▽ **신전의 보고**

접근전에 특화된 능력을 가졌으며, 모든 것이 맞물려
있어 대단히 강력한 검사라고 할 수 있다. 능력만 말
하자면, 선대 용사인 하야토 마사키에 필적하는 인
재. 다만, 정신면에서 옛된 면이 보이기 때문에, 제국
의 검으로 삼으려면 종자의 제어가 필수일 것입니다.

▽ **종자 로렌스의 보고**

옛된 면이라기보다, 불안의 발로가 아닐까요? 낯선
땅에서, 강대한 힘과 사명을 지게 됐으니까요. 낯선
무리도 아닌 일입니다……

후우

● **미정**　*에도 없다*
자신에 대한 공격을 무효화하는
……지만, 타인에게 간섭하는 할 수
……된다. 이동에도 쓸 수
있는……

● **미정**
……약한 마물을 약체화
……정도의 능력. 폭동 진
……용할지도 모른다.

▽ **종자 고우칸의 보고**

어째서 이러한 「사이비 용사」의 종자 노릇을 해야
하는가? 나라면 다른 용사 옆에서 더욱 많은
공적을 올릴 수 있는데……

데스마치에서 시작되는 이세계 광상곡

29

★ ★ ★

아이나나 히로

Death Marching to the
Parallel World Rhapsody
Presented by Hiro Ainana

CONTENTS

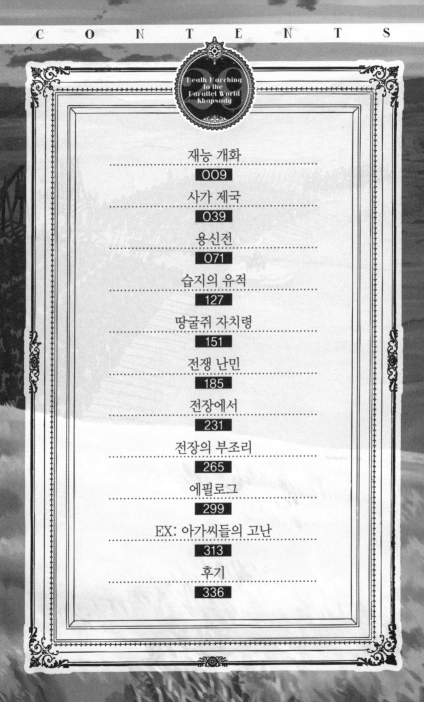

Death Marching
to the
Parallel World
Rhapsody

재능 개화

　"사토입니다. 취향과 수요와 적성이 겹쳤을 때, 사람은 크게 성장하는 것 같습니다. 취미의 세계에서 급격하게 성장하는 건 그럴 때라고 생각합니다."

　"──눈부셔."

　지하에 오래 있었던 탓인지, 남국의 햇살에 눈이 아프다.

　곧바로 광량 조정 스킬이 발동되어, 눈에 적당한 수준으로 보정되었다.

　"사토 씨!"

　"마스터 사토, 이쪽이야!"

　해안으로 가자, 수영복 차림의 레이─ 라라키에 최후의 여왕 레이아네와 레이의 의붓여동생인 호문클루스 유네이아 두 명이 맞이해 주었다.

　오늘의 레이는 평소 같은 어린 소녀 스타일이나 폭유 미녀 모드가 아니라, 고교생 정도의 적당한 중간 모드다.

　그녀들이 있는 걸로 알 수 있는데, 여기는 남쪽 바다에 떠오른 낙원섬─ 「신의 부유섬」 라라키에의 일부가 바다 위에 나와있는 산의 일부다.

9

이 섬에는 라라키에의 자료를 조사하러 왔다.

"용건은 끝났어요?"

"응. 레이가 중앙 제어핵^{센트럴 코어}에게 말해줘서 효율적으로 조사할 수 있었어."

여기에는 대신(對神) 마법의 힌트와 신석을 찾으러 왔다.

전자는 못 찾았지만, 후자는 「신의 부유섬」 라라키에의 심장부에 끼워져 있다는 걸 알아냈다. 그래도 그걸 빼앗을 수는 없지.

"이제 가는 건가요?"

"또 놀러올게."

쓸쓸해 보이는 레이에게 약속했다.

다음에 올 때는 나 혼자가 아니라, 다른 애들도 데리고 오자.

나는 레이와 유네이아에게 작별을 고하고 「귀환전이」로 시가 왕국의 왕도에 갔다.

◆

왕도 저택에 귀환하자마자 방의 문이 열렸다.

"어서 오세~."

"사토, 어서 와."

들어온 것은 하얀 단발과 고양이 귀 고양이 꼬리의 어린 소녀 타마와 옅은 청록색 머리카락을 트윈테일로 묶은 엘프 미아였다.

달려와 안기는 두 사람을 받아주고, 안아 들어 거실로 갔다.

"포치는 한 발 늦어버린 거예요."

얼굴에 「쿠~웅」이라고 써있을 법한 표정을 지은 아이는, 다갈색 머리카락을 보브컷으로 정돈한 강아지 귀 강아지 꼬리의 어린 소녀 포치다.

—LYURYU.

그 어깨에 앉아있는 하얀 어린 용 류류가 포치의 머리를 쓰다듬었다.

"한 발 늦은 거 아니야. 다녀왔다, 포치."

"어서 오십세요, 인 거예요!"

셋을 데리고 거실로 돌아갔다.

"어서 와, 주인님."

편히 쉬는 모습으로 마법서를 읽고 있는 것은, 시가 왕국에서 불길하다고 기피되는 옅은 보라색의 머리카락을 가진 어린 소녀 아리사였다.

"마스터의 귀환을 환영한다고 고합니다."

"주인님, 어서 오십시오."

뜰과 맞닿은 유리문을 열고, 대련을 하고 있던 나나와 리자 둘이 들어왔다.

오늘 리자는 얇은 옷을 입어서, 주황 비늘 종족의 특징인 주황색 비늘이 목덜미나 손목에서 햇살을 받아 반짝반짝 빛나고 있다. 거유 미녀 나나가 얇은 옷이면 눈길을 주기가 좀 그렇다. 나나는 겉보기에 고교생 정도 같지만, 실제 연령은 1세인 호문클루스라서 행동이 너무 무방비하다.

"레이랑 유네이아는 잘 지내?"

"응. 다음에 다 같이 놀러 가자."

아리사한테 대답하면서 소파에 타마와 미아를 내려줬다.

"그래서, 라라키에에서 뭔가 수확은 있었어?"

"대신 마법의 힌트 정도?"

"그렇구나~, 에피도 대책은 다른 곳에서 찾아야겠네."

아리사가 말하고 어려운 표정을 지었다.

신탁을 받아 방문한 「설국」 키워크 왕국에서, 우리는 에피도로메아스—**「따르지 않는 것」**과 사투를 펼쳤다.

성검이나 용창이나 마법으로는 얕은 상처 정도의 효과밖에 없고, 신검이나 사도가 가진 신기 정도가 아니면 큰 대미지를 줄 수 없을 정도의 강적이었다.

다행히 사전에 준비했던 대신 마법의 시험작과 동료들의 협력으로 에피도로메아스를 제거할 수 있었지만, 그런 아슬아슬한 싸움을 하다 보면 언젠가 누군가가 희생될 것이다.

그런 일을 피하기 위해서도, 대신 병기의 개발에 필요한 신석과 대신 마법의 개발에 필요한 지식을 얻고자 행동을 시작했다.

"다들, 간식이야— 어서 오세요, 주인님."

유리 용기가 올라간 웨건을 밀면서 들어온 것은, 검은 롱헤어의 일본풍 초절미소녀 루루다.

경성이란 표현마저 얌전한 그녀가 미인이 아닌 이 세계의 인간족은 보는 눈이 없다.

"간식~."

"오늘 간식은 뭐인 거예요?"

"오늘은 미아의 요청으로 『토코로텐』이야."

"나는 조청! 주인님은 어느 쪽으로 할래?"

"나는 초간장이면 돼."

달콤한 토코로텐도 좋아하지만, 오늘은 상큼한 초간장을 골랐다.

"조청."

"포치는 조청인 거예요."

"타마도 단 거~."

연소자 팀은 조청을 골랐다.

"벌꿀이 맞지 않을까 제안합니다."

"바비큐 소스도 맞을지 모릅니다."

나나와 리자는 「토코로텐」의 마개조를 제안했다.

"이 다음은 임금님이랑 알현이었지?"

"맞아. 알현은 다 같이 가지만, 나는 그 후에 재상 각하랑 할 얘기가 있으니까 다들 먼저 저택으로 돌아와도 돼."

이 알현이 있어서, 낙원섬을 얼른 떠나왔단 말이지.

◆

"마왕주에 관해서 제가 아는 것은 보고서에 적은 것이 전부입니다."

국왕 알현을 무난하게 마치고, 나는 국왕의 집무실에서 세류시의 문전 여관에서 우연히 발견한 「마왕주」에 대해 말했다.

참고로 알현에서는 지난번 「마왕 살해」 때랑 같은 훈장이 나랑 동료들에게 또 하나씩 수여되고, 그 다음에 사가 제국에서 보낸 초대장과 감사장을 받은 느낌이다.

"인간을 마왕으로 바꾸는 주구인가……."

"마왕 신봉자 놈들은 참으로 몹쓸 것을 만들어내는군."

동석한 오유고크 공작과 비스탈 공작이 씁쓸한 표정을 지었다.

"그 주구가 시가 왕국에서 사용되지 않은 행운을 신께 감사해야겠습니다."

세류 백작의 대리 베르톤 자작이 경건한 신도의 표정으로 파리온 신의 성인을 손가락으로 그렸다.

여기 있는 건 나라의 중진과 당사자 다섯 명 말고는 호위로서 시가 8검인 쥬레바그 경뿐이었다. 메이드나 시종마저도 실외로 내보냈다.

"그 마왕주란 것을 보낸 현자의 제자의 목적은 알 수 없는 상태인가?"

"네. 유감스럽게도."

국왕의 질문에 답했다.

현자의 제자 파사 이스코가 석화하여 사망했던 것, 그가 동방소국에 파견한 손제자가 사도에게 다해 소금상이 된 것을 말했다.

그 제자의 행방을 좇아 방문한 「쓰레기통 도시」 요루스카에서 신의 퀘스트를 받았지만, 그건 시가 왕국에는 상관없는 이야기라서 생략했다.

"뭔가 숨기고 있는 것은 아닌가?"

수상쩍다는 목소리로 말한 것은 비스탈 공작이다.

"아뇨. 감추는 것은 없습니다만?"

적어도 마왕주 관련으로 알고 있는 건 대강 다 말했을 거야.

"그만두게, 비스탈 공작. 펜드래건 경이 그런 일을 할 의미가 없지 않은가?"

"알 수 없는 일이지. 더욱 무훈을 쌓기 위해 마왕주를 숨기고 있을지도 모를 일이야."

오유고크 공작이 중재해줬지만, 비스탈 공작이 나에 대한 의심을 고집했다.

"저에게 더 이상의 무훈은 필요 없습니다만⋯⋯."

"그런가? 왕조님 같은 영웅이 되어, 시가 왕국을 수중에 넣으려는 것은 아닌가?"

"비스탈 공작! 왕조님의 이름을 경솔하게 쓰는 일은―."

"―불렀어?"

문이 열리고, 히카루가 들어왔다.

"왕―미츠쿠니 여공작 각하."

"히카루라고 해도 돼."

히카루가 다른 멤버에게 안 보이도록, 몰래 나한테 윙크했다.

아무래도, 들어올 타이밍을 재고 있었나 보군.

"늦어서 미안해. 뭔가 새로운 이야기 있었어?"

"아뇨. 요전에 전달한 세류 백작의 보고서 이상의 정보는 없습니다."

히카루의 질문에 재상이 답했다.

베르톤 자작은 히카루가 왕조 야마토라는 걸 모르는 건지, 재상의 정중한 어조에 놀라고 있었다.

"그렇구나. 그러면 이후 방침은?"

"각 영주 및 무역항을 가진 땅의 태수에게는 마왕주의 자세한 정보는 알리지 않고, 『축복의 보주와 닮은 사교도의 주구』가 밀수되고 있다고 전달해 단속을 강화하겠습니다."

아무래도, 마왕주에 대해 퍼뜨리는 건 위험하다고 판단한 모양이다.

"현자의 제자 놈들도 포박하는 편이 좋지 않겠나?"

"비스탈 각하. 마왕주에 첨부된 편지를 보니, 모든 현자의 제자가 협력하고 있다고 생각하긴 어렵습니다."

그 편지에는 성가신 걸 떠넘기는 뉘앙스가 있었다.

"나도 이치— 펜드래건 경의 말에 찬성이야."

히카루가 나를 평소처럼 「이치로 오빠」라고 부르려다가, 곧장 정정했다.

"미츠쿠니 여공작 각하께서 그리 말씀하신다면."

비스탈 공작이 금방 의견을 취하했다.

"그렇지만, 청취 조사는 해야 할 것입니다. 각지의 첩보원에게 현자의 제자나 손제자를 조사하도록 하지요."

재상이 마무리를 지어서, 대략적인 방침이 정해졌다.

"펜드래건 경, 잠깐 괜찮겠나?"

국왕의 집무실에서 해방된 타이밍에, 오유고크 공작이 말을 걸었다.

"관광성 대신으로서, 재상 각하에게 보고를 해야 합니다만……."

"허면, 그것이 끝나면 내 집무실로 와주게."

"알겠습니다."

무슨 용건인지는 모르지만, 오유고크 공작이니 이상한 얘기는 아니겠지.

나는 오유고크 공작과 헤어져, 재상의 집무실로 갔다.

"—이것이 동방소국군의 미식 레시피와 시식품입니다."

재상의 집무실에서 마왕 토벌 참가에 대한 잔소리를 들은 다음, 동방소국군의 미식을 보고했다.

"흠. 이 갈레트는 맛이 좋군. 키워크 왕국에 이러한 미식이 있을 줄은 몰랐다네. 이 요구르트 요리도 맛있어."

요구르트 요리는 눈사태 마을 쿠피네의 어머니한테 레시피를 배웠다.

레시피의 대가로 마물의 영역에 있던 야생의 야크 무리를 건넸으니, 앞으로도 요구르트 요리의 전통이 끊어지는 일은 없겠지.

"르모크 왕국의 미식은 토란 파이인가? 솔직히 다소 식상하네만…… 맛있군. 과연 『기적의 요리사』라 해야 하는가?"

재상이 그리운 별칭으로 나를 불렀다.

"그 요리는, 재상 각하께서 가르쳐주신 레스토랑에서 먹은 요리를 제 동료가 개량한 것입니다."

루루의 요리 실력과 창의성은 나 이상이니까.

"이른바, 동방소국군 유람의 성과입니다."

"그렇군. 각국의 요리를 조금씩 응용한 것인가?"

나는 루루를 자랑하고 싶었는데, 재상은 뭔가를 괜히 깊이 읽어냈다.

요리의 시식을 마친 재상이 만족스런 한숨을 흘렸다.

"흠. 모두 참으로 맛이 좋았어. 보고서는 다음에 읽도록 하지."

보고서에는 관광지의 정보가 메인이지만, 가도의 안전성이나 숙박 가능한 장소의 정보 같은 것도 기록했다. 후자는 맵 검색과 「멀리 보기」 마법으로 얻은 정보다.

"펜드래건 경, 강제는 안 하겠지만 사가 제국에는 얼른 가게. 귀공이 가고 싶어지도록, 사가 제국 제도와 구도(舊都)의 관광명소와 미식 리스트를 서류로 정리해뒀지."

재상의 비서관이 나한테 종이다발을 건네주었다.

—크으, 과연 재상이야.

내가 사가 제국에 가고 싶어지는 포인트를 정확하게 찌른다.

되도록 빨리 간다고 재상에게 약속하고, 집무실을 떠났다.

이어서 방문한 오유고크 공작의 집무실에서—.

"린이 무모한 짓을 해서 미안하군. 이건 사과와 조력에 대한 감사의 마음이야."

공작의 시종이 접시에 올라간 서한을 건넸다.

아무래도, 무노 백작령에 여러 가지로 지원을 해준다는 거군.

"경은 자신에 대한 보수를 받질 않으니까."

공작이 그렇게 말했지만, 목록 마지막에 공작 가문이 보유한 마법서나 문외불출의 두루마리가 2개 정도 실려 있었다.

놀랍게도, 하나는 기피되는 정신 마법의 두루마리였다.

「평정 공간^{컴 필드}」이라는 평화로운 용도의 마법이니까, 양도해도 문제 없다고 판단한 거겠지.

두번째는 「종자 초강화^{파워 어시스트}」라는 **상급** 술리 마법의 두루마리다. 이건 히카루가 쓰는 「초인 강화^{히어로 플레이}」의 하위호환 강화 마법이군.

"경만 괜찮다면, 요워크 왕국에서 린이 어땠는지 말해줄 수 있겠나?"

"제 이야기라도 괜찮다면—."

나를 공도로 납치한 뒤 요워크 왕국에서 헤어질 때까지 린그란데 양에 대해 이야기했다.

"린은 상당히 경에게 마음을 열고 있는 모양이군."

"그럴까요?"

그래봐야, 나이차가 있는 남동생 정도의 취급이라고 생각하는데.

"연상이라도 좋다면 린을 아내로 받겠는가?"

"죄송합니다만, 저는 린그란데 님의 상대가 되지 못합니다."

"역시, 일곱 살이나 연상의 여자는 무리인가……?"

"아뇨, 저는 연상에 기피감은 없습니다."

누가 뭐래도, 사랑스런 아제 씨는 인간의 역사랑 비슷할 정도로 오래 살았으니까.

"흠. 그러면 린 같은 말괄량이는 취향이 아니라는 것인가—?"

섬세한 화제니까, 오유고크 공작의 발언은 건드리지 않고 넘어갔다.

"그러면, 세라는 어떻지? 차기 성녀라고도 하지만, 상대가 『마

19

왕 살해자』인 펜드래건이라면 테니온 신전도 불평은 안 할 거야.”

세라에게는 호의를 가지고 있지만, 그건 연애감정이 아니다.

—음?

오유고크 공작의 눈매가 살짝 느슨해졌다.

“그만 놀리시죠.”

_{포커페이스}
무표정 스킬 선생님의 철벽 방어를 돌파하고 내 심정을 논파하다니. 과연 거대 영지를 발전시켜온 인물이야.

“미안하군. 그러나 놀리는 것이 아니야. 세라는 경을 좋게 생각하고 있는 것 같더군. 그럴 마음이 들면 언제든지 말을 걸어주게나.”

얼마나 진심인지 알 수 없는 오유고크 공작과의 대화는 그쯤에서 끝내고, 긁어 부스럼이 되지 않도록 재빨리 왕성에서 철수했다.

◆

“““쿠로 님! 어서 오십시오!”””

쿠로의 모습으로 왕도의 에치고야 상회에 가자, 평소처럼 지배인과 비서인 티파리자를 비롯한 간부 아가씨들이 맞이해 주었다.

“보고를 듣지—.”

“지난번에 보고한 대형 비공정의 의장은 순조롭습니다. 왕립 조선소에서 네 척째의 대형 비공정 건조가 예정보다 빨리 끝날 것 같다는 보고가 있었습니다.”

왕립 조선소에서 건조한 세 척째와 네 척째의 의장을 에치고야 상회가 한다고 했었지.

키워크 왕국의 격투 전에 들은 이야기라서, 미묘하게 잊을뻔했다. 그 이야기를 들었을 때, 비밀리에 건조를 시작한 대형비공정은 보르에난 씨족의 엘프에게 도움을 받아 건조해서 거의 완성됐다. 주요 기관이나 선체가 처음부터 있었으니까 가능한 기간이었지.

"펜드래건 자작에게 받은 투자 자금에 대해서입니다만, 액수가 너무 큰 탓에 외양선의 새로운 건조 자금으로 돌렸습니다."

지배인의 보고에 이어 티파리자에게도 보고를 받았다.

그런데, 그렇게 거액이었나?

일단 펜과 창 용 상회나 펜에 감긴 용 상회에서 받은 배당금과 사토로서 벌어들인 돈 정도일 텐데?

"교역에는 쓰지 않나?"

"네. 파리온 신국의 항로에서도 설탕 항로에서도 수요가 끊이지 않으니까 예상 수익도 투자액의 회수에 걱정이 없는 액수를 기대할 수 있습니다."

더 이상 벌어도 어쩔 수 없는데, 벌어들인 만큼 또 투자를 하면 되나?

본래의 목적이었던 실업자 대책이나 빈곤층 대책은 순조로우니까 괜한 말은 하지 말자.

간부 아가씨들도 제각각 보고를 하고, 공장장인 폴리나에게도 현장 이야기를 들었다.

"─피핀 말인가요?"

"지금 어디에 있지?"

"사가 제국입니다. 『흡혈 미궁』에서 일을 마치면, 구도와 제도를 돌아본다고 했습니다."

　"그렇군."

　전직 괴도이며 현재는 에치고야 상회의 첩보원인 피핀은 「현자의 제자」인 부적 주술사 세레나와 함께 다른 「현자의 제자」들의 발자취를 추적하는 임무를 맡겼다.

　"뭔가 용건이 있으신가요?"

　"피핀이 만났다는 『현자의 제자』 파사 이스코에 대해 이야기를 들어보고 싶었을 뿐이다."

　파사 이스코 본인은 석화해서 사망했지만, 직접 만난 적이 있는 피핀이나 세레나의 이야기를 들으면 뭔가 알아낼 수 있을지도 모른다고 생각했지.

　뭐, 나도 사가 제국에 갈 예정이니 그쪽에 가까워지면 이야기를 들어봐야지.

　매장에도 얼굴을 비추고, 몇 갠가의 공장과 조선소를 시찰한 다음에 에치고야 상회의 연구소로 갔다.

　"쿠로 님! 좋은 타이밍에 오셨어요!"

　연구소에 가자, 묘하게 하이텐션인 아오이 소년이 날아왔다.

　아오이 소년은 르모크 왕국에서 소환된 일본인이다. 연구소에서는 박사들의 파이프 역할과 전체의 매니지먼트를 해내면서, 문제아인 박사들의 스톱퍼 역할도 하고 있다.

　"뭔가 발명을 했나?"

아오이 소년은 일본의 편리한 가전제품을 마법 도구로 재현하는 것을 라이프워크로 삼고 있으니, 이번에도 뭔가 재미있는 걸 만들었다고 생각한다.

스마트폰은 무리라도, 전자계산기 같은 거라도 만들었나?

"네! 만든 건 제가 아니지만, 보면 분명 놀라실 겁니다!"

아오이 소년이 이런 식으로 말하다니 희한하군.

"박사님들! 쿠로 님이 타이밍 좋게 와주셨으니, 그 실험을 합니다!"

실내 실험장으로 안내를 받았다.

실내 실험장을 더욱이 천막으로 구분 짓고 있다.

"꽤나, 엄중하군?"

"네. 다른 상회는 물론이고, 다른 나라의 간첩도 경계해야 하거든요."

거창하다고 말을 하려다가, 잘 생각해보니 회전광 쟈하드 박사가 개량한 2중반전식 공력기관도 시가 왕국의 군사기밀이라 해도 좋을 물건이었다.

"자, 이쪽입니다."

천막을 지나, 실험장에 들어갔다.

신칸센의 선두 차량을 가로세로 절반 정도로 축소한 것 같은 크기의 기체가 있었다. 기체는 시험작인지, 마법장치나 배관이 다 드러나 있었다.

박사들이 그런 기체를 둘러싸고 작업을 하고 있다.

박사들 가운데 백의를 입은 시스티나 왕녀의 모습이 있었다.

연구가 막혔을 때 기분전환을 하러 온다고 했었는데, 어느샌가 완전히 녹아들었군.

　"시스티나 왕녀, 내 주군이 지난번 자료에 대해 깊이 감사를 했다. 왕녀의 협력에 감사한다."

　"언제나 오연한 쿠로 공이 그렇게 감사하시니, 어쩐지 이상한 기분이랍니다."

　"흠. 오연한가?"

　"네."

　시스티나 왕녀가 후후후 웃었다.

　"몸 상태에 문제는 없나요?"

　아오이 소년이 우주복 같은 것을 입은 남성과 말하고 있었다.

　이 기체는 파일럿이 타는 모양이다.

　"네. 좋습니다."

　"지금이라면 그만둘 수 있는데요?"

　"쿠로 님 앞에서 꼴사나운 모습은 못 보이죠."

　파일럿이 진지한 표정으로 나를 보길래 고개를 끄덕여줬다.

　잘은 모르겠지만, 파일럿이 경례를 하고 기체에 올라탔다.

　"준비 완료됐습니다! 여러분, 빨간 원 안쪽에서 나와주세요."

　아오이 소년의 호령으로 실험이 시작됐다.

　"제1시퀀스! 중력제어 개시!"

　기체에 접속된 마력 기관에서 막대한 마력이 흘러 들어가, 기체가 둥실 떠올랐다.

　"어둠 광석을 이용한 중력제어 기관인가?"

내가 에치고야 상회 경유로 옥션에 출품한 비천홍검하고는 다른 원리다.

"그렇소이다. 전하께서 정보제공을 해주신 금서의—."

"쿠로 공한테는 말해도 괜찮답니다."

박사가 중간에 「아차」하는 표정을 지었지만, 시스티나 왕녀가 생긋 웃으며 「이걸로 쿠로 공도 공범이군요」라고 했다.

그런 식으로 못을 박지 않아도, 에치고야 상회의 오너니까 최종적인 책임은 내가 질 테니 걱정할 것 없다.

"어둠 광석 기관이 안정되고 있어요."

"그런 것 같군."

방금 전까지 미묘하게 흔들리던 기체가 공중에서 정지했다.

"진짜는 여기서부터랍니다. 눈을 떼지 말아주세요."

시스티나 왕녀가 씨익 입가를 올렸다.

그러고 보니, 처음에 아오이 소년이 「제1시퀀스」라고 했었지.

"이제 곧, 제2시퀀스로 이행합니다! 각 반, 상황을 보고!"

아오이 소년의 지시를 받은 박사들이, 자신의 담당 기기 상태를 확인하고 「문제 없음」이라고 대답했다.

"쿠로 님, 기체를 주목해 주세요!"

붕붕 손을 휘두르는 아오이 소년에게, 한 손을 들어 알았다고 전달했다.

"그러면 제2시퀀스! 엄빌리컬 케이블 절단!"

외부 동력로와 기체를 연결하던 케이블이 절단된다.

"기체 안정을 확인! 『차원잠행』 시작!"

—**차원잠행**, 이라고?

마력이 발하는 빨간 빛과 어둠색의 안개가 기체를 감싼다.

기체의 아래쪽 면이 물처럼 물결치고, 짙은 회색의 입자를 뿌리면서 기체가 차원의 틈으로 잠행한다.

30초 정도 걸려서 기체 전체가 차원의 틈으로 가라앉고, 1분 정도 시간이 지나니 다시 이쪽 세계로 귀환했다.

"이런! 과부하다!"

기체가 덜컥거리며 흔들리고, 어둠 광석 기관이 폭발음을 내며 파열했다.

—위험해.

나는 언제나 발동하고 있는 마술적인 염동력인 「이력의 손」을 뻗어 낙하하지 않도록 기체를 지탱해 천천히 지면에 내렸다.

"파일럿을 구출해라!"

"소화반, 주저할 것 없이 소화제를 뿌려!"

"자, 잠깐, 기다려, 아오이! 딱히 그렇게까지 안 해도…."

"안전제일입니다! 손상 부분의 확인은 부서져도 할 수 있어요."

기체에서 파일럿이 구출되고, 소화제를 뿌려 새하얗게 된 기체를 보았다.

"칫, 인체실험의 노예 같은 건 소모품이니까 나중에 해. 얼른 안 하면 내 예술적인 마법회로가 망가지잖아."

기분 상한 표정을 한 처음 보는 여성 연구원이 흘려 들을 수 없는 말을 내뱉었다.

파일럿 옆에, 그의 신분이 「노예」라고 AR표시가 떴다.

"무슨 말을 하는 건가요! 당연히 인명이 훨씬 중요해요!"

여성 연구원의 발언이 연구소의 종합의견인가 했었는데, 아오이 소년이 전에 없이 격렬한 어조로 그녀에게 호통을 쳤다.

"구호반, 부상이 없는지 파일럿의 몸을 확인하세요!"

착각해서 아오이 소년에게 호통을 안 친 게 다행이군.

나는 조용히 지켜보면서, 마음속으로 가슴을 쓸어내렸다.

"쿠로 공. 값비싼 기체가 망가져서 미안하네만, 아오이의 지시는 적절했다고 생각하네."

"그렇고말고. 가장 중요한 어둠 광석이나 성수석은 무사한 모양이고, 아마도 제어용 회로도 부서지진 않았을 거야."

그런 내 태도를 오해했는지, 박사들이 아오이 소년을 감싸며 변호했다.

"쿠로 님! 쿠로 님도 이 착각하는 자들에게 말씀을 해주세요! 노예 같은 건, 이 마법회로를 만드는 코스트와 비교하면 쓰레기 같은 거라고!"

아까 그 여성연구원이 나한테 매달리면서 차별발언을 사뭇 당연한 것처럼 말했다.

"착각하는 건 너다."

그런 여성연구원을 밀어내며, 차가운 눈으로 일별한 다음 박사들과 아오이 소년에게 말했다.

"아오이의 행동은 틀리지 않았다. 인명은 최우선으로 지켜라. 그러지 못하는 자는 에치고야 상회에 필요 없다."

"그럴 수가! 다시 생각해 주세요, 쿠로 님! 제 연구는 노예 따위하고는—."

"—더 들어줄 수 없군."

내가 눈짓하자, 연구소의 경비원이 달려와 히스테릭하게 외치는 여성연구원을 연행해갔다.

의식을 바꾼다면 계속 고용해줄 수 있지만, 저걸 보니 가능성이 희박하겠군.

"그러나, 아오이—."

꼭 해야 할 말을 떠올렸다.

"—위험한 역할을, 거부권이 없는 노예에게 시키는 건 좋지 않군."

"그건⋯⋯."

내 쓴소리에, 아오이 소년이 고개를 숙였다.

"아닙니다!"

강한 어조로 아오이 소년을 감싼 것은, 파일럿이었다.

"아니라고?"

"저는 제 의지로 지원했습니다. 본래 파일럿은 아오이 님이 할 예정이었어요."

시선으로 아오이 소년에게 물었다.

"그게. 제가 할 예정이었는데요, 박사들이 말려서요⋯⋯."

"그렇군. 강제로 한 것이 아니군?"

"네! 그 밖에도 나선 자가 잔뜩 있었습니다."

"이 남자가 제일 적성이 높았소이다."

파일럿의 말을, 박사 중 한 명이 보충했다.

"파일럿의 안전성에 대해서도, 충분히 대비를 하고 있지."

"그렇고말고. 동물 실험을 거듭하고, 과보호일 정도로 충분한 안전장치를 마련해뒀어."

"그 증거로, 기체가 망가져도 파일럿은 상처 하나 없지 않소?"

분명히 박사들 말이 맞았다.

"미안하다, 아오이. 오해를 한 모양이군."

"아뇨. 오해가 풀렸으면 저는 괜찮아요."

"그럴 수는 없지. 거기 자네."

노예 청년을 불러서, 그를 노예 신분에서 해방하고 정식 파일럿으로 고용하기로 했다.

그에 대해서는 그렇다 치고—.

"이 차원잠행 기구는 금서고의 지식인가?"

시스티나 왕녀에게 물었다.

"절반은 그래요."

"나머지 절반은 전하의 발안입니다!"

"—아오이. 나는 그냥 아이디어를 말한 것뿐이고, 그걸 형태로 만든 건 박사들과 당신입니다."

듣자하니 중력제어 기관을 반전시켜서 필드의 경계면을 허수화하여 차원잠행을 가능하게 한다고 하는데, 듣기만 해서는 잘 이해가 안 되니까 나중에 논문을 차분하게 읽어봐야겠어.

"이대로 연구를 진행하도록 해라."

어둠 광석으로는 안정성이 부족하다고 하길래, 추가 성수석과 주먹 크기의 암정주를 몇 개 건네고 더욱 발전시키도록 명했다.

가능하면, 황금 갑옷에 탑재할 정도로 소형화를 해주면 좋겠다. 차원잠행은 일시적인 피난장치로 쓸 수 있을 테니까.

"제군의 분투를 기대하지."

"네, 열심히 하겠습니다!"

현재 상황에서 연구 자료와 설계도를 아오이 소년에게 받아, 연구소를 떠났다.

◆

"에피도로메아스라……."

미츠쿠니 공작 저택에서 사람들을 물리고, 히카루에게 에피도 건을 이야기했다.

"힘들었겠네, 이치로 오빠. 그 현장에 사도가 있어서 다행이었어."

동감이다. 그가 없었다면, 무사히 에피도로메아스를 구제할 수 있었을지 알 수 없다.

"가능하면 신들이 강림해줬으면 했지만 말이야."

카리온 신이나 우리온 신이랑 여행을 했을 때 들은 이야기로는 「세계를 외적에게서 지키는 것이 신의 역할」이라고 하니까.

"아하하, 신들은 움직임이 굼뜨니까."

히카루도 뭔가 경험이 있는지, 어딘가 슬픈 눈을 하고 있었다.

"뭐, 그 흐름으로 불멸의 존재랑 싸우는 신기나 신의 힘이 깃든 신석을 찾고 있어."

"세테한테 부탁해서 시가 왕국에서도 찾아볼까?"

"응, 부탁해. 탐색 비용은 먼저 건넬 테니까, 이걸 쓰고."

사토로서 입수한 자산은 투자로 돌리지만, 그래도 아직 상당한 액수가 스토리지에 잠들어 있으니 거기서 금화 1만닢 정도를 써버리기로 했다.

"그렇지. 덤으로 영창 스킬의『축복의 보주』가 있으면 입수하도록 말해줘."

"응, 알았어— 근데 이치로 오빠 아직 영창 못하는 거였어?"

"연습은 하고 있는데, 좀처럼 안 되더라."

영창은 자력으로 익히려 했지만, 자기만족의「제한 플레이」를 하다가 동료들한테 돌이킬 수 없는 피해가 생기는 건 싫으니까 연줄을 써서라도 입수하기로 했다.

의논을 마치고, 히카루랑 같이 전이 거울을 써서 비밀기지에 이동했다.

"그러고 보니, 다이고랑 치나츠는 어떻게 지내?"

우울증 마왕 시즈카의 암자로 가면서, 히카루의 기숙사에 있는 전생자 두 명에 대해서 물었다.

"둘 다 건강하게 학교 다니고 있어."

"기억은?"

"전생의 기억은 거의 못 떠올리는 것 같아."

"그렇구나……."

"그런 표정 짓지 마. 유니크 스킬을 잃은 걸로 전생이랑 연결이 흐려져서, 이쪽 세계에 익숙해지고 있으니까."

그건 괴로운 일이나 쓸쓸한 일이 아니라고 히카루가 말했다.

암자까지 가자, 강아지가 짖었다.

"야호~, 챠피."

"히카루! 왕타를 이상한 이름으로 부르지마!"

시즈카가 무방비한 속옷 차림으로 뛰쳐나왔다.

여전히 혼자일 때는 속옷 차림으로 지내는 모양이군.

나는 말 없이 등을 돌렸다.

"—어, 우왓, 사토 씨?! 어째서, 무슨 일로?"

"됐으니까 겉에 입을 거! 아래쪽도 뭔가 입어."

당황하는 시즈카를 히카루가 실내로 재촉했다.

"팬티는 입고 있으니까 부끄럽지 않은걸!"

"또, 그런 대사를 하네."

시즈카가 말한 각부 비행 유닛으로 하늘을 나는 위치들의 캐치카피 같은 말을 등으로 흘리면서, 강아지 왕타의 배를 쓰다듬으며 시간을 보냈다.

"—신석? 들은 적 있어."

암자의 키친에서 차를 마시며 말을 꺼냈더니 예상 밖의 대답이 있었다.

"어? 정말로?"

"응. 그 원숭이가 유적을 탐색할 때, 도신의 장구랑 같이 발견했다면서 흥분했던 거 기억나."

시즈카가 말하는 원숭이는, 원숭이 수인족의 현자 솔리제로를 말하는 거다.

"지금은 제자 중에 누군가가 가지고 있지 않을까?"

"누군지 알아?"

"거기까지는 몰라. 나는 제자들이랑 교류가 없었으니까."

뭐, 그녀는 연금 상태였으니까 몰라도 신기할 것 없다.

피핀과 동행하던 현자의 제자 세레나한테 짚이는 게 없는지 물어보자.

"미안, 도움이 안 돼서."

"아니, 그렇지 않아. 충분히 도움이 되는 정보야."

적어도, 현자 솔리제로한테 「신석」이 있었다는 건 중요한 정보다.

"히카루는 뭔가 짚이는 거 없어?"

"현역일 때라면 몇 갠가 있는데……. 지금도 있을 법한 건 사가 제국의 용사 신전이나 서방 소국군의 중앙신전일까? 그밖에는 신화시대부터 있을 법한 오래된 유적?"

히카루의 말을 듣고 떠올렸다.

그러고 보니 서방 소국의 중앙신전에서 여러 신기를 봤지.

"아무래도 중앙신전의 신기를 빌릴 수는 없잖아?"

"그렇게 말하면, 어디든지 그렇지 않아?"

그것도 그렇네…….

"그렇지! 알 법한 사람이 있어."

"누군데?"

"이치로 오빠도 아는 사람!"

히카루가 멋진 미소를 지으며 말했다.

◆

 "그래서 나를 찾아왔다, 이 말인가?"

 나랑 히카루는 미궁 하층에 숨어 사는 전생자「주검의 왕」^{킹 머미} 무쿠로의 영역을 찾아왔다.

 참고로 같이 온 동료들은 단련을 하고 싶다고 하면서, 흡혈 공주들이나 사룡 가족이랑 배틀을 하러 가버렸다. 상당히 격이 높은 상대인데, 마법란에서 사용한「종자 초강화」의 마법으로 부스트를 해뒀으니 괜찮을 거야.

 "에헤헤~, 신이랑 싸웠던 무쿠로라면 아는 거 아냐?"

 "뭐, 알고는 있지."

 "가르쳐줄 수 있을까?"

 "비싸거든?"

 "상관없어."

 아무리 맵이 있어도, 전부 찾으러 다니기에는 세상이 너무 넓다.

 내가 지불할 수 있는 거라면 제공하고말고.

 "서방 소국의 중앙신전에 있는 신기는 알고 있나?"

 "알고 있어. 현물을 보기도 했고."

 "소사막— 사막의 왕국에 있는 검의 일족이 검의 신기를 가지고 있는 건?"

 "그건 처음 들어."

 "그 신기는 강하거든? 누가 뭐래도, 내가 죽을뻔한 검이니까."

 무쿠로의 말에 따르면, 신에게 대항하기 위해 입수하려다가 신기를 다루는 검의 일족 수장에게 두들겨 맞고 간신히 도망쳐 왔다고 한다.

"뭐, 그 나라도 중앙신전도 소중한 신기를 타인에게 빌려주지는 않겠지."

"그밖에 이모탈한 존재를 쓰러뜨릴 수 있는 무기나 마법 같은 건 없을까?"

"그런 게 있었으면, 내가 써서 신들을 묻어버렸지."

무쿠로가 말하고 선물로 들고 간 시가주를 들이켰다.

"아~, 하나 있었군."

뭔가 떠올랐는지 무쿠로가 중얼거렸다.

"가르쳐줘."

"유이카다. 그 녀석의 『카미키리마루』라면 신도 벨 수 있거든?"

"─남의 유니크 스킬을 이상한 이름으로 부르지마!"

어느샌가 나타난 고블린족의 전생자 소귀공주 유이카가 무쿠로의 머리를 꽹장한 기세로 때렸다.

이 사양하지 않는 느낌은 다중인격의 초대 유이카 3호가 틀림없어.

"아프잖아! 『카미키리마루』는 『카미키리마루』 아니냐!"

"신을 벤 적 따위 없다! 그건 『**따르지 않는 것**』 전용이다!"

"유이카도─."

그녀가 싫어하는 「유이카」라는 이름으로 불렀더니 노려보았다.

"─포이르니스도 **따르지 않는 것**과 싸운 적이 있어?"

"있다."

유이카 3호의 영혼의 이름인 「포이르니스」로 다시 불렀더니, 대답해 주었다.

"**따르지 않는 것**하고는―."

"쿠로, 그 이름은 말하지 않는 것이 좋은 것이다."

"그렇지. 이름은 마술적인 현상을 부른다. **놈들**이 이름을 추적해서 이쪽으로 와버릴지도 모르니까."

유이카의 뒤에서 들어온 「흡혈귀의 진조」반과 「강철의 유귀」 요로이가 충고해주었다.

그러고 보니, 전에 카리온 신인가 우리온 신이 그렇게 주의를 한 적이 있다. 너무 말하지 않도록, 조심해야지.

유이카의 유니크 스킬은 「지치니까 싫어」라고 해서 보여주지 않았지만, 무쿠로가 과거에 조사한 「신화시대의 유적」에 대해서는 여러모로 알 수 있었다. 주로 대륙 서방에서 대륙 중앙이 중심이고, 대륙 동방은 「그림자성」등의 유명한 곳밖에 조사를 안 한 모양이다.

"굉장하네. 그림자성을 조사했어?"

"어엉? 비꼬는 거냐?"

솔직하게 놀란 건데, 무쿠로가 노려보았다.

"크하하하하, 성에도 못 들어가고 후다닥 철수했었지."

"너도 똑같았잖아!"

"거기는 격이 다른 곳이니까."

그렇군. 역시 그들이라도 위험한 장소였구나.

"그러고 보니 구두 녀석이 동방 소국 어딘가에서 뼈아픈 꼴을 당했다고 말한 것도, 그림자성 아니었나?"

"아니, 그림자성하고는 다른 곳이었을 거다."

요로이나 무쿠로 말에 따르면, 현재 스이루가 왕국과 마키와 왕국 근처에 「구두의 마왕」을 격퇴할 법한 뭔가가 있다는 것이었다.

"신석이나 신기가 있는지 아닌지는 모르지만, 비슷한 건 있을지도 모르지."

"좋은 정보 고마워. 한 번, 찾으러 가볼게."

내가 방문하려고 했던 유적도 있으니까, 사가 제국의 용건이 끝나면 관광성 대신으로서 스이루가 왕국이나 마키와 왕국을 방문해야지.

그리고, 사룡 가족과 배틀을 하러 간 동료들은—.

"멋진 대전상대였습니다. 세상에는 아직 더 높은 곳이 있군요."

리자가 만족스런 표정으로 말했다.

황금 갑옷이나 강화외장 같은 것으로 힘을 끌어올렸다지만, 사룡 가족은 최대 레벨 80이나 되는 격이 높은 상대니까.

"오우, 예스~."

"손에 담을 쥠쥠하는 거예요!"

포치는 아마 「손에 땀을 쥔다」일까?

"아리사가 브레스를 막고서 루루가 지상으로 떨어뜨린 덕분에, 접전을 할 수 있었다고 비평합니다."

"나나도 『모든 것을 꿰뚫는』용의 이빨을 팔랑크스나 자유 방패^{플렉시블 실드}로 상쇄하거나, 대질량 꼬리 공격을 받아내거나 해서 활약했잖아."

"미아의 정령이 조력해준 덕분이라고 정정합니다."

다 같이 연계해서 싸운 모양이군.

"결국, 사룡의 아이한테밖에 못 이겼어."

"네. 주인님의 강화 마법이 없었다면, 사룡의 부모에게는 손도 못 썼을 겁니다."

참고로 사룡 아이는 우리 애들보다 레벨이 5 정도 낮다.

"포치는 슈퍼한 신 필살기를 생각해낸 거예요!"

"위험한 상황이 몇 번이나 있었으니, 저는 순동을 넘어서는 접근법을 모색하고 싶습니다."

"그러면 좋은 아이디어가 있어!"

아리사가 콧김을 뿜으며 리자에게 말을 걸었다.

어쩐지 불길한 예감이 들어. 문화 해저드는 적당히 하자.

"저도 몇 번인가 급접근을 당해서 위험했으니, 총 말고 다른 전투 기술을 단련해야겠어요."

"타마도 인술 더 열심히 해~?"

"저도 질 수 없다고 고합니다."

"응, 노력."

"좋~아! 다음은 신기술 개발 턴이구나!"

동료들의 발언을 들은 아리사가 주먹을 들어올리며 선언했다.

그리하여 1주일 정도 미궁 지하 체류가 연장됐지만, 나는 나대로 지하의 유쾌한 전생자들에게 장소값 대신 요리를 제공하고 그들의 은닉 기술 일부를 배울 수 있었으니 좋았어.

사가 제국

　　"사토입니다. 동경하는 나라에 처음 갔을 때를 지금도 기억합니다. 사전
에 조사할 수 있는 만큼 조사를 하고 갔었는데도, 실제로 방문했을 때는
보는 것 모두에 감동하여, 흥분에 쓰러질 것 같았어요."

"사토 군, 저게 사가 제국의 구도(舊都)인가!"

두근거리는 표정으로 소형 비공정의 창에서 사가 제국 구도의
거리 풍경을 내려다보는 것은, 무노 백작이었다.

사가 제국의 제도를 방문하기 전에 보고를 하러 무노 백작령에
들렀는데, 꼭 같이 가고 싶다고 애원을 해서 동행하게 됐다.

듣자하니, 용사 연구가로서 한 번은 사가 제국의 제도나 구도
를 방문하고 싶었다고 한다.

"네, 그렇습니다."

이 구도로 오기 전에 사가 제국의 제도에서 사가 황제에게 훈
장 수여를 받았는데, 적지에 온 것처럼 삐걱대는 분위기라서 얼
른 떠나왔다.

아무래도 「사가 제국의 용사 일행」이 아닌 자가 마왕 토벌에 커
다랗게 공헌하는 것은, 사가 제국 귀족들의 아이덴티티를 흔들어
버리는 사태라고 한다.

황제가 백작의 작위나 새로운 용사의 종자 취임을 타진했지만, 그것은 내밀하게 고사했다.

"린그란데 님을 만나지 못한 것은 유감이랍니다."

"그렇네, 소르나. 소문으로 들은 종자 나리를 만나고 싶었지."

　그 대화를 나눈 것은 무노 백작의 장녀 소르나와 그 약혼자이며, 최근에 작위를 받은 하우토 명예 사작이다.

　두 사람이 말한 것처럼, 린그란데 양은 새로운 용사 리쿠와 카이를 데리고 세리빌라로 출발한 참이라 길이 어긋난 모양이야.

　이번에 동료들 말고 동행한 것은 이 세 명뿐이다. 카리나 양은 나나 자매나 제나 씨랑 미궁도시로 재수련을 하러 가버려서, 데리고 오지 않았다.

　차기 무노 백작인 오리온 군도 오고 싶어했지만, 백작과 차기 백작이 동시에 나라를 벗어나는 것은 좋지 않다고 니나 로틀 집정관이 말려서 눈물을 삼키며 단념했다.

　그에게 뭔가 기념품이라도 사다 줘야겠어.

"사토 군, 용사 신전은 어디에 있는 걸까?"

"지금은 성의 그림자에 가려져버린 것 같네요. 금방 실물을 볼 수 있습니다."

　용사의 소환진이 있는 건 현재의 제도가 아니라 무슨 대공이 다스리는 이 구도 쪽이다.

"제도도 굉장했지만, 이 구도도 굉장하네."

"그러게, 아리사. 시가 왕국의 왕도랑 비슷한 정도일까?"

　아리사와 루루가 창에서 구도의 거리 풍경을 내려다 보았다.

"마스터, 공항에 전열함이 정박하고 있다고 고합니다."

조종석의 나나가 보고해 주었다.

우리가 소형 비공정을 타고 도착한 구도의 공항에는, 사가 제국의 전열함— 대형 비공전함이 세 척이나 정박하고 있었다.

공항 유도관의 수신호에 따라 착륙하여, 비공정은 경비용 골렘들에게 맡기고 다 같이 내렸다.

"조금 쌀쌀합니다."

리자가 살짝 몸을 떨었다.

구도의 인구는 시가 왕국의 공도보다 많고 왕도보다는 적은 정도이며, 예년의 기온이 낮아서 따뜻해 보이는 복장인 사람이 많았다.

검은 머리인 사람이 많고, 일본인풍의 **납작한** 생김새인 사람도 종종 눈에 띈다.

"소르나, 이걸 걸치도록 해."

"고마워요, 하우토."

소르나 양과 하우토 군의 그 대화를, 루루가 부러운 기색으로 보고 있었다.

루루의 옷은 공조기능이 달린 전천후형 장비니까 이 정도 추위에 겉옷은 필요 없지만, 기왕 이렇게 된 거 루루한테 외투를 둘러주었다. 새빨개져서 부끄러워하는 루루가 귀엽다.

"추워~ 나도 추워라~."

"응, 극한."

"공조기능이 망가졌다면 수리가 필요하다고 주장합니다."

아리사와 미아가 자기도 해달라고 추운 시늉을 하자, 진지하게 받아들인 나나가 겉옷을 벗어서 진심으로 떨고 있었다.

"추워~?"

"이 정도는 멀쩡한 거예요."

"타마 군이랑 포치 군은 추위에 강하구나."

무노 백작이 몸을 떨면서, 타마와 포치를 칭찬했다.

"백작님, 이 외투를 두르시죠."

"사토 군, 고마워."

예비 외투를 무노 백작에게 건넸다.

그런 우리들 앞에 호화로운 마차가 몇 대 멈췄다.

"사토, 기다렸나요?"

"아뇨, 지금 막 도착한 참입니다."

마중을 나온 용사 하야토의 종자인 메리에스트 황녀를 따라 호화로운 마차를 타고 구도의 교외에 있는 「용사의 언덕」으로 갔다.

다른 종자들은 새로운 용사들의 육성 탓에 여기저기 불려 다니는 상태라고 한다.

"제도에서 별로 감싸주지 못해서 미안해요."

"아뇨, 그렇지 않습니다."

메리에스트 황녀는 제대로 도와주었다.

"그리고, 용사 신전의 견학 허가도 해주셨으니까요."

"이 정도로는 하야토와 우리들이 받은 은혜를 갚을 수 없어요."

꽤 성실한 사람이네.

"─이제 보입니다."

메리에스트 황녀가 재촉하여 창 밖을 보았다.

전망이 좋은 언덕 위에 하얀 돌로 만들어진 건물이 있었다.

그리스 건축의 오래된 신전 유적에 가까운 형태군. 바닥과 기둥, 천장만 있고 벽이 없다.

"오오오오오오오! 여, 여기가 역대 용사님이 소환된 성지!"

"아, 네, 그렇답니다."

텐션이 한계를 넘어선 무노 백작의 기세에, 메리에스트 황녀가 조금 주춤거렸다.

소르나 양과 하우토 군도, 무노 백작 정도는 아니지만 반짝이는 눈빛으로 성지를 둘러보고 있었다. 세 사람이 진정되는 걸 기다리면 해가 질 것 같으니까 적당한 시기에 앞길을 재촉하여 건물 내부로 들어갔다.

"메리에스트 전하, 이쪽이 무노 백작과 펜드래건 자작입니까?"

"네, 마왕과의 전투에서 이루 말할 수 없는 협력을 해주신 분입니다. 실례가 없도록 하세요."

"황제 폐하의 칙령이라면."

떫은 표정을 지은 연배가 있는 파리온 신전의 신전장에게, 메리에스트 황녀가 사무적인 어조로 그렇게 말했다. 이 두 사람은 그다지 사이가 안 좋은 모양이야.

"그러면, 이쪽으로."

결계를 해제한 신전장에 이어서, 신전에 발을 들였다.

─우와, 이건 굉장하다.

언뜻 보통 신전 같지만, 마력시를 유효화하자 바닥의 마법진만 있는 게 아니라 천장이나 기둥까지 적층형의 마법진이 복잡하게 새겨져 있는 걸 알 수 있었다.

제각각의 마법진이 상호작용을 하는 예술적인 마법진이라, 여러모로 공부가 된다.

마법진을 읽어보고 깨달았는데, 「용사의 언덕」 지하 전체가 마력을 축적하는 거대한 마법장치가 되어있는 모양이다.

구도의 기온이 묘하게 낮은 건 지맥을 흐르는 마력 대부분이 도시 핵이 아니라, 이 마법 장치에 공급되기 때문이 틀림없어.

"이제 그만 만족했는가?"

신전장이 말을 걸어서, 꽤 오랜 시간 신전 안을 바라본 것을 깨달았다.

"네, 감사합니다. 신비로운 분위기에 부끄럽게도 넋을 잃고 말았습니다."

나는 사기 스킬의 지원을 받아 신전장의 의혹의 시선을 회피했다.

이곳의 마법진은 지하의 숨겨진 마법 장치도 포함하여 완벽하게 트레이스했는데, 마법진의 중핵을 이루는 부분만 빠져 있었다.

"신전장 나리, 용사 소환 때는 뭔가 특별한 신기를 이용하는 건가요?"

"그것은 신전의 비밀 중의 비밀이니, 외부의 분에겐 대답할 수 없습니다."

대답을 말한 것이나 마찬가지인 것 같지만, 신전장이 말을 흐렸다.

내 추측으로는 빠져있는 중핵 부분에 파리온 신의 신기 같은 걸 끼워서 완성하는 느낌인 것 같아.

"신전장! 메이코 님이—."

"내, 내객중입니다."

신전을 나서려는 참에, 무녀 한 명이 달려왔다.

일본인 같은 이름이라 검색해보니, 「메이코 카나메」라는 새로운 용사가 구도를 산책하고 있었다.

조심성 없이 유니크 스킬을 은폐하지도 않아서 정보가 다 보인다.

그녀가 가진 유니크 스킬은 넷, 「최강의 칼」(베지 못할 것 없으리), 「무적의 기동」(맞는 일 없으리), 「무한 무기고」(끝없는 검), 「선견지명」(간파하기)이란 것이 있었다. 스킬의 이름을 봐서 근접계 검사 타입의 용사 같네.

소환되고 얼마 지나지 않았을 텐데 그녀의 레벨은 이미 53이나 된다. 전에 만났던 용사 리쿠나 용사 카이보다도 높군.

"가요, 사토."

"황녀 전하, 부디—."

"알고 있어요."

입막음을 하는 신전장에게 메리에스트 황녀가 탄식을 하며 수긍하고, 우리를 신전의 바깥으로 에스코트해주었다.

용사 메이코가 산책중인 건 비밀인 모양이군.

"—전하, 서두르시지요."

신전 견학을 마친 우리는, 메리에스트 황녀를 배웅하러 공항으로 돌아오게 됐다.

"정말 미안하지만, 나는 이제부터 제도로 돌아가야 해요."

"아닙니다. 이쪽이야말로 바쁘신 와중에 수고를 끼쳤습니다."

정말로 미안한 기색인 메리에스트 황녀에게 인사를 하고, 비공정에 타는 것을 배웅했다.

그렇게 바쁜데 관광 안내를 받은 게 오히려 미안하다.

우리는 메리에스트 황녀의 비공정을 배웅한 다음에—.

"그러면, 성곽 거리 관광을 하러 갈까요."

무노 백작 일가와 구도를 산책하며, 역대 용사들이 들렀다는 라멘 가게나 감미당을 다녔다.

다음은 기념품 가게에서 용사 신전의 모형이나, 용사 피규어 같은 것도 구입해야지.

"주인님, 잠깐만 기다려! 옷가게 보고 싶어!"

"응, 신경 쓰여."

아리사와 미아가 주장하고, 루루와 나나도 생각이 있는 것 같아서 먼저 옷가게에 들르기로 했다.

"소르나 님도 흥미 있으신가요?"

"흥미가 없다고 하면 거짓말이지만, 여기서 사도 입고 갈 장소가 없어요."

소르나 양은 무노 성에 있는 일이 많아서 사교장이나 집무를 도울 때는 포멀한 의상을 입어야 하니까, 이런 캐주얼한 가게의 상품은 놀려두게 되는 모양이군.

나는 재빨리 하우토 군에게 눈짓을 했다.

그는 금방 내 의도를 짐작하고, 「이런 옷을 입고, 함께 거리를 걸어보지 않겠어?」라고 달콤하게 속삭였다. 훈남 스마일에 달콤한 속삭임이 더해지자, 소르나 양은 즉시 함락되어 가게에 발을 들였다.

그럼그럼. 여자애는 여러 가지 의상을 입어봐야지.

◆

"정말! 어째서 설탕 절임 같은 지나치게 단 거나 화과자밖에 없는 거야! 귀여운 케이크나 파르페는 없어?"

너무 수가 많으면 가게 사람도 난처할 것 같아 무노 백작이나 아인 소녀들과 함께 밖에서 기다리는데, 인파 너머에서 떠들썩한 목소리가 들렸다.

커다란 소리에 돌아보자, 건방져 보이는 표정의 14세쯤 되는 소녀가 있었다.

안경 쓴 훈남 신관이 따르고 있군.

어쩐지 기가 약해 보이는 느낌이야.

"죄송합니다, 메이코 님. 시가 왕국에는 『루루의 케이크』라는 것이 있다고 합니다만."

"루루? 감기약 같은 이름이네. 뭐, 좋아. 그럼 사와."

"네?"

"그걸 사오라고 하는 거야. 두 번 말하게 하지 마."

참 무모한 말을 하네.

거의 동향의 소녀지만, 이럴 때는 연관되지 말고 지나가야겠지.

그녀라면 이 나라에서 어엿하게 살아갈 수 있겠어.

"잠깐! 거기 검은 머리!"

그런데 어째선가, 방금 그 소녀가 눈앞에 있었다.

아무래도 순동을 쓴 모양이군.

"저 말인가요?"

"그래, 맞아! 당신 여기 살지? 스위츠 가게로 안내해. 나는 생크림에 굶주려있어!"

얼른 안내해. 소녀가 꽤 험악하다.

"메, 메이코 님, 안 됩니다."

"시끄러워!"

한편으로 시종인 안경 신관이 우리들 복장을 보고 타국의 귀족이라는 걸 짐작했는지, 안색이 파래져서 그녀를 말리려고 필사적이었다.

평민으로 보이는 옷을 골랐다고 생각했는데, 아는 사람은 아는 건가?

"생크림~?"

"포치도 단 거 먹고 싶은 거예요."

"전에 먹은 케이크는 맛있었지요."

타마와 포치의 말에 리자도 수긍했다.

아인 소녀들뿐 아니라, 무노 백작도 「이제 곧, 티타임이군」이라고 말했다.

사람 좋은 무노 백작은 생크림을 바라는 소녀를 동정한 모양이다.

"있어?!"

"네, 있습니다. 저기 있는 찻집으로 가죠."

"메이코 님, 속아선 안 됩니다! 저곳은 청홍차가 있지만, 과자
는 방금 전에 본 것과 같은 종류의 물건 밖에 없어요."

소녀가 거짓말이면 용서 안 한다는 기색으로, 이쪽을 노려보았다.

"가게에는 없지만, 이 가방 안에 케이크가 있습니다. 가게에 별
도로 추가 요금을 지불하고 꺼내 먹으면 되겠죠."

"그래? 그럼 가자."

즉시 결단하는 소녀와 함께, 차분한 느낌의 찻집으로 들어섰다.

안경 신관이 이 가게의 단골인지, 금방 개인실로 안내를 받았다.

"헤~, 꽤 맛있어 보이네."

커팅한 루루의 케이크를 앞에 두고, 소녀가 잘난 태도로 말했다.

그러나, 어조와 달리 케이크를 바라보는 눈동자가 반짝반짝 빛
나고 있었다.

"맛있어! 이거 뭐야? 엄청 맛있어!"

"맛나맛나~?"

"역시 케이크는 맛있는 거예요."

아이들이 기뻐하며 케이크를 먹는 걸 바라보며, 천천히 청홍차
를 마셨다.

무노 백작도 달콤한 걸 좋아하는지, 아까부터 황홀한 표정으
로 케이크를 맛보고 있었다.

"아~! 메이코가 혼자서 케이크 먹고 있어!"

"뭐야? 그건 용서할 수 없다!"

"좋겠다~, 메이코. 나도 케이크 먹고 싶어."

복도에서 소란스런 소리가 들린다 싶더라니, 중학생쯤 되는 아이들이 개인실로 뛰어들어왔다.

AR표시에 따르면, 이 애들은 용사 메이코와 함께 소환된 나머지 세 명의 새로운 용사들인 모양이다.

"으엑, 너희들 왜 여기 있어?"

"흐흥. 명탐정 세이기 님이 밝혀내지 못하는 악은 없다!"

은테 안경을 쓱 올린 소년이 용사 세이기, 그는 용사 메이코랑 달리 유니크 스킬이나 각종 스킬을 은폐하고 있다. 레벨은 51로 용사 메이코보다 낮다.

"누가 악이야. 그냥 네가 먹보인 것뿐이잖아."

"야~, 그런 건 됐고, 나도 하나 줘."

스포츠 소년 같은 그는 용사 유우키. 용사 메이코와 마찬가지로, 스킬을 은폐하지 않고, 세 개의 유니크 스킬 「권속동조」, 「무한 사거리」, 「낭만폭렬」이 드러나 있었다. 스킬 이름으로 봐서, 마법계 용사로군. 레벨은 용사 세이기보다 높은 레벨 52였다.

"안돼. 이건 내 거야!"

용사 메이코에게 거절당한 용사 유우키의 시선이 다른 애들 쪽으로 향했다.

"이, 이건 포치 거니까 안 되는 거예, 요?"

"와구와구와구."

포치가 접시를 가리고, 타마가 접시의 케이크를 입에 욱여넣었다.

"새로운 케이크를 꺼낼 테니까, 빈자리에 앉아 주세요."

"오, 말이 통하네."

"정말, 유우키, 인사는 제대로 해야지."

세 명째 용사 후우는 태도가 저자세라서, 꾸벅꾸벅 인사를 하고 용사 메이코 옆에 앉았다. 용사 후우도 용사 세이기와 마찬가지로 스킬을 은폐하고 있으며, 레벨은 네 명 중에서 가장 낮아 50밖에 안 된다.

치즈 케이크나 쇼콜라를 꺼내자, 용사들이 신이 나서 먹어 치웠다.

남자애들은 스위츠만 먹으면 입에 안 맞을 테니까, 포테토칩도 꺼냈다.

"오~! 콜라 같은 건 없어?"

"나는 교수페퍼!"

"콜라나 교수페퍼는 없습니다만, 사이다라면."

수납 가방 경유로 스토리지에서 사이다를 꺼내, 용사들 앞에 놓았다.

"탄산음료!"

"오랜만이야!"

"응, 이것도 맛있네."

"너희들은 여전히 애들이구나."

기뻐하는 용사들 셋을 보고, 용사 메이코가 어른스러운 시늉을 했다.

그런 건 볼에 묻은 생크림을 닦아내고서 하자.

새로운 용사 네 명이 섞인 떠들썩한 다과회는, 평화롭게 진행됐다.

"맛있어~. 처음에 먹은 게 루루의 케이크야?"

"오프코~스."

"주인님이 만들어준 거예요."

다 먹은 케이크를 칭찬하는 소녀에게, 타마와 포치가 자랑스럽게 대답했다.

"당신, 오늘부터 용사의 종자야! 요리사로 따라와."

"잠깐 기다려~! 메이코 치사해!"

"그래. 내 요리사가 좋을 거야!"

"정말~, 유우키까지 그런 말을. 모두의 요리사가 되어주면 되지 않을까?"

본인을 제쳐두고 용사들의 대화가 소란스럽군.

"죄송합니다만—."

내가 거절하려는 참에, 잘나 보이는 문관풍 은발 남자가 뛰어들어왔다.

"로렌스! 메이코 님을 신전으로 돌려보내라! 오늘은 그 펜드래건 경이 오니까, 밖으로 내보내지 말라고 했지 않나!"

어허? 나랑 용사 메이코가 만나면 안 되는 이유가 뭐 있나?

은발 남자의 시선이 다른 용사들을 포착했다.

"유우키 님과 세이기 님에 후우 님까지? 어느새 밖으로?!"

"워, 워렌 님!"

안경 신관이 당황한 기색으로 은발 남자의 이름을 불렀다.

나랑 눈이 마주친 은발 남자가 안색이 파래졌다. 표정을 보니, 안경 신관도 내가 펜드래건 자작이라는 걸 깨달은 느낌이군.

"처음 뵙겠습니다. 사토 펜드래건 자작이라고 합니다."

"페, 펜드래건 경?! 마, 마왕 살해자가 어째서 용사님들과 함께?!"

그 거창한 별칭은, 사가 제국에까지 퍼져있는 모양이네.

"마왕 살해자? 선대 용사나 리쿠 선배들이랑 같이 마왕을 쓰러뜨렸다는 시가 왕국의 용사?"

"시가 왕국의 용사, 인가요? 혹시, 용사 나나시 님과 착각하신 것은 아닌지?"

용사 메이코의 질문을 물음표와 질문으로 얼버무렸다.

"메이코 님, 이쪽으로."

"싫어. 달라붙지마."

은발 남자의 손을 용사 메이코가 떨쳐냈다.

"워렌 공, 사춘기의 여자애니까 거리감을 조심해야 하는 것이오."

"오, 세이기도 여기에 있었구나."

"──으엑."

은발 남자 뒤에서 들어온 두 명을 본 적이 있다.

"카운도다~."

"루도루도 같이 있는 거예요!"

이 두 사람은 사가 제국의 사무라이인 카운도 씨랑 루도루 씨다. 두 사람은 파리온 신국의 마왕 퇴치에서 용사 하야토와 동행한 적이 있지.

"오랜만~."

"타마와 포치도 건강해 보이는 것이외다."

"네인 거예요! 포치는 언제나 건강난무인 거예요!"

의미를 조금 알기 어렵지만, 아마 포치는 재회가 기뻐서 기세에 휩쓸려 말하는 것 같다.

"혹시, 두 사람도 용사의 종자가 됐나요?"

"그래, 내가 용사 세이기의 종자고, 카운도가 용사 메이코의 종자야."

내 질문에 루도루 씨가 대답했다.

"메이코 님, 이 펜드래건 경은—."

은발 남자가 작은 소리로 용사 메이코에게 귓속말을 하는 게 들렸다.

그가 말하는 건 대개 틀리진 않았지만, 결코 동의할 수 없는 내용이었다. 그래서, 오해가 깊어지기 전에 상호이해를 진행하고자 말을 걸었다.

"메이코 님—."

"가, 가까이 오지마! 이 성욕 마인!"

겁먹은 용사 메이코가 방의 구석까지 펄쩍 뛰어 물러났다.

그건 그렇고, 성욕 마인이란 건 심하다. 시야 구석에서 안경 신관이 필사적으로 사과하는 모습이 보이지만, 그런 걸로 내 마음의 상처는 치유되지 않아.

"뭔가 오해가—."

"여성을 몇 명이나 거느리고, 초등학생 정도 되는 여자애부터 어른까지 매일 밤 같이 잔다면서!"

"그건 사실입니다만, 결코—."

"듣기 싫어, 듣기 싫어!"

그녀는 양쪽 귀를 막고 고개를 절레절레 흔들었다.

거의 전부 오해지만, 사춘기 여자애한테는 조금 자극이 지나쳤던 모양이다.

"펜드래건 경, 메이코 님의 상태가 안 좋은 것 같으니 실례하지."

은발 남자가 용사 메이코의 어깨를 끌어안고 뛰쳐나갔다.

"워렌 공, 기다리는 것이오!"

그것을 사무라이 종자 카운도 씨가 따라갔다.

"으엑, 후우가 거품 물고 있어."

"진짜냐. 에로 내성이 낮은 녀석이네."

"정말 그래. 나로서는 이세계 하렘의 선배로서 여러 가지 이야기를 듣고 싶은데."

"그러니까, 그건 오해입니다."

하렘이고 뭐고, 내 연애대상은 보르에난 숲의 하이 엘프, 사랑스런 아제 씨밖에 없거든.

"그러면, 전원 철수! 포치, 타마, 리자 공, 또 언젠가 마왕과 싸우는 전장에서 만나지!"

"죄송합니다, 펜드래건 경. 사과와 감사는 후일에 다시, 날을 잡아서—"

사무라이 종자 루도루 씨가 기절한 용사 후우를 안아 들고, 다른 용사 두 명을 재촉하여 퇴실했다.

마지막으로 안경 신관이 꾸벅꾸벅 고개를 숙이고, 방을 나섰다.

"꽤 떠들썩한 애들이었군요."

리자가 조금 질색하며 말했다.

뭐, 중학생쯤 되는 애들이니까 저 나이라면 저런 느낌이 보통이겠지.

이제 그만 우리도 나가고자 일어서려는데―.

"―자, 자작님!"

이 가게의 요리장이 결사적인 표정으로, 케이크 시식을 부탁했다.

"레시피가 아니고?"

내 물음에 요리장이 진지한 표정으로 고개를 옆으로 저었다.

"그것은 너무나도 뻔뻔스럽지요. 저도 요리사 나부랭이입니다. 한 번 먹어보면, 언젠가 그 맛에 도달해 내겠습니다."

제법 굉장한 말을 하는 사람이네.

"좋아. 그러면 용사님들이 좋아할 법한 과자를 몇 종류 두고 가지."

조금 즐거워져서, 그렇게 말하고 각종 케이크나 카스텔라 같은 과자를 테이블 위에 잔뜩 놓았다.

타마랑 포치까지 눈을 반짝거린다.

너희들은 이 다음에 사가 제국의 고기 요리 풀코스를 먹을 거니까, 지금은 참자.

나는 요리장에게 성원을 보내고, 옷가게에 간 멤버와 합류했다.

그 뒤로 꽤 시간이 지났는데, 아직도 쇼핑이 끝날 기색이 안 보이네.

역시, 여자애들이 옷에 보이는 열량은 남자랑 비교가 안돼.

◆

　"이것이 파리온 신께서 하사하셨다는 『용사의 미궁』!"

　구도에서 쇼핑을 마친 우리는, 교외에 있는 「용사의 미궁」을 구
경하러 갔다.

　유감이지만, 이 미궁은 클로즈드라서 사가 제국의 용사랑 그
종자들한테만 개방된다.

　"미궁?"

　"신전 같아~?"

　"장엄한 거예요!"

　미아에 이어 타마랑 포치가 신전풍 「용사의 미궁」을 올려다 보
며 감상을 말했다.

　포치는 장엄하다는 말을 좀 어설프게 기억하는지, 배탈이 난
것 같은 발언을 했다.

　"관광 안내 어떠신가요? 지금은 미궁 외곽에 있는 역대 용사상
의 해설도 하고 있습니다."

　공식 안내인이라는 띠를 걸고 있는 누님이 와서 말하길래, 은
화 1닢으로 관광 안내를 받았다.

　여기는 구도의 관광지가 되어 있는지, 미궁 밖에 있는 도로를
돌아보는 코스가 준비되어 있었다. 길을 따라 나아가는 사람들
중에 순례자 같은 차림의 사람이 많은 것은, 파리온 신이 만든
장소이기 때문이겠지.

　"이 미궁은 파리온 신의 위업으로, 들어간 용사님의 레벨에 맞

추어 계층이 생성된다는 걸 알고 계시나요?"

"헤~ 게임의 인스턴스 던전 같네."

누님의 해설에, 아리사가 현대인다운 감상을 품었다.

"손님, 잘 아시네요. 그건 400년 전의 용사 다이사쿠 님의 말이죠?"

누님이 동지를 발견한 표정으로 아리사와 악수했다.

"아버님, 정말인가요?"

"아니, 그 말은 나도 모른다. 역시, 용사님의 본고장. 전해지는 말 하나조차 다른 곳과 다르구나."

소르나 양과 무노 백작의 말이 들렸다.

용사 연구가로서 이름 높은 무노 백작도, 이런 일상적인 말까지 알지는 못하는 모양이군.

"동격의 적하고만 싸울 수 있는 건가요? 그것은 참으로 좋은 수련이 될 것 같습니다."

"효율적~?"

"포치는 자기보다 강한 적이랑 싸우고 싶은 거예요!"

아인 소녀들이 수련장으로서 「용사의 미궁」을 평가했다.

"하지만, 동격의 상대하고 연전을 하면 사고가 일어날 것 같아 무서워."

"용사는 주위에서 지키니까 괜찮을 거라고 판단합니다."

아리사의 염려를 나나가 부정했다.

"하지만 나나 씨. 그러면 종자님들이 피해를 입지 않아요?"

"괜찮아요. 『용사의 미궁』은 안에서 쓰러져도 입구로 돌아올

뿐이니까요."

"어? 그래?"

"네. 그 대신, 레벨을 올리기에는 그다지 적합하지 않다고 합니다. 경험치가 안 쌓인다던가 해서."

그렇군. 경험치를 얻기 어려운 타입의 훈련소인가?

"다시 말해서, 여기는 리얼 스킬을 획득하기 위한 장소라는 거구나."

용사들은 레벨 50으로 시작한다고 했지. 급격하게 바뀐 신체 능력에 익숙해지기 위한 장소란 의미도 있을지 몰라.

당분간 새로운 용사들의 훈련에 쓰이니까 무리겠지만, 「용사의 미궁」이 비면 용사 나나시와 황금 기사단이라도 쓸 수 있는지 타진을 해봐야지.

레벨 상한이 어느 정도인지는 모르지만, 파티의 평균치를 기준으로 한다면 레벨 95 정도의 적과 목숨의 위험 없이 훈련을 할 수 있을 테니까.

"아! 이제 곧 초대 용사님 상이 보일 겁니다."

초대 용사는 성검 한 쌍을 쓰는지, 좌우에 검을 차고 있었다.

"성검 엑스칼리버와 무명의 성검으로 세계의 절반을 멸망시킨 고블린의 마왕을 쓰러뜨리고, 이 사가 제국을 건국하셨답니다."

초대 용사의 상 옆에는, 유리 케이스에 담긴 초상화나 그가 애용했다는 물건들이 장식되어 있었다.

"이런 곳에 전시하면, 햇빛에 열화되지 않아?"

"괜찮아요. 고정화 마법을 썼고, 여기에 전시된 건 초상화도 포함하여 모두 레플리카니까요."

　누나에게 역대 용사들의 일화나 일상의 소소한 이야기를 들으며 순서대로 코스를 돌았다.

　"그리고, 이 분이 용사 와타리. 마왕 토벌 뒤에도 이쪽 세계에 남아, 여러 나라에서 세상을 좋게 하거나 사람들을 도우며 지내셨다는 일화가 있습니다."

　루루가 자랑스런 표정으로 용사 와타리의 상을 보았다.

　그녀의 증조부라고 하는데, 조각상이나 그 옆에 장식된 유리 케이스 안의 초상화도 경성이라는 말로 표현해야 할 정도의 미장부다.

　"그야말로 루루의 선조란 느낌이네."

　"동감이야."

　감상하는 루루에게 방해되지 않도록, 작은 소리로 아리사와 대화했다.

　"자식이 많았다는 것으로도 유명한 분이라, 여러 나라에 용사 와타리의 자손이 계신다고 합니다."

　언니의 말에, 루루가 미묘한 표정을 지었다.

　요새도시 아카티아에서 용사 상점을 운영하는 로로도 용사 와타리가 증조부인 루루의 6촌이었지.

　"주인님도 본받아야겠어."

　"바람 안돼."

　아리사가 팔을 끌어안고, 미아가 반대쪽에서 엄격한 시선을 보냈다.

응. 바람은 안 피워. 나는 아제 씨 일편단심이야.

"마스터, 인파를 발견했다고 보고합니다."

나나가 미궁 입구의 건물에 쇄도하는 사람들을 발견했다.

"아마, 용사님이 오신 모양이네요. 가보죠. 어쩌면, 말을 걸어주실지도 몰라요."

누님은 용사 마니아인지, 직무를 잊고서 감상적인 행동을 한다.

맵 정보에 따르면 그 인파 너머에 아직 만난 적 없는 마지막 용사 소라가 있으니까, 따라가봤다.

일반인은 용사 소라가 있는 울타리 너머에 다가갈 수 없는 모양이군.

"""용사님!"""

"""소라 님!"""

울타리를 넘어갈 것 같은 기세로, 순례자들이나 관광객들이 용사 소라에게 성원을 보낸다.

"헤~, 저게 용사 소라구나."

"루루 같은 머리모양이네. 미모는 루루가 압승이지만."

아리사의 말처럼, 용사 소라는 「흑단 같은」이라고 표현할 법한 검은 롱 헤어의 아가씨다. 아마, 고교생 정도일 거야. 그녀는 용사 세이기와 마찬가지로 은테 안경을 쓰고 있었다.

"아~! 드디어 나왔어! 이 독점 여자!"

"""메이코 님!"""

아까 만난 용사 메이코가 용사 소라에게 따지고 들었다.

다른 세 명은 없다. 용사 후우가 기절했기 때문인지, 그 옆에

붙어있는 걸지도 모르지.

"어라, 메이코. 오랜만."

"혼자서 점유하지 말란 말야! 당신이 계속 들어가 있으면, 우리가 못 쓰잖아."

용사 메이코가 용사 소라에게 시비를 거네.

"미안해. 유니크 스킬을 쓸 수 있게 하고 싶어서, 너무 집중했나 봐."

"뭐야? 아직도 못 써?"

"그래. 이런 건 익숙하질 않아서."

"나도 익숙하지 않거든!"

늘 있는 일인지, 두 명의 종자는 용사들의 대화를 방해하지 않고 지켜보는 느낌이다.

"하지만! 나는 얼른 마왕을 쓰러뜨리고 일본에 돌아가고 싶어! 그걸 위해서 얼른 강해져야 한단 말야!"

말하는 동안 흥분했는지, 용사 메이코가 외쳤다.

"메이코, 그만 하세요."

"시끄러워. 납치한 당신들한테 들을 말 아냐."

"메이코 님! 아무리 용사님이라 해도, 황자 전하께 그러한 연유 없는 매도는—."

"납치했으니까 납치했다고 말하는 것뿐이야!"

용사와 종자의 말다툼이랄까, 납치 운운하는 발언이 안 좋았는지, 황자의 부하가 미궁을 지키는 위병에게 명해서 구경꾼들을 쫓아냈다.

"귀족님, 죄송합니다만─."

"아아, 실례. 금방 물러나지."

우리도 쫓겨날 것 같았는데, 「기다리게!」라는 말이 들렸다.

용사 메이코와 다투고 있던 황자가 이쪽으로 왔다.

"자네는 『마왕 살해자』 펜드래건 경이지?"

"그 별칭을 쓴 적은 없습니다만, 제가 펜드래건 자작인 건 틀림없습니다."

황자는 친근한 태도지만, 뭔가 꾸미고 있을 법한 수상한 미소다.

"그대에 대해 메리에스트 누님께 들었다. 용사 하야토나 용사 리쿠 일행이 마왕을 토벌하는 것을 뒤에서 지원했다고 하지 않나."

"─으엑, 성욕 마인?!"

용사 메이코가 나를 발견하고 물러났다.

"미안하군. 메이코는 아직 어린애라 예의를 잘 몰라."

"나는 어린애 아냐!"

"그 말을 말하는 건 어린애뿐이야."

내가 보기에 대학생 정도의 황자도 충분히 어린애로 보이지만, 괜한 말을 하진 않는다.

"어때? 용사 메이코의 종자가 되어보지 않겠나?"

"아뇨. 저는 그럴 생각이 없습니다."

"그렇게 대답을 서두를 필요는 없어. 자네라면, 종자로서 공적을 세워 사가 제국에서 작위를 얻는 것도 가능할 텐데?"

황자는 내가 황제의 타진을 거절했다는 걸 모르는 모양이군.

"오라버니! 새치기는 너무하답니다!"

"그럼요! 우리도『마왕 살해자』나리를 노리고 있었어요."

어느샌가, 소동을 깨닫고 관계자가 늘어났다.

끼어든 것은 황자의 여동생으로 보이는 황녀들이다. 아니, 나이가 가까우니까 몰랐는데, 한 명은 황녀가 아니라 황손녀군.

"어때? 내가 후견인으로 있는 용사 세이기의 종자가 되지 않겠어? 용사 세이기의 종자는 미녀나 미소녀들인데?"

"내 용사 유우키는 전위가 필요해. 당신뿐 아니라, 당신의 가신들도 종자로 받아주겠어!"

아무래도, 황녀들은 용사 세이기와 용사 유우키의 후견인인 모양이군.

이 자리에는 용사 후우의 종자들도 있지만, 후우의 후견인은 풋워크가 가볍지 않은 건지 이 세 명처럼 권유하러 오지 않았다.

"전하! 나는 그 성욕 마인을 종자로 안 받을 거야! 이제부터 미궁에 갈 거니까, 종자라면 얼른 따라와."

"기다려라, 메이코! 유망한 종자를 모으는 건 필요한 일이야."

용사 메이코가 미궁 안으로 사라진 것을 계기로, 황녀들에게도 작별을 고하고「용사의 미궁」을 떠났다.

◆

그 다음, 미궁 근처에 있는 용사 박물관을 구경했다.

"오옷! 저것은 용사 하야토 님의 성갑옷!"

"정말이랍니다! 아버님, 더 가까이서 보도록 해요."

평소에는 나긋한 소르나 양도, 뿌리 부분은 무노 백작을 닮은 모양이다.

이렇게 돌진하는 부분을 보면, 카리나 양의 언니라는 걸 실감할 수 있다.

"주인님. 전시되어 있는 성검이나 성창도 진짜일까요?"

"아니, 여기 있는 『성스러운 무구』는 겉모습만 똑같이 만든 레플리카야."

아무래도, 이런 장소에 전시를 하면 도난의 위험이 높으니까.

"그러니까, 사양하지 말고 가까이서 보고 와."

"라져인 거예요."

"리자도 같이 가～."

아인 소녀들이 무노 백작 뒤를 따라가자, 다른 애들도 따라갔다.

"─안녕하쇼, 젊은 나리."

후드로 얼굴을 가린 수상한 남자가 말을 걸었다.

"안녕? 피핀. 오랜만이네."

남자의 정체는 전직 괴도이며 현재는 에치고야 상회의 첩보원인 피핀이다.

"이야기는 쿠로 님한테 들었어. 이게 보고서야."

나는 피핀에게 봉서를 받았다.

사실 사가 제국을 방문할 때 쿠로로서 원거리 통화^{텔레폰}를 걸어 상황을 설명하고, 사가 제국에 가는 사토를 시가 왕국에 대한 메신저로^나 쓰라고 명해두었다.

피핀의 안내를 받아 안뜰의 수풀 속으로 가자, 현자의 제자 세레나가 기다리고 있었다.

"오랜만이네, 펜드래건 자작."

"안녕하세요? 세레나 씨. 피핀에게 들었을 거라고 생각하는데—."

"미안하지만 신석의 행방이나 마왕주라는 건 몰라. 다만, 성녀에게 먹인 『무구의 보주』를 뭔가에 재이용할 수 없는지 연구하고 있던 녀석들은 알고 있어."

"그들이 누구인가요?"

"파사 이스코와 사이에 매드 두 명이야."

—빙고.

전자는 세류 시의 문전 여관에서 마왕주를 수령하려던 인물이다.

아마도, 그 둘이 마왕주를 만들었을 가능성이 높다.

"파사는 세류 시에서 만났어. 요워크 왕국에 간다고 했었는데, 그 남자가 마왕 소동을 일으켰다니 믿을 수가 없네."

세레나가 파사 이스코를 옹호했다.

"나도 만났는데, 그 연구 바보가— 아니, 연구 바보는 자신의 연구를 위해서라면 윤리를 신경 쓰지 않는다. 그런 일도 있을 수 있나……."

"……피핀."

세레나도 피핀의 말에 공감하는 것이 있었는지, 옹호하려던 말이 끊어졌다.

"그래서, 사이에 매드란 인물에 대해서는?"

"사이에는 현자님이 마왕으로 타락하기 전에 갈라섰어. 지금 어디에 있는지는 모르지만, 미궁을 연구하는 취미가 있었지."

세레나의 말로는, 시가 왕국의 미궁이나 사가 제국의 「흡혈 미궁」 부근에서 본 적이 있다고 한다.

"확증은 없지만, 번마 미궁이나 몽환 미궁에 있을 가능성이 높을 거야."

번마 미궁은 동방소국군의 스이루가 왕국과 마키와 왕국에 끼어 있는 땅굴쥐 자치령에 있고, 몽환 미궁은 족제비 제국의 데지마 섬에 있다.

"젊은 나리, 갈 거라면 조심해."

피핀이 진지하게 말했다.

"뭔가 신경 쓰이나요?"

"아무리 그래도 없을 것 같긴 한데—."

피핀이 조금 머뭇거리며 말을 이었다.

"—마왕."

그 말로 떠올렸다.

공도의 테니온 신전에서 무녀장에게 들은 마왕 출현의 예언 중에 「쥐 수인족의 수장국」이란 장소가 있었지.

피핀은 그 「쥐 수인족의 수장국」이 땅굴쥐 자치령이 아닌가 예상하는 모양이다.

에피도로메아스랑 비교하면 별거 아닌 느낌이 들지만, 현지 사람들에게는 국가존망의 위기가 될 정도의 재앙이 되는 위협이다.

땅굴쥐 자치령에 마왕이 출현한다고 정해진 건 아니지만, 신석을 찾으러 스이루가 왕국이나 마키와 왕국의 유적을 조사하러 갔을 때 조금 가서 조사를 해봐야지.

용신전

　"사토입니다. 투기장이라고 하면 만화나 게임에 나오는 쪽을 떠올려 버리고 맙니다. 외국에서 본고장의 콜로세움을 본 적이 있는데도, 그쪽을 떠올려버리는 건 뭔가 신기한 느낌이 들어요."

　"이 부근은 뾰족한 산이 많네요."

　"산 아래쪽이 하얗네. 석회암이 많은 걸까?"

　루루와 아리사가 비공정의 창에서 풍경을 즐기고 있었다.

　사가 제국 관광을 마치고 무노 백작령에 돌아온 우리는 신석이나 신기를 찾아 미방문이었던 동방소국군의 남부에 와 있었다.

　"고기 왔어~?"

　"통구이로 와구와구인 거예요."

　타마랑 포치가 멀리서 접근하는 와이번 네 마리를 보고 식욕이 가득한 눈빛을 보냈다.

　동방소국군의 최남단, 비룡의 왕국이라고도 불리는 스이루가 왕국의 영공에 들어간 우리들의 비공정을 마중 나온 것은, 이 나라의 주전력인 「비룡 기사」들이었다.

　"저 와이번들은 사냥하면 안돼."

　"안 되는 거예요?"

"자, 자세히 봐."

고개를 갸웃거리는 포치의 시선을 유도해서 와이번의 등에 탄 기사들의 모습을 가리켰다.

"뉴!"

"와이번의 등에 사람이 타고 있는 거예요!"

이 나라의 영역은 초여름의 기후라서 타마랑 포치는 반소매다.

"포치도 커지면, 류류 등에 타고 싶은 거예요!"

—LYURYU.

포치의 가슴팍에서 흔들리는 용면 요람^{드래곤 크레이들}에서 뛰쳐나온 하얀 어린 용 류류가, 「맡겨만 두시라」고 말하듯 가슴을 두드렸다.

"저 비룡 기사는 리자 씨랑 같은 종족일까?"

"꼬리를 보니, 주황 비늘 종족이 아니라 흰 비늘 종족인 것 같습니다."

선두의 비룡 기사는 목덜미나 손에 하얀 비늘과 도마뱀 수인족 같은 꼬리를 가진 흰 비늘 종족인 모양이다.

이 나라는 흰 비늘 종족이나 도마뱀 수인 같은 비늘 종족이 다수를 점하는 모양이군.

"시가 왕국의 비공정! 무슨 일로 우리 나라를 찾아왔는가!"

나는 비공정의 확성기 스위치를 켜고, 마이크를 향해 대답했다.

"이쪽은 시가 왕국 관광성 대신 펜드래건 자작의 배입니다. 목적은 관광, 스이루가 왕성에 친선방문을 희망합니다."

"—관광?"

관광이라는 단어를 잘 모르는지, 비행 투구의 안쪽에서 기수

가 당혹하는 표정을 지었다.

"폐하께 대한 친선방문에 대한 건은 잘 알았다. 사람을 보내 알리지."

기수가 신호를 하자, 「비룡 기사」 한 기가 왔던 쪽으로 날개를 돌렸다.

─응, 저건?

시야의 저 너머, 구름 사이로 작은 그림자가 보였다.

"귀공들은 우리가 안전한 경로로 안내할 테니, 고도를 낮추시오. 이 높이에서는─."

기수가 말하는 도중에, 방금 발견한 검은 그림자가 구름을 돌파하면서 점점 커지고, 순식간에 비공정 근처까지 다가왔다.

"주인님, 용이예요!"

"하급룡인가 보네."

눈이 좋은 루루가 접근하는 검은 그림자의 정체를 고했다.

남은 세 기의 「비룡 기사」 중에서, 대장기가 아닌 와이번이 흩어져 도망쳤다.

"─아뿔싸!"

대장도 자기 와이번을 온전하게 제어하지 못하는지, 시야 밖으로 급강하하여 이탈했다.

그것은 배의 전방에서 날개를 크게 펼치고 급제동을 걸었다. 짙은 다갈색 비늘을 가진 용이다.

"주인님, 위험합니다!"

리자가 양손을 펼치고 내 앞에 섰다.

한 발 늦은 타마와 포치가 좌우에 진을 쳤다.

"워닝~."

타마의 경고보다 조금 늦게, 용의 급제동으로 흐트러진 기류가 비공정에 닿았다.

비공정의 자세 제어장치가 기체를 수평으로 유지하고자 열심히 일하지만, 이 정도로 기류가 흐트러지면 무리가 있는 모양이군.

"""꺄아아아아아아.""""

나는 언제나 발동하고 있는 「이력의 손」으로 모두가 벽에 부딪히지 않도록 홀드했다.

나뭇잎처럼 희롱당하는 비공정 안에서, 루루의 스커트가 위험한 레벨까지 말려 올라가길래 남아있는 「이력의 손」으로 눌러서 무사할 수 있었다. 아리사랑 미아가 항의를 하길래, 아이들의 스커트도 커버해줬다.

"나나! 긴급제동을 허가한다!"

"예스 마스터. 긴급제동을 발동한다고 고합니다."

비공정에 조립해 놓은 차원 말뚝을 이용한 긴급제동 장치가 발동하여, 강한 G가 몸을 덮쳤다.

극히 일반적인 비공정이라면 공중분해가 되어버릴 제동이지만, 이 비공정은 겉으로 보기에만 관광성의 전용정과 똑같이 위장한 자작 비공정이니까 이 정도는 걱정 없다.

"……주인님."

"루루, 괜찮아."

배의 흔들림을 진정시킨 다음, 루루의 어깨를 두드려 힘을 풀게 했다.

이 자작 비공정은 무엇보다 튼튼하게 만들었으니, 성룡이 상대라면 모를까 하급룡 상대로 뒤쳐지진 않는다. 공격력은 몰라도 방어력은 황금 갑옷급이야.

―GURWRURRRUUUU.

하급룡이 으르렁거리면서, 싸울 상대를 찾는 중학생 같은 표정으로 이쪽을 노려보았다.

유감이지만, 이 녀석들은 언어가 없으니 대화는 성립 안 한다.

그러나, 방법이 없는 건 아니다.

이번엔 비스탈 공작령의 하급룡에게 썼던 기술로 쫓아내야지.

나는 결심하고, 상갑판으로 나섰다.

"안녕, 드래곤 군."

―GU, GURWRUUUUU.

아직 칭호를 바꾸지도 않았는데, 어째선가 하급룡이 조금 겁을 먹었다.

"타마도 설득할래!"

"포치는 설득의 프로인 거예요!"

타마랑 포치가 상갑판으로 뛰쳐나왔다.

하급룡이 의문스런 표정으로 둘을 보았다.

―LYURYU.

포치의 머리 위에, 류류가 폴짝 뛰어 올라탔다.

그걸 본 하급룡이, 비명 같은 소리를 내면서 도망쳤다.

"어라라~?"

"가버린 거예요."

아이들이 서로 마주보았다.

─LYU?

귀여움에 올인한 것처럼 보이는 류류지만, 어리더라도 용[드래곤]이다. 용 중에서 서열이 상당히 높은가 본데.

얼마 안 가 돌아온 비룡 기사들에게 에스코트를 받으면서, 우리들의 비공정은 스이루가 왕국의 왕도로 갔다.

비공정의 대외용 순항속도로는, 도착하면 날이 저물 것 같아.

쾌속의 와이번들에겐 미안하지만, 이 속도에 맞춰줘야겠어.

◆

"넓어~?"

"양이랑 염소가 없는 거예요."

비룡 기사들의 에스코트를 받아, 느긋하게 경치를 바라보았다.

스이루가 왕국은 동방소국군의 평균적인 나라의 두 배 정도 넓이를 가진 큼직한 나라다.

시가 왕국으로 따지면 세류 백작령의 50% 정도, 무노 백작령의 10% 정도 크기일까?

"이 정도로 기복이 적은 초원은 보기 드무네."

"물 정령의 기운."

"저건 초원이 아니라, 습지대야."

내가 가진 관광성의 자료에 따르면, 국토의 대부분이 습지대다. 습지에서 자라는 담수어나 개구리가 주식이고, 농업보다 어업이 주산업이다.

다른 나라와 비교하면, 물 마법이나 흙 마법의 선천성 스킬을 가진 자가 많이 태어나는 모양이다.

전자는 어업의 보조, 후자는 건축 자재가 적은 국토의 부족을 메울 수 있으니 다른 속성과 비교해 지위가 높다.

마찬가지로 연료도 부족할 것 같지만, 유분을 대량으로 포함하는 수초를 채취할 수 있어서 그걸 활용한다고 했다.

"개구리, 발견~."

"뭔가에 쫓기고 있는 것 같아요."

습지에 난 갈대 같은 풀이 S자형으로 흔들리고 있었다.

"뱀 마물이 개구리를 추적하는 모양이네요."

루루가 뛰어난 시력으로 그 정체를 간파했다.

이 습지에는 개구리나 뱀 마물이 많이 서식하며, 이런 마물은 스이루가 왕국 최대의 전력인 비룡 기사가 타는 와이번들의 먹이가 된다고 한다.

우리가 가는 스이루가 왕국의 도읍은 그런 습지대 안에 우뚝 선 험준한 산의 기슭에 있었다.

그 산의 정상 부근에는 열 마리에 가까운 하급룡이 살고 있으며, 스이루가 왕국민에게 신앙의 대상이라고 한다. 다른 나라에 없는 용신전이라는 것이 산의 중턱에 있군.

아마, 아까 그 하급룡도 여기에 살던 녀석이겠지.

"용이 사는 산인가요…… 싸울 맛이 있는 상대가 있다면 좋겠습니다만."

리자가 새침한 표정으로 호전적인 소리를 하네.

이 스이루가 왕국은 레벨 30대의 기사가 많다.

대부분이 비룡 기사이며, 국왕이나 왕자도 비룡 기사인 군사국
가이기도 한 모양이다.

"싸울 수 있을지는 모르지만, 강한 사람은 잔뜩 있는 것 같아."

국왕이나 왕자를 포함하여, 레벨 40이 넘는 자도 네 명 정도
있었다.

이 나라의 왕은 혈통으로 세습되는 게 아니라 용에게 선택된
영웅이 왕이 된다는 특색이 있다고 들었다.

물론 실제로는 다섯 비늘 가문이라고 불리는 대룡무기를 가진
가문 중에서 국왕이 나오니까, 어중이떠중이가 되는 일은 없는
모양이다.

"그건 기대되는군요."

"실력 발휘해~?"

"휘휘휘인 거예요!"

—LYURYU.

기대하는 건 좋지만, 적당히 하자.

◆

"—그러면, 전령이 돌아올 때까지 느긋하게 쉬고 계십시오."

스이루가 왕국에 도착한 뒤, 우리는 왕성 한 구석에 있는 영빈

관으로 안내를 받았다.

우리가 비공정을 착륙시킨 초원의 임시공항에 사가 제국의 중형 비공정이 두 척 정박하고 있었으니 영빈관에서 조우할 거라고 생각했는데, 이 영빈관은 우리들 전용인가 보군.

"좋~아. 탐험하러 가자!"

"아이아이 서~."

"렛츠 고~인 거예요!"

"저도 동행한다고 고합니다."

"감시."

아리사의 호령으로, 연소자 팀과 나나는 영빈관 탐험을 하러 출발했다.

비공정 안에서는 몸을 움직일 수 없었으니까 심심했던 모양이네.

"각하, 차를 가져왔습니다."

노란 비늘 종족의 메이드들이 다과와 차가운 차를 가져다 주었다.

옛날에 인도네시아에서 먹은 비카 암본이랑 비슷하네. 단면의 섬유질 같은 느낌이 완전 똑같아.

"고마워, 들지."

과자는 생강 같은 풍미가 있고 입에서 잘 맞는 과자였다. 당연하지만, 겉보기와 다르게 맛은 비카 암본과 다른 물건이다.

조금 산미가 있는 차가 살짝 남은 달콤함을 깔끔하게 씻어내준다.

"지금까지 먹어본 적이 없는 과자네요."

"그렇네. 이 과자는 스이루가 왕국에서는 흔히 먹는 건가?"

조금 흥미가 생겨서, 급사하는 메이드에게 물었다.

"네. 가정마다 레시피가 있습니다만, 방금 내어드린 것은 널리 먹는 기본적인 레시피로 만든 것입니다."

"저, 저기! 그 레시피를 배울 수 있을까요?"

"네. 물론입니다. 기본 레시피는 요리사나 주부라면 누구나 알고 있으니까요."

루루가 강하게 부탁하자, 가뿐하게 승낙해주었다.

"—실례합니다!"

그런 이야기를 나누는데, 전령 병사가 돌아왔다.

"국왕 폐하의 서한을 가져왔습니다."

전령에게 받은 서한을 보았다.

국왕과 알현하는 건 내일이군.

전령에게 알겠다고 고한 뒤, 루루에게 레시피를 배우고 오라고 등을 밀어주었다.

『주인님, 지금 괜찮아?』

오늘은 뭘 하며 지낼까 생각하는데, 아리사가 원거리 통화^{텔레폰}를 걸었다.

『괜찮아, 뭔데?』

『국왕이랑 알현은, 우리도 동행하는 편이 좋아?』

『아니, 나 혼자서도 문제없어.』

『그러면, 조금 모험하고 올게!』

듣자하니, 탐색중에 만난 꼬맹이의 안내를 받아 모험— 도시에 놀러 가려는 모양이다.

맵 정보에 따르면, 그 꼬맹이는 막내 왕자 같다.

『조심해서 다녀와. 무슨 일 있으면 원거리 통화로 연락해야 된다.』

『응, 알았어! ―기다리라니까~!』

소란스럽게 통화가 끊어졌다.

뭐, 아리사가 같이 있으면 괜찮겠지.

"주인님, 아리사가 뭐라고 했나요?"

"모험을 하고 온대."

내 모습을 보고 원거리 통화를 눈치챈 리자가 확인을 하길래 그렇게 대답해 두었다.

그러면, 나는 뭘 하지?

리자랑 창의 수련을 좀 해도 좋겠지만―.

둘러보는 시야에, 왕도 옆에 우뚝 선 산이 보였다.

관광성 자료에 따르면 산 위에는 하급룡들의 둥지가 있고, 그 앞에 용신전이라는 용을 모시는 보기 드문 신전이 있다고 한다.

"리자, 우리도 모험하러 갈까?"

"예."

리자가 곧장 수긍했다.

국왕 알현이 끝나면 다 같이 용신전에 관광을 갈 예정이지만, 그 전에 나는 리자를 불러서 사전답사를 하기로 했다.

◆

"여기는 미궁도시와 비슷할 정도로 따뜻하군요."

"그렇네. 표고가 높은데도 초여름이라기보다 여름이라고 하는 게 좋을 것 같아."

따뜻한 햇살에 눈을 가늘게 뜨는 리자에게 대답했다.

오늘은 잠행이니까, 나도 리자도 인식 저해 아이템에 더해 현지 패션과 갈색 가발에 「환영」마법으로 변장했으니 은폐는 완벽하다.

왕성을 빠져나와 귀족가에서 용신전으로 가는 길에 나서자, 사람들이 눈에 띄게 늘어났다.

"떠들썩하군요."

교토 관광에서 흔히 보이는 신사의 산길 같은 장소에 들어서자, 폭이 2미터쯤 되는 가늘고 구불거리는 언덕길 양사이드의 노점에서 갖가지 공예품이나 경식을 팔고 있었다.

이 길은 산의 중턱에 있는 용신전으로 이어지고 있으니까, 「같은」이 아니라 산길 그 자체라고 할 수 있겠지.

걸어가는 사람들은 비늘 종족이 잔뜩 있었다. 그중에서도 도마뱀 수인족, 뱀머리 수인족, 하얀 비늘 종족, 노란 비늘 종족, 파란 비늘 종족의 다섯 종족이 많다. 리자의 비늘색도 「환영」으로 파랗게 바꿔뒀으니까 괜히 눈에 띄지는 않을 거야.

인간족이나 다른 수인도 있지만, 비늘 종족과 비교하면 비율이 낮다.

다만 하얀 비늘 종족, 노란 비늘 종족, 파란 비늘 종족의 세 종족은 허리에서 뻗은 꼬리나 목덜미나 손목이 컬러풀한 비늘로 덮인 것 말고는 인간족과 다를 바가 없으니까, 언뜻 보기에는 인간족이 잔뜩 있는 것 같은 착각이 든다.

"아, 경단을 파네."

하얀색의 경단을 숯불로 굽고 있었다.

"인간족 형씨, 사갈래?"

"그러면, 두 개 정도 줘."

섹시한 누나가 파는 경단을 샀다.

지역 주민들 사이에서는 어깨나 배를 대담하게 노출시킨 옷이 유행인가 보다. 스커트도 짧은 편이고 신발은 샌들을 많이 신고 다녔다.

"인간족 형씨, 작은 야자 어때? 산 너머 푸타에서 들어온 보기 드문 과일이야."

그리운 도시 이름에, 무심코 사버렸다.

가지고 돌아가서, 야자 열매 주스로 만들어 다 같이 마셔야지.

"주인님, 좋지 않은 낌새를 두른 시선이 느껴집니다. 저와 너무 떨어지지 말아 주십시오."

"그렇게 걱정 안 해도 돼."

리자의 기우를 미소로 부정했다.

그녀가 느낀 낌새라는 건, 하얀 비늘 종족이나 파란 비늘 종족 남자들이 리자에게 보내는 추파일 거야.

아무래도, 동족이 보기에 리자는 상당히 매력적인 모양이군.

힐끔거리는 시선을 보내지만, 말을 거는 자는 없다.

아마, 경계하는 리자가 뿜어내는 위압감에 밀리는 게 아닐까 싶어.

그런 통행이 많은 산길 옆의 광장에서 음유시인풍 차림을 한

뱀 머리 종족의 여성이 신비로운 울림의 목소리로 노래를 하고 있었다.

"—광왕 가르타프트의 탄압에서 벗어난 방랑자 라우이. 사람의 인연을 잇는 『원초의 마녀』에 이끌려 습지로 발을 들였으니—."

자세하게는 기억 안 나지만, 광왕 가르타프트란 이름은 시가 왕국의 역사서에서도 본 적이 있다.

400년쯤 전의 어린 왕으로, 아인 탄압을 한 걸로 유명하지.

분명히 용사 다이사쿠가 보르에난 숲에 은둔한 건과 연관이 있었던 것 같은데.

"—습지의 주인인 고룡이 라우이에게 물었노라. 『그대는 나에 대한 제물인가, 아니면 투쟁을 바라는 전사인가』 라우이가 그에 답해 가라사대 『우리들은 방랑자. 안주의 땅을 찾아왔노라』—."

고룡이라면, 흑룡 헤일롱이랑 천룡 사이쯤에 있는 그레이드의 용이었던가?

맵으로 확인했는데 이 주변에 고룡은 없으니까, 이 땅에서 떠났거나 훗날 각색된 거겠지.

내가 그런 생각을 하는 사이에도 이야기가 진행되어, 고룡과 방랑자 라우이의 전투가 이어졌다.

전투는 사흘밤낮으로 이어지고, 마지막에는 라우이의 검에서 반사된 아침 햇살을 받아 고룡에게 틈이 생겼을 때, 한쪽 눈을 파헤쳐 용의 피를 뒤집어쓴 것으로 전투가 끝났다.

여기서 사이즈를 생각할 때 무리가 있다거나, 고룡은 날아오르지 않았다거나 딴죽을 걸면 안 되겠지.

이과의 검증 버릇은 어쩔 수 없다. 이야기를 좋아하는 리자는 그림책의 낭독에 귀를 기울일 때와 마찬가지로 진지하게 시인을 보고 있었다.

"─피를 흘리면서도 고룡은 사납게 말했으니. 『내게 상처를 낸 작은 자여. 그대에게 왕위와 이 땅을 주겠노라. 그리고 내 권속이 그대와 그 자손을 지켜보리라. 허나, 꿈에서도 잊지 말라. 왕이 왕다운 강함과 고결함을 잃었을 때, 내 권속은 그대들에게서 왕권과 국토를 빼앗으리라』 ─고룡은 그렇게 말하고, 방랑왕 라우이에게 송곳니와 발톱과 가시를 내렸노라. 라우이 왕은 그것으로 무기를 마련해, 맹우들과 나눴음이니. 이것이 스이루가 다섯 비늘 가문의 시작으로 이 세상에 전해지니라."

시인이 이야기를 마치고, 마지막 여운을 남겼다.

관객들에게서 아낌없는 박수와 얼마 안 되지만 이야기삯이 시인에게 쏟아졌다.

나도 스이루가 은화를 조금 던졌다.

전에 들렀던 나라에서 입수한 화폐라 마침 잘됐어.

던져넣은 은화를 보고 인사하는 시인에게 손을 흔들고, 우리는 용신전을 향해 걸었다.

"와, 저거 봐, 리자."

리자와 산길 옆의 노점을 들여다 보면서, 종점에 있는 용신전으로 갔다.

"이건 용을 조각한 나무상인가요?"

『손님, 눈이 좋다냐모.』

—냐모?

말꼬리가 왜 이래?

불길한 예감이 들어 AR표시를 확인했지만, 이 도마뱀 수인 가게 주인은 마족이 아니라 평범한 사람이었다.

로그를 보니 「하얀 비늘 종족어」라는 언어가 늘어났다. 이미 아는 것과 비슷한 언어 스킬이 작용하여 이상한 방언으로 들리는 거겠지.

일부러 스킬에 포인트를 할당할 것 없이, 메뉴의 마법란에서 「번역: 하급」 마법을 기동해 수수께끼 방언을 쫓아냈다.

"이건 머리핀이나 비늘 장식이 되는 거야. 자, 이렇게."

"나한테 장식 같은 건……."

가게 주인이 다는 방법을 실천해주길래, 리자에게 달아줬다.

오오, 생각 이상으로 어울리는데.

"응, 어울린다."

"주, 주인님이 그리 말씀하신다면."

톡톡 잘게 흔들리는 리자의 꼬리가 그녀가 내심 기뻐하는 걸 드러내준다.

나는 가게 주인에게 대금으로 동화를 건넸다.

"어라. 시가 왕국 동화라니 희한하군."

"못 쓰는 거야?"

"아니, 그 나라 동화는 구리를 안 아끼니까 대환영이야. 외부 상인들도 좋아하지."

그렇게 말하며, 가게 주인이 녹슨 동화를 보여줬다.

이 나라 동화는 불순물이 많은가 보네.

그런 느낌으로, 리자와 둘이서 산길을 구경했다.

"여기 있는 것은 위대한 자이크온 신의 사도님께서 하사하신 영험한 『성스러운 소금 가지』로다!"

나무 상자 위에 올라간 신관이 새하얀 가지를 손에 들고 말했다.

에피도로메아스 상대로 「눈의 나라」 키워크 왕국에서 공투했던 사도가 이 스이루가 왕국에도 왔었나 보군.

"후우! 메이코! 굉장한 거 찾았어!"

"세이기, 뭐 찾았는데?"

"어차피 시시한 장난감이겠지."

"세이기의 말이라 못 믿을지도 모르지만, 정말로 굉장해!"

"야, 유우키! 그건 아니지!"

활기찬 목소리가 들리는 쪽으로 시선을 돌리자, 인파 너머에 새로운 용사 세이기, 후우, 메이코, 유우키 네 명이 보였다.

임시 공항에 정박하고 있던 사가 제국의 중형 비공정은 그들의 배였던가 보군.

"자, 이거야!"

"어째서, 이런 게 여기에?"

"굉장하다!"

"가자, 세이기. 안내해!"

"잠깐, 메이코, 아파. 안내한다니까!"

새로운 용사들이 뭔가에 소란을 떨면서, 산길의 골목으로 사라졌다.

뭐, 보호자인 어른— 새로운 용사의 종자들도 같이 갔으니까 방치해도 괜찮겠지. 오늘은 잠행이기도 하고.

"뭔가 좋은 냄새가 나네."

"주인님, 저쪽입니다."

산길 중간에 있는 광장 같은 휴게소에서, 카피바라 같은 동물 통구이를 굽는 노점이 있었다.

통구이 자체를 통째로 파는 게 아니라, 깎아낸 고기를 검은 크레이프 반죽에 끼워서 먹는 요리 같다.

"리자, 하나 먹고 갈래?"

"네! 저 리자, 주인님이 권해주시는 요리라면 고깃조각 하나 남기지 않고 먹겠습니다."

아니, 그렇게 진지하지 않아도 되거든.

"예쁜 언니, 맛은 뭘로 할래요?"

"뭐가 있죠?"

"소금이랑 양념이야. 양념은 조금 달콤하니까, 언니처럼 늠름한 미인한테는 소금이 어울리려나?"

노점 주인은 여자인데, 리자를 숭배하는 것처럼 뜨거운 눈동자로 보았다.

"리자, 망설여지면 하나씩 사서 나눌까?"

"알겠습니다. 주인님께서 남겨주신 거라면, 재빨리 처리하겠습니다."

뭔가 틀려. 그건 나누는 게 아니고.

"자, 리자."

가게 주인에게 받은 고기 크레이프 한쪽을 리자에게 건네고, 또 한 쪽을 깨물었다.

이건 양념인가 보네. 과일을 잼처럼 졸여서 달콤함을 농축시킨 양념이다. 설탕이랑 조금 다른 단맛이지만, 씹는 맛이 있는 카피바라(가칭)의 고기에 잘 어울리네.

"이건 꽤 맛있네. 리자 건 어떠니?"

그렇게 물었지만, 리자는 아직 입을 대지 않았다.

"왜 그래? 취향에 안 맞아?"

"아뇨. 주인님께 제가 먹다 남긴 것을 드릴 수는······."

"나누는 건 남긴 걸 먹는 게 아냐."

그렇게 말했지만, 리자는 좀처럼 이해해주지 않는다.

"아리사랑 미아가 자주 하잖아?"

"―아아."

드디어 납득한 표정이 되어서, 서로에게 먹여주며 두 종류의 맛을 즐겼다.

화기애애한 군것질 도중에, 갑자기 리자가 경계모드에 들어갔다.

"왜 그러니?"

"아뇨. 방금 전부터, 이쪽을 힐끔거리며 살피는 시선이 느껴집니다."

"그건 리자가 귀여워서 그래."

"루루나 미아라면 모를까, 제가 귀엽다는 일은 있을 수 없습니다."

"안 그렇다니까."

"주인님이 그리 말씀하신다면."

그렇게 대답하면서도 리자는 믿지 않는다.

이렇게 비늘 종족의 남녀들이 추파를 던지는데 말이야.

◆

인파에 밀리듯 산도를 나아가자 커다란 건물이 보였다.

"저것이 용신전이군요."

"생각보다는 작네."

산길의 끄트머리에 있는 광장에서, 하얀 콘크리트 같은 신전을 올려다 보았다.

흙 마법으로 회칠을 해서 콘크리트처럼 보이는 거겠지. 시가 왕국의 왕도나 공도에서도 가끔 보이는 공법이다.

직사각형의 건물 한쪽이 돔 형태가 되어있다. 어쩐지 천문대 같은 형태군.

『—용이여! 내, 내 이름은 사자 수인족의 바루 바우트! 자, 정 정당당하게, 승부해라!』

바람을 타고 들리는 자기소개는, 목소리가 갈라지고 띄엄띄엄 나오는 외침이었다.

목소리의 주인은 용신전의 뒤쪽에 보이는 육상경기장 정도 넓이의 원형 투기장에 서 있었다. AR표시에 따르면, 원형투기장은 「용무대」라는 명칭이었다.

세 방향이 절벽으로 둘러싸인 장소고, 그 절벽 위가 하급룡들이 낮잠을 자는 장소 같았다.

인파가 방해되어 직접 보이진 않는데, 맵을 보니 용신전 뒷편과 용무대 사이에 깊은 계곡이 있고 구름다리 하나로 이어져 있었다.

계곡 너머는 금지 구역인지, 그 사자 수인 남자 말고는 아무도 없었다.

"저 사자 수인 형씨, 벌써 사흘째인가?"

"용님이 상대를 안 해주네. 가엾구만."

"실력도 없이 시합장에 서니 그렇지."

주변에서 하는 얘기가 사정을 전해주었다.

미묘하게 어수선한 단어가 들리지만, 신경 쓰지 말아야지.

관중이 남자에게 날리는 매도의 소리가 귀에 거슬러서, 나는 리자를 재촉하여 용신전에 들어섰다.

신전에 들어간 입구 부근이 바깥에서 보인 돔의 바로 아래인지, 천장이 높다.

대각선 안쪽 방향의 천장이 원형으로 열려있고, 낮잠을 자는 하급룡의 일부가 벼랑 너머로 보이는 구조다.

참배자들 중에는, 그런 하급룡을 올려다보며 기도하는 자도 있었다.

—그런 것보다.

돔의 안쪽에 장식된 벽화가 멋지군.

세류 시의 파리온 신전 같은 곳에도 있던 종교화 같은 것이 그려져 있었다.

"이국의 귀인님. 괜찮으시다면 희사를 부탁드립니다."

데스마치에서 시작되는 이세계 광상곡 29
©Hiro Ainana, shri, Megumi Nagahama 2024 / KADOKAWA CORPORATION

노출이 많은 하얀 무녀복을 입은 노란 비늘 종족의 아가씨가 말을 걸었다.

희사— 신전에 대한 기부를 요청하는데, 아양 떠는 기색 없이 늠름한 태도였다.

어쩐지 리자랑 비슷한 분위기를 가진 아가씨군.

그런 생각을 하는 사이에도, 아가씨는 차분한 기색으로 인형처럼 가만히 기다렸다.

리자가 「주인님」 하고 작은 소리로 말해서, 내 무례가 부끄러워졌다.

"미안해. 조금 생각에 잠겨서."

나는 무녀 아가씨에게 사과하고, 품 안의 주머니에서 사가 제국 금화가 10닢 정도 들어있는 주머니를 꺼내 소녀가 든 희사용 접시에 올렸다.

훗날 사토로서 올 예정이니까, 신분이 들킬 요소를 줄이기 위해 사가 제국 금화로 했다.

"……이렇게 많이."

접시에 올린 주머니에서 보이는 금색 빛과 무게에, 무녀 아가씨가 처음으로 놀라는 기색을 보였다.

그 모습을 발견한 노출이 적은 무녀 한 명이 발 빠르게 다가왔다.

"어머나. 참으로 신심이 깊으신 분이군요! 여기서부터는 상급 무녀인 제가 안내하겠습니다."

하얀 비늘 종족의 상급 무녀가 함박웃음을 지으며 바짝 다가왔다.

그녀는 화장을 옅게 했지만, 그녀 쪽에서 풍기는 달콤한 향수의 향이 코를 건드렸다.

　"—지금 살짝 보인 분이 『싯푸』 님이십니다. 아직 젊어서 자주 왕국의 비룡 기사와 술래잡기를 하십니다."

　내 팔을 잡은 상급 무녀가 흥분한 기색으로 천창에서 보이는 하급룡의 해설을 해주었다.

　이 용신전은 「용신」을 모시는 신전이 아니라고 한다.

　신앙의 대상은 용이라는 종족 자체라고 했다.

　"아! 지금 살짝 보인 흑회색 꼬리를 보셨나요? 저것은 최고참인 『보우류』 님이십니다! 낮잠 장소에 자주 오지 않으시는데!"

　흥분하는 건 좋은데, 그녀의 풍만한 가슴이 내 팔에 닿아 변형하고 있다.

　기분 좋으니까 상관없지만, 하급 무녀 아가씨가 슬픈 기색으로 아담한 가슴을 탁탁 만지고 있으니까 그쯤 해주자.

　그런 활기찬 상급 무녀와 반대로, 용신전의 입구 쪽에서 참배자가 술렁거리고 갑주 소리가 들렸다.

　"어이, 저거— 다섯 비늘 가문 나리 아니신가?"

　"그래. 아마, 『용 도전 의식』을 하시는 거겠지."

　엿듣기 스킬이 포착한 참배자들의 말에 흥미가 생겨 돌아보았다.

　—마초가 있네.

　호화로운 갑옷을 입은 덩치 큰 하얀 비늘 종족의 전사였다.

　꽤 훈남인걸. 그 증거로 용신전에 참배하러 온 비늘 종족 아가씨들이 마초 전사에게 뜨거운 시선을 보내고 있었다.

"꽤 실력이 있는 것 같습니다. 포치나 타마에게는 미치지 못해도, 카리나 님보다 강할지도 모릅니다."

그런 마초 전사를 보고 리자가 중얼거렸다.

딱히 용모에 관한 코멘트는 없다.

그가 손에 든 창은 하급룡의 뿔을 소재로 만든 일품으로, 리자의 마창 도우마와 동등한 뛰어난 성능을 가졌다.

본인도 레벨 45로 높다. 근처 소국 중에서도 다섯 손가락에 꼽힐 정도로 강하군.

"—허어?"

마초 전사가 이쪽을 발견하고, 날카로운 눈동자로 리자를 보았다.

불똥이 튈 것 같은 뜨거운 시선이 교차했다.

전사는 전사를 알아본다는 건가—.

"그대, 내 처가 되어라."

—아니었군.

마초 전사의 말에, 용신전에 있던 사람들에게 충격이 흘렀다.

"거절합니다."

리자가 즉시 거절하자, 방금 전하고는 다른 의미의 술렁거림과 비명이 용신전을 채웠다.

특히 비늘 종족 여성들의 험담이 심하다.

예상 못한 대답에 멍해졌던 마초 전사가 파안했다.

"—후하하하하하. 재미있군. 이 몸을 차는 여자가 있을 줄은 생각 못했다."

"나는 자신보다 약한 자를 짝으로 삼을 생각은 없습니다. 하다

못해, 중급 마족을 쓰러뜨릴 수 있게 된 다음에 오세요."

재밌다며 웃는 마초 전사에게, 리자가 차갑게 말했다.

리자…… 그런 무모한 조건을 만족하는 남자는 없을 것 같은데?

"중급 마족을 쓰러뜨려라인가— 참으로 흥미로운 여자군."

마초 전사가 여유로운 표정으로 미소를 지었다.

아무래도 「자신보다 약하다」라고 한 리자의 말은 흘려들은 모양이군.

"어디 있는지도 모를 중급 마족과 싸울 수는 없지만, 나중에 용과 싸우는 모습을 보여주지. 그 싸움을 보고 이 몸에게 반하도록 해라! 스스로 처가 되고 싶다고 말하게 해주지."

자신만만하게 큰소리친 마초 전사가, 신전 안쪽에서 마중 나온 용인이라는 희귀 종족의 무녀장과 함께 신전 안쪽으로 물러났다.

"—이 벽화는 초대 왕 라우이 님의 위업이 그려진 것입니다."

다른 상급 무녀들도 함께 마초 전사를 따라가서, 우리는 노란 비늘 종족의 하급 무녀에게 벽화의 해설을 듣고 있었다.

"저 여섯 명이 라우이 왕과 다섯 비늘 가문 시조의 모습입니다."

하급 무녀의 해설에 따르면, 시조들이 가진 무기는 각각 용아창, 용각창, 용가시 도끼창, 용조쌍검, 용조대검 다섯 종류라고 한다.

방금 전의 마초 전사가 가지고 있던 것이 용각창이고, 현재 국왕이 용아창을 가진 모양이다.

"이쪽은 광왕 가르타프트의 군세와 싸우는 모습을 그린 것입니다. 라우이 왕과 등을 마주 대고 그려진 것이 사가 제국의 용사님이십니다. 이쪽에 작게 그려진 것이 보르에난의 엘프님이 타고 있는 광주(光舟)라고 전해지고 있습니다."

용사 하야토랑 닮은 파란 갑옷의 용사가 그려져 있었다.

파란빛을 뿜는 성검은, 어쩐지 일본 신화에 나올 법한 형태였다.

그런 식으로 천장을 올려다보며 해설을 듣고 있는데, 불가사의한 그림과 마주쳤다.

"이 그림은?"

"그것은 라우이 왕이 『원초의 마녀』의 비술로 용이 된 모습입니다."

―사람이 용으로?

"사람이 용이 되는 일은 있을 수 없습니다."

하급 무녀의 말을 리자가 딱 잘라 부정했다.

분명히, 흡혈귀들이 몸의 일부를 변형해서 만들어내는 박쥐나 늑대형 권속, 그리고 사람에서 늑대로 변신하는 라이칸슬로프나 웨어울프 등, 이 세계에도 「모습을 바꾸는 종족」은 존재한다.

그리고 정령 마법을 이용한 의사정령이나 흙 마법을 이용한 골렘처럼 아무것도 없는 장소에서 거대한 크리처를 만들어내는 마법 또한 존재한다.

사람에서 용이 된다는 전설은 판타지감이 넘쳐서 대단히 멋지니까, 개인적으로는 굉장히 존재하면 좋겠다.

그러나― 유감스럽게도, 그건 있을 수 없다.

왜냐하면, 마법의 힘이 뛰어나고 용들 중에서도 용신 다음 가는 위계에 있는 천룡마저도 사람의 모습으로 변하는 「인화」가 아니라 호문클루스를 원격조작 했으니까.

만약 「사람이 용으로 변신하는」 마법이 있다면, 오래 산 천룡이 「용에서 사람으로 변신하는」 마법을 개발하지 않을 리 없다.

아마도 「용 변화」의 마법은 초대 왕이나 용신전의 권위를 붙이기 위한 이야기겠지.

그렇게 결론을 내렸지만, 신앙에 의지하는 사람에게 이런 이론을 늘어놔도 아무도 기뻐하지 않으니까 말하지는 않는다.

"내 일행이 실례했습니다."

신앙을 부정하여 분노를 태우는 하급 무녀에게, 우선 사과의 말을 했다.

"리자, 이 나라의 신화를 부정해선 안돼."

"네, 주인님……."

내 말로 자신의 실언을 깨달은 리자가 냉정함을 되찾았다.

"무녀 나리, 방금 전의 경솔한 발언을 철회합니다."

"아, 아셨으면 됐습니다."

리자가 사과의 말을 하자, 하급 무녀는 울 것 같은 표정으로 떨면서도 의젓하게 말했다.

신앙이란 것도 상당히 힘들겠어.

◆

어색한 분위기의 우리를 구한 것은 신전 안쪽에서 나온 마초 전사였다.

어쩐지 목덜미의 비늘이 촉촉한 데다가 반짝반짝 빛나고 있어.

마초 전사의 훈남도가 업되어, 동족인 비늘 종족 아가씨들이 아까보다 격렬하게 환성을 지르고 있다.

신전 안쪽에 온천이라도 있나?

그런 생각을 하기도 했는데, AR표시에 따르면 저 반짝임은 물 계통 강화 마법과 방어 마법이라는 걸 알 수 있었다.

여기 무녀들은 신성 마법이 아니라 물 마법을 쓰는 모양이군.

"흥, 기다리고 있었나."

마초 전사가 리자를 시야에 포착하고서 만족스럽게 말했다.

그 자신감은 어디서 오는 거지?

"따라와라, 특등석에서 반하게 해주지."

마초 전사는 그렇게 말하더니 리자의 반응을 기다리지 않고 신전의 출구로 의기양양하게 걸어갔다.

그 탓에 리자가 어쩔 수 없다는 듯 고개를 좌우로 흔드는 것이 안 보인 모양이군.

중요한 시합 전인 것 같으니, 모티베이션이 떨어지지 않아서 다행이야.

"리자, 기왕 불렀으니까 구경하고 갈래?"

"네. 방금 전의 헛소리는 그렇다 치고, 용과 사람이 싸우는 모습에는 흥미가 있습니다."

내 말에 리자가 무인의 눈동자로 고개를 끄덕였다.

아무래도, 리자가 사랑에 가슴이 두근거리기에는 아직 이른 모양이군.

"—성스러운 봉우리에 사는 용이여! 용각창이 두렵지 않다면 내 앞에 모습을 드러내소서!"

하얀 비늘 종족의 마초 전사가 원형투기장— 용무대의 중앙에서 외쳤다.

우리는 그 모습을 계속 앞에서 보고 있었다.

주변에서 수많은 사람들이 관전을 하고 있으며, 구름다리 앞에서 방금 전의 무녀장이나 상급 무녀들이 지켜보고 있었다.

"봐라! 『싯푸』님이 고개를 내밀었다!"

"『군죠』님이나 『운류』님도 있다!"

"과연 다섯 비늘 가문의 젊은 나리!"

관중들이 낮잠 장소에서 고개를 내민 하급룡을 올려다보며 환성을 질렀다.

용신전에 가기 전에 본 전사 때와 달리, 이번에는 부름을 무시 안 하는 모양이군.

"—마음에 안 듭니다."

리자가 하급룡을 올려다 보면서 차분히 중얼거렸다.

아마도, 내려다 보는 하급룡의 눈동자에 떠오른 모멸적인 분위기에 대한 말이겠지.

"강자면서, 아니, 강자이기에, 그 마음은 고결해야 합니다."

진지한 표정의 리자가 중얼거린 말이 계곡 바람에 흘러갔다.

아무래도, 리자는 속마음이 입에서 흘러나온 걸 눈치 못 챈 모양이다.

"주인님의 손톱 때를 달여서 먹이면 낫는 걸까요……."

리자도 상당히 아리사의 영향을 받은 모양이군.

"오오! 왔다!"

"『싯푸』 님이다!"

그런 갤러리의 말에, 시선을 리자에서 용무대로 되돌렸다.

쿠웅. 대지를 흔들면서 용무대에 착지한 것은, 하급룡 중에서 가장 젊은 「싯푸」라고 불리는 개체였다.

—KWUSJJUEEEEERRRR.

싯푸가 날개를 펼치고 위협의 포효를 질렀다.

마초 전사가 그에 응답하듯, 용각창에 마력을 주입했다.

리자의 용창이나 용아창과 달리, 그의 용각창은 성검 사양이 아닌지 파란빛은 안 나왔다.

"그러면, 간다—."

작은 흙먼지를 남기고 마초 전사가 가속했다.

순동으로 용의 발치까지 뛰어들어서, 용각창을 용의 무릎에 찔렀다.

"—유인당했군요."

리자가 중얼거렸다.

용각창이 닿기 직전, 용의 모습이 3D 이펙터의 모션블러 효과가 걸린 것처럼 윤곽이 녹았다.

초고속 돌려차기 같은 움직임으로, 싯푸가 꼬리 후리기를 마초 전사에게 뿜었다.

—거기서 앞으로 나아가나.

마초 전사는 카운터를 피하고자, 위도 뒤도 아니라 전방으로 순동을 사용했다.

지면과의 마찰로 꼬리가 통과한 장소에 불똥이 튀었다.

여파로 생긴 고리 모양의 흙먼지 너머에서, 마초 전사가 창을 다시 겨누었다.

그 눈동자에 두려움은 있어도 물러섬은 없었다.

공격이 빗나간 싯푸가, 분한 기색으로 표정을 찌푸렸다.

다시 위협하는 자세를 잡고, 커다랗게 숨을 들이켰다.

—용의 숨결인가!
^{드래곤 브레스}

싯푸가 보인 예비 동작에, 마초 전사가 건곤일척의 대승부로 나섰다.

다시 순동을 발동하여, 용의 발치로 파고들었다.

그러나, 싯푸도 쉽사리 그것을 보고만 있을 생각은 없는 모양이다. 싯푸의 꼬리가 튕겨낸 돌의 산탄이 마초 전사의 예정 코스를 덮쳤다.

본체의 공격과 비교하면 위력이 대단치 않지만, 피하지 않고 맞으면 질량 차이로 날아가 버릴 거야.

어쩔 수 없는 결단으로 순동을 캔슬한 마초 전사의 머리 위에서, 싯푸가 용의 숨결을 뿜어냈다.

"—치잇."

마초 전사의 마음을 대변하듯, 관객 안에 있던 사자 수인 전사가 혀를 찼다.

그도 전투의 추이를 보고 있었구나.

싯푸의 브레스를 피하기 위해, 마초 전사는 상공으로 대피했다.

대부분의 관중이 땅을 휩쓰는 불꽃의 브레스를 피한 마초 전사에게 환성을 지르지만, 무력이 뛰어난 자들은 그것이 악수라는 걸 이해했다.

　물론, 그건 싸우고 있는 본인들도 마찬가지다.

　브레스를 중단한 싯푸의 왼쪽 손톱이 공중에 떠오른 마초 전사를 덮친다.

　파리처럼 떨어질 것 같았던 마초 전사였지만, 그는 아직 포기하지 않았다.

　그의 용각창 끝부분에 스파크가 튀었다.

　"먹어랏."

　마초 전사의 용각창에서 뿜어져 나온 전격이 싯푸의 코끝을 태웠다.

　―GYWUUUN.

　눈을 감고 비명을 지르는 싯푸.

　벼랑 위의 다른 하급룡들이, 나약한 생물에 상처를 입은 싯푸를 비웃었다.

　아무래도, 하급룡들은 관전 매너가 나쁘군.

　또다시, 마초 전사의 용각창에 불똥이 모인다―.

　그러나, 그의 선전도 그걸로 끝이었다.

　급하게 휘두른 싯푸의 손에 맞아 땅바닥에 부딪히고, 튕겨 올랐을 때 선회한 싯푸의 꼬리를 맞아 절벽으로 날아갔다.

　마초 전사는 절벽에 거미줄 모양의 금을 만들고, 몸이 절반쯤 박힌 상태로 움직임이 멈추었다.

힘없이 땅에 떨어진 마초 전사에게 집착하지 않고, 싯푸가 용 무대에서 뛰어올랐다.

피 웅덩이에 엎어져서도 용각창을 놓지 않은 마초 전사였지만, 마력이 끊어져 전격을 뿜어내지 못하게 된 모양이군.

"""젊은 나리!"""

낮잠 장소에서 사이좋게 싸우기 시작한 하급룡을 살피면서, 사람들이 뒤처리를 하느라 바쁘다.

"서둘러라~!"

"구호반, 달려라! 젊은 나리가 죽으면 안 된다!"

전투가 종료된 걸 확인한 용신전의 무녀들이, 결사적인 형상으로 구름다리를 건넜다.

즉사해도 이상하지 않은 꼴이었지만, 메뉴의 맵 정보를 보니 마초 전사는 중상을 입기는 했어도 목숨에 지장은 없는 모양이다.

상급 무녀의 방어 마법과 단련된 그의 육체가 있었기 때문이겠지.

마초인 건 멋이 아니었구나.

"과연 용각창 가문의 젊은 나리다."

"그래, 참으로 훌륭했어."

"어디가? 졌잖아."

구조하러 가는 무녀들과 달리, 관전하던 사람들은 태평했다.

"너, 외부인이군? 『용 도전 의식』이라는 건 용에게 도전해서 안 죽으면 합격이야."

"애초에 간단히 죽을 법한 상대라면 용님들도 안 내려오지만, 그래도 세 명에 두 명은 죽어 버리니까. 의식에 참가하는 건 목숨을 거는 거지."

"게다가! 게다가 말이다! 젊은 나리는 싯푸 님한테 일격을 성공했다."

"그래. 80년만의 위업이야."

"다음 왕은 저분이겠지."

우리 애들이 미궁 하층의 사룡 가족과 스파링한 것을 말하면, 대소동이 일어날 것 같네.

그런 생각을 하는데, 내 옆에서 싸움을 보고 있던 리자가 깊이 숨을 내쉬었다.

"못 봐주겠군요……."

리자가 조용히 고개를 옆으로 저었다.

"주인님, 용과 싸우는 것을 허락해 주십시오."

"원수 갚으려고?"

"─원수?"

뜻밖이라고 생각해 물어본 내 말에, 리자가 고개를 갸웃거리는 레어한 표정을 보였다.

"아뇨, 주인님. 강자이면서 전투에 방심하는 용에게, 조금 생각하는 바가 있어서……."

그렇군. 방금 전의 탄식은 마초 전사가 아니라, 하급룡에게 한 거였구나.

"알았어. 하지만, 그 평상복으로는 좀 그렇네."

오늘 리자는 블라우스와 숏팬츠 위에, 슬릿이 깊은 얇은 옷을 입은 현지 패션이었다.

물론, 리자의 이 옷은 내 수제 오리하르콘 섬유와 고래 은피로 만든 방인방마 제품이지만, 하급이라고 해도 용과 싸우기에는 조금 불안하네.

"아뇨, 주인님. 애초에, 황금 갑옷이라도 용의 송곳니는 막을 수 없으니까요. 공격 주체의 제 갑옷으로는 『용의 숨결』을 한 번 막는 것이 고작입니다. 가벼운 이 옷으로도 문제 없습니다."

보호자로서는 문제투성이니까, 강화 마법 「종자 초강화^{파워 어시스트}」나 방어용 마법을 여러 개 부여해뒀다.

그리고 새삼스럽지만, 내 AR 표시마저 속이는 「도신의 장신구〔위작〕」을 들려주었다.

이걸로 리자의 신분이 들키진 않겠지. 만약을 위해서 셋이 한 세트인 「도신의 장신구〔위작〕」을 나도 장비해두면, 만에 하나라도 리자가 치명상을 입을 것 같아도 교대할 수 있을 거야.

◆

"─저건 누구지?"

"비늘 종족? 여자인가?"

"모르겠다. 남자로도 여자로도, 비늘 종족으로도 도마뱀 수인족으로도 보여."

마초 전사가 실려간 용무대에 선 리자를 보고, 다들 그 모습을 정확히 인식하지 못하는 모양이다. 과연 최상위 인식저해 아이템이군.

술렁술렁 소란스런 관객들 따위 모른다는 듯, 리자가 빙글 마창을 회전시켜 창끝으로 땅바닥을 때렸다.

뭔가 시작되는 걸 느낀 사람들의 술렁거림이 사라지지만, 벼랑 위의 하급룡들은 동료들끼리 장난치느라 바쁜지, 흥미가 안 끌리는 모양이다.

리자가 마창을 가볍게 후렸다.

빨간 반짝임이 한순간만 마창의 표면에 흐르고, 보통 사람에게는 보이지 않을 정도의 속도로 작은 마인포가 날아가— 하급룡들 근처에서 작렬했다.

굉음이 울려 퍼지고, 마력의 여파가 하급룡들이 장난치느라 피어오른 흙먼지를 날려버렸다.

벼랑 위에서 사이좋게 싸우고 있던 하급룡들이 움직임을 멈추고, 고개만 움직여 용무대를 내려다 보았다.

"벼랑 위에서 전사를 내려다보며 비웃는 자여. 패배가 두렵지 않다면 **도전해 보세요**. 너희들에게 공포와 후회를 새겨주겠습니다."

리자의 탄탄한 목소리가, 용무대에 울려 퍼졌다.

그 목소리에 「도발」 스킬의 효과가 실려있는 거겠지.

벼랑 위의 하급룡들이 분노의 포효를 질렀다.

그 포효는 일반인에게는 두려움을 주는 것인지, 관객들 대다수가 「공황」이나 「공포」 상태가 되어 전자의 상태가 된 사람들이 앞다투어 도망쳤다.

이대로는 리자랑 하급룡이 싸우는 여파가 계곡 너머 이쪽까지 왔을 때 피난행동에 지장이 생길 것 같으니까, 정신 마법 「평정 공^{컴 필드}

107

간」을 발동하여, 관객들의 「공포」 상태를 해제했다.

몸의 떨림을 떨쳐내듯, 관객들 사이에서 술렁거림이 돌아왔다.

꽤 도움이 되는 마법이야. 「평정 공간」의 두루마리를 준 오유고크 공작한테 감사해야겠네.

"오, 오오! 싯푸 님이다."

"아니, 아직 더 온다!"

—쿠쾅, 쿠콰콰쾅

하나, 또 하나 하급룡이 용무대로 내려온다.

"운류 님과 카타메 님까지……."

관중들의 두려움과 감탄이 섞인 작은 소리를 엿듣기 스킬이 포착했다.

지금까지 벼랑 위에서 내려온 하급룡의 수는 여덟. 용무대 가장자리에 늘어선 하급룡들이 으르렁거리며 리자를 위압했다.

물론 리자 본인은 시원스런 표정으로 방심하지 않고 창을 겨눈 채 서 있었다.

그리고—.

"보우류 님이 날개를 펼쳤다."

"설마, 100년만에 보우류 님이 싸우는 건가!"

관객들이 해설한 것처럼, 가장 커다랗고 레벨이 높은 하급룡이 용무대에 꿍음과 함께 착지했다.

이 보우류는 레벨이 68이나 되고, 여기 사는 하급룡들 중에서는 혼자 한 체급이 더 위다.

말할 것도 없이 레벨 66인 리자보다 격이 높은 적이다.

―GURURUWW.

―GURIRIWN.

―GERURURU.

보우류를 비롯한 하급룡들의 위압하는 소리가 리자에게 부딪힌다.

"두려움 없이 전장에 나타난 기개는 인정하지요. 처음으로 패배를 새기고 싶은 것은 누구인가요? 혼자서 덤비는 것이 무섭다면, 다 같이 덤벼도 상관 없습니다."

리자의 도발적인 말에 하급룡들의 분노가 최고점에 이르렀다.

말은 안 통할 텐데, 험담은 만국공통으로 알아듣는 거군.

돌격하려는 싯푸를 보우류의 꼬리가 쳐냈다.

―GURUWZ.

보우류가 짧게 짖고 날개를 펼치자, 다른 하급룡들이 마지못해 벼랑 위로 돌아갔다.

꾸물거리던 싯푸도 군청색의 하급룡이 재촉하자 철수했다.

"상대로 부족함이 없습니다. 주황 비늘 종족의 리자, 갑니다."

날카로운 리자의 표정을 「녹화」^{픽처 레코더} 마법이 포착했다.

2번 카메라, 3번 카메라의 위치를 조정하면서, 나는 「녹음」^{사운드 레코더}의 감도를 확인했다.

어쩐지 모르게 딸의 체육대회에서 신이 난 아빠의 기분을 맛보면서, 나는 모두에게 나중에 보여주기 위해 리자의 용감한 모습 촬영에 여념이 없었다.

아차, 뒤처리용 연락을 해둬야지.

분명히 소동이 벌어질 테니까, 준비가 지나쳐도 낭비가 되는 일은 없을 거야.

  나는 **친구**의 연줄을 의지하고자, 「원거리 통화」 마법을 발동했다.

  ◆

  "움직였다!"

  "빨간빛―."

  "마창이다!"

  관중의 외침 따위 개의치 않고, 리자가 마인의 빨간빛을 끌면서 보우류에게 접근했다.

  ―응? 순동을 안 쓰네?

  방금 싸운 마초 전사랑 비슷한 속도라서 관중들은 구분을 못하는 모양인데, 리자는 평범헌 대쉬를 하고 있었다.

  보우류의 몸의 윤곽이 흐려졌다.

  고속 선회로 꼬리 공격을 시작한 보우류를 확인하고, 리자가 순동 스킬로 급가속을 했다.

  보우류가 경악하여 눈을 부릅뜨지만, 이미 늦었어.

  무방비한 측면이 드러난 보우류의 뒷다리를, 순동으로 가속이 실린 리자의 차기가 덮쳤다.

  평범하게 생각하면 질량 차이로 리자가 튕겨나가 끝날 테지만, 레벨 상승에 따른 근력치와 내구치의 인플레이션이 물리법칙에 의문이 생길 만큼의 폭거를 실현시켰다.

축이 되는 다리가 밑의 용무대 지면에 파고들며, 리자의 일격이 보우류를 공중에 띄웠다.

—GYUWON.

비명을 지른 보우류가 날아가는 것보다 빨리, 관성에 따라 공격해오는 보우류의 꼬리를 리자가 마창으로 튕겨 올렸다.

"오옷! 대체 정체가 뭐야⋯⋯."

"설마, 『용의 계곡』에서 온 정예인가?"

"용신의 사도님인가!"

눈앞의 현실과 동떨어진 광경에 관중들이 흥분하여 소리를 높였다.

그러나, 리자는 복잡해 보였다.

방금 전 꼬리를 튕겨 올린 것이 자기만의 힘이 아니라, 내 강화 마법에 의한 거라고 생각하는 걸지도 몰라.

—KWYSHHYEEEEERRRR.

걷어차여서 벼랑 앞까지 날아간 보우류가 몸 위에 올라간 암석을 떨쳐내며 일어섰다.

리자와의 거리는 100미터 정도.

위협의 자세를 취한 보우류가 커다랗게 숨을 들이쉬었다.

그것을 본 리자가 순동으로 보우류와 간격을 좁혔다.

방금 전의 싯푸와 마초 전사의 전투를 따르는 것처럼, 보우류가 꼬리로 튕겨낸 암석의 산탄이 리자를 공격했다.

아마도, 싯푸의 전투 패턴은 보우류에게 배운 거겠지.

—리자의 마창이 빨갛게 반짝였다.

리자의 마창에서 뿜어져 나온 마인포가 산탄을 요격했다.

일부러 집속을 느슨하게 한 마인포가, 산탄을 모두 태우지는 못했지만, 리자의 궤도를 쓸어내는 역할을 다하고 흩어졌다.

그러나 그래도 보우류의 「용의 숨결」이 뿜어져 나오기 전에, 리자가 품속에 파고드는 건 무리가 있는 거리다.

"아리사가 말했습니다—."

이번에는, 마창이 아니라 리자의 꼬리가 빨갛게 반짝였다.

내 축지에 버금가는 속도로 보우류의 품에 순간이동한 리자가, 창을 빙글 돌려 입가에서 불꽃을 흘리는 보우류의 턱을 아래서 위로 올려쳤다.

뿜어져 나온 「용의 숨결」이 리자가 아니라 공중을 붉게 물들이고, 허망하게 대기를 가열하며 흩어졌다.

"—숙련된 이세계의 전사들은, 마인포를 공격뿐 아니라 초가속의 수단으로 쓴다, 라고."

……리자, 그건 만화^{픽션} 속 얘기야.

그리고 눈이 뒤집힌 보우류는 듣지도 못할 것 같은데?

보우류의 실신은 한순간이었는지, 빙글 고개를 돌려 다시 리자를 태워버리고자 시선을 움직였다.

그러나, 그 눈동자가 리자를 포착하는 일은 없었다.

왜냐하면—.

"어디를 보는 건가요."

리자의 질문은 보우류의 머리 위에서 내려왔다.

—KWYSHHYEEEEERRRR.

보우류가 분노의 포효를 지르고, 고개를 흔들어 위에 탄 리자를 공중으로 던져버렸다.

입을 크게 벌린 보우류의 입안에서 하얀 송곳니가 빛난다.

—용의 송곳니는 모든 것을 꿰뚫는다.

승리를 확신한 보우류의 눈동자가 희열로 일그러졌다.

이 세계에 용의 송곳니에 저항할 수 있는 물질은 없다.

따라서, 용은 무적.

"그 착각을 고쳐주지요."

리자가 공중을 차서 2단 점프로 따라오는 용의 턱에서 벗어나고, 더욱 높이 날아올랐다.

한 번은 닫힌 보우류의 턱이 다시 열렸다.

지금도 승리를 확신하는 보우류의 눈동자에 비치는 것은— 빨간 꽃.

아니— 리자의 마창을 중심으로 떠오른 일곱 개의 마인포였다.

그것은 지금까지의 마인포하고는 한 차원 다른 크기로 부풀어 올랐다.

"장화유성탄."

리자가 기술 이름을 외치자, 일곱 개의 빛 덩어리에서 게릴라 호우 같은 기세로 작고 빨간 탄환이 쏘아져 나갔다.

빨간빛의 비는 용의 튼튼한 날개 피막을 찢어내고, 단단한 비늘마저도 부수고, 마지막에는 땅바닥에 몇 개의 작은 크레이터를 만들었다.

끊임없이 이어지는 타격에, 보우류가 비명을 지르지도 못하고 웅크렸다.

이건 미궁 하층의 사룡 가족이랑 스파링을 거쳐서 리자가 만들어낸 새로운 기술이다.

자비 없는 잔혹한 공격으로 보이지만, 리자는 분명히 손속을 두고 있다. 상대를 살상하는 최대의 효과를 노린다면, 커다랗게 벌린 입속에 관통성이 높은 마인포를 때려박는 게 더 **빠르다**.

용의 송곳니 공격은, 최대의 공격인 것과 동시에 가장 무방비한 순간이기도 하다.

"어, 어이, 보우류 님, 안 죽었겠지?"

"튼튼한 용님이니까, 괜찮겠지."

"그건 그렇고 사도님, 가차없구만⋯⋯."

"그야, 그 용신의 사도님이니까⋯⋯."

관객들 사이에서 두려움을 띤 말이 오고 간다.

방금 전부터 신경 쓰였는데, 용신한테는 「님」을 안 붙이는 건가?

"오, 마무리를 지을 셈인가?"

"가능하면 봐주지 않으시려나."

이곳의 하급룡들은 사람들에게 인기가 있군.

"설마, 이걸로 끝인가요?"

지상에 내려온 리자가 **죽은 척** 하고 있는 보우류에게 다가갔다.

그렇다. 「죽은 척」이다.

리자가 간격에 들어간 순간, 보우류의 꼬리가 사각에서 리자를 공격했다.

그러나, 당연하게 대비하고 있던 리자는 빈틈이 없다.

리자의 마창 도우마가 가시가 돋은 보우류의 꼬리를 관통해 땅바닥에 고정했다.

"기습을 할 거라면, 먼저 그 살기를 어떻게 하세요."

리자의 충고에 대한 인사는, 펄쩍 뛰어 일어선 보우류의 송곳니였다.

방금 전의 꼬리는 페이크고, 이쪽이 진짜 노림수였군.

깊게 박힌 마창 도우마에서 손을 뗀 리자가, 마인으로 빨갛게 빛나는 주먹을 보우류의 코끝에 때려 박았다.

—GYWRUPEE.

비명을 지른 보우류의 볼을, 마인을 발생시킨 리자의 꼬리가 돌려차기처럼 후려쳤다.

으직 소리가 나면서 보우류의 송곳니가 부러져 날아가고, 입안에 상처가 났다.

복싱의 뎀프시롤도 이럴까 싶을 기세로, 리자가 순동으로 좌우에서 교대로 보우류의 머리를 타격했다.

그건 보우류에게서 살기와 패기가 사라질 때까지 이어졌다.

"항복할 거라면 눈을 감으세요. 계속 하기를 바란다면 마음이 풀릴 때까지 상대해주겠어요."

용조단검을 뽑은 리자가, 보우류의 눈동자 앞에 칼날을 들이밀었다.

리자의 말에, 보우류가 눈을 감고 턱을 지면에 붙였다.

아무래도 결판이 난 모양이군.

리자는 그 뒤로 얼마 동안 그 자리에서 경계하다가, 완전히 보우류가 항복한 것을 확인하고 단검을 칼집에 넣었다.

◆

"보우류 님을 쓰러뜨렸다!"

"—용퇴자다."

"아냐! 그녀는 용 살해자다!"
^{드래곤 슬레이어}

어이어이, 아직 살아있단 말야.

내심 태클을 걸면서, 나는 친구에게 「원거리 통화」로 말을 걸었다.

『안녕, 이제 슬슬 산을 넘어줄래?』

『그래, 금방 가지.』

그러면, 철수하기 전에 뒤처리를 몇 가지 해두자.

나는 리자 옆으로 이동하여, 보우류의 상처를 마법으로 치유해줬다.

—KURIRIWW.

치유 마법으로 통증이 가신 건지, 보우류가 기분 좋은 소리를 흘렸다.

"축하해, 리자."

"감사합니다."

보우류의 응급처치를 마치고, 리자의 용 퇴치를 칭찬했다.

승리한 리자에게 「수라」, 「조복자」, 「용왕」이라는 세 칭호가 늘었다.

보통 감정 스킬로 알 수 있는 리자의 칭호는 인지자가 가장 많은 「흑창」 그대로니까 괜찮지만, 뭔가 잘못해서 이 「용왕」이 설정되어 버리면 대소동이 일어나겠어.

"주인님, 전리품입니다."

리자가 회수한 보우류의 송곳니를 내밀었다.

하급룡의 송곳니라…… 그렇게 필요한 건 아니지만, 방치하면 분쟁의 씨앗이 될 것 같으니까 가지고 가는 게 좋을까?

리자의 승리 기념으로 뭔가 만들어 줘야지.

"어이, 저거!"

"서, 설마―."

"성룡님이다!"

"흑룡산맥의 주인이 강림하셨다!"

흑룡을 눈썰미 좋게 발견한 사람들이 소란을 떨었다.

날아온 흑룡의 감속으로 태풍 같은 바람이 휘몰아치고, 사람들이 바람에 밀려 넘어졌다.

땅바닥에 다운되어 있던 보우류가 살살 기어서 벽에 등을 붙이더니 「나는 나무」라고 염불을 외우는 표정을 지었다.

용의 땀샘이 어디 있는지는 모르지만, 뱀이 노려보는 개구리에게 뒤지지 않는 비지땀이군.

벼랑 위의 하급룡들도 바위 시늉을 하면서 몸을 숙이고, 흑룡이 날아가기를 전전긍긍하면서 기다리고 있었다.

『쿠로! 마중 나왔다!』

흑룡이 용어로 외쳤다.

『안녕. 미안해, 헤일롱.』

『상관없다. 네놈과 나 사이가 아닌가! 그리고, 벗이 연회에 초청하면 거절하는 용은 없다!』

껄껄 웃는 흑룡에게 손을 흔들었다.

이대로 흑룡과 함께 날아가 버리면, 그 임팩트로 관중을 따돌릴 수 있을 거라고 생각했거든.

"크르르, 크르리라?"

가녀린 목소리가 들려 구름다리 쪽에 시선을 보내자, 용인 무녀장이 뭔가 하급룡의 울음 소리 흉내를 내는 모습이 보였다.

"고로우웅?"

그 모습에 흑룡이 고개를 갸웃거렸다.

『쿠로, 이 자는 뭐라고 하는 거지?』

『글쎄? 인사라도 하는 거 아닐까?』

『그렇군— 인사 수고한다.』

무녀장의 눈앞에 얼굴을 들이댄 흑룡이 위무의 말을 고했다.

다만, 용의 말은 포효로 들린다. 그리고, 그 포효는 하급룡의 으르렁거림 따위와 비교가 안 될 정도로 무섭다.

나와 리자를 제외하면, 무녀장과 마초 전사 두 명 말고는 진작에 공포에 질린 나머지 거품을 물고 졸도했으며, 방금 전까지 의젓한 태도였던 무녀장도 눈앞에서 두려운 포효를 받고 눈이 뒤집혀 정신을 잃은 모양이다.

나는 쓰러지는 무녀장을 받아주고, 땅바닥에 눕혀줬다.

나중에 마초 전사가 어떻게든 하겠지.

"가자, 리자."

"저도 흑룡님에게 타도 괜찮은 걸까요?"

"물론이지. 『그렇지? 헤일롱.』"

『그래. 하급이라지만 용을 쓰러뜨린 자라면, 포상으로 내 등에 타는 영예를 내리마.』

리자의 손을 잡고, 흑룡 헤일롱의 머리에 올랐다.

장비하고 있는 「도신의 장신구〔위작〕」의 효과로 정체가 들킬 걱정은 없으니, 아무리 눈에 띄어도 문제없다.

"나무를 감춘다면 숲속에, 소동을 감출 거면 대소동 속이란 거지."

날개를 접은 흑룡 헤일롱이 뒷다리로 땅을 박차고 공중으로 날아올라, 궤도의 정점을 넘어섰을 때 날개를 확 펼쳤다.

조용한 용신전 주위를 선회한 흑룡 헤일롱이 흑룡산맥으로 날개를 향했다.

그러면, 이제부터 흑룡산맥에서 연회다. 스이루가 왕국의 공무는 내일 아침이니까, 천천히 즐겨도 괜찮을 거야.

◆

『크, 으음. 역시 쿠로와 싸우는 것은 즐겁군.』

『그래, 이쪽도 좋은 운동이 됐어.』

흑룡 산맥에 도착한 흑룡 헤일롱이 오랜만에 나랑 싸우고 싶다고 하길래, 흑룡 산맥에서 모의전을 했다.

흑룡 쪽이 브레스도 송곳니도 쓰니까 어디가 모의전이냐는 의

문이 남지만, 나는 무사하고 흑룡도 말단 부분이 나름대로 날아간 정도니까 문제없을 거야.

또 다시 흑룡의 송곳니를 부러뜨려 버렸지만, 맹세코 일부러한 거 아니다.

내가 견제로 뿜어낸 마인포 앞에 흑룡이 뛰어들어온 것뿐이야.

식재료 확보용 길로틴형 마인포를 안 써서 정말 다행이다.

『피는 멎었지만, 송곳니는 다시 안 돋네.』

『상관없다. 염소와 고래를 잔뜩 먹고, 잔뜩 자면 금방 돋는다.』

껄껄 웃는 흑룡의 말처럼, 요전의 세류 시에서 만났을 때는 전에 부러뜨렸던 송곳니가 이미 돋아 있었다.

몇 년 걸린다고 했었는데 신기한 일이군.

우리는 그런 이야기를 하면서, 산꼭대기에 있는 안전지대에서 견학하던 리자 곁으로 돌아왔다.

"다녀왔어, 리자."

"주인님—."

어라? 리자라면 기뻐할 거라고 생각해서 흑룡과 싸우는 걸 견학시켰는데, 어째선가 표정이 딱딱하다.

혹시, 장난치듯 흑룡이랑 싸우는 게 마음에 안 들었나?

"—가르침에 감사드립니다!"

턱 소리를 내면서 리자가 한쪽 무릎을 짚고, 진지한 어조로 말했다.

"저 리자, 하급룡을 쓰러뜨린 정도로 방심하지 말라는 주인님의 가르침을 눈에 새겼습니다. 진정한 강자들의 전투란 것은, 그

토록 어마어마한 것이군요."

리자가 꿈꾸는 눈동자로 나를 올려다 보았다.

분명히 하급룡 보우류와 흑룡은 레벨이야 비슷하지만, 전투력은 완전히 다르다.

브레스 하나만 봐도, 눈으로 보고 간단히 피할 수 있는 느린 화염 브레스와 조짐을 느끼면 즉시 섬구로 순간이동을 해야 피할 수 있는 고위력 레이저 브레스는 크게 다르다.

더욱이 흑룡의 거체에서 뿜어져 나오는 물리 공격은 산의 지형을 바꿔버리고, 포효 한 번으로 복합 마법을 마구 쏴대니까.

방금 전의 모의전에서도, 흑룡이 입에서 뿜어내는 유도형 탄막 같은 새로운 마법에는 고생했다.

"리자도 조만간 흑룡이랑 싸울 정도로 강해질 거야."

"제가, 할 수 있을까요?"

『무리다―.』

리자의 질문에 「물론이지」라고 대답하기 전에 흑룡이 끼어들었다.

흑룡 산맥으로 이동하면서 대화를 하기 위해 번역 마법을 걸어둔 게 화가 되어, 리자에게도 흑룡의 말이 전달되어 버렸다.

"그렇지 않아."

『쿠로여. 무리다.』

내가 커버하는 말을 했지만 또 흑룡이 부정했다.

『그 아이의 무기로는 나에게 대미지를 줄 수가 없다.』

그렇게 말하는 흑룡이 리자의 손에서 마창을 집었다.

물론 흑룡의 예리한 손톱으로는 마창이 상하니까, 마법으로 만들어낸 빛의 구름 같은 것으로 감싸서 들어올렸다.

『흐흠.「시원의 마물」소재를 축으로 강화를 반복한 모양이지만, 이걸로는 내 육체를 상처 입힐 수 없다. 고작해야, 비늘의 표면을 파헤치는 정도가 고작이지.』

『그래? 일단 날 부분에 하급룡의 송곳니를 코팅해뒀는데?』

『우리들과 달리, 하급룡의 송곳니에 깃든 권능은 약하다. 그 정도로는 내 장벽을 뚫고, 비늘까지 파헤칠 수가 없어.』

이건 처음 듣네. 하급룡의 송곳니는「모든 것을 꿰뚫는다」라고 할 수는 없나 보군.

지금까지는 강적 상대로 흑룡의 송곳니를 이용한 용창을 쓰고 있었으니까 몰랐다.

그래도 보통 상태의 비늘이라면 지금의 마창 도우마로도 뚫을 수 있겠지만, 전투중인 흑룡의 비늘은 몇 겹으로 강력한 마법이 가드하니까 마인을 둘러도 리자는 못 깰 것 같아.

—지금은 아직, 말이지.

『성룡에게 상처를 낼 수 있는 것은 동격 이상의 용뿐— 물론, 나의 벗 쿠로 같은 예외는 있다만.』

"그러나, 저는……"

반납한 마창을 받은 리자가, 시선을 자기 손에 내리면서 중얼거렸다.

『그 창이 마음에 든다면, 오늘 부러진 내 송곳니를 융합하면 된다. 하급룡의 송곳니로 감싸는 것보다는 훨씬 강해지겠지. 재주 좋은 쿠로라면 할 수 있지 않은가?』

흑룡이 사뭇 당연하다는 것처럼 말했다.

유감이지만, 내 마법에도 그런 판타지한 라인업은 없다.

리자의 마창 도우마는 사령 마법인「뼈 가공ᵇᵒⁿ ᶜʳᵃᶠᵗ」으로 하급룡의 송 곳니를 코팅했지만, 유감스럽게도 성룡의 송곳니 같은 고랭크 소 재는 역부족이라, 곧게 펴는 것 정도의 가공이 고작이었다.

『아무리 그래도, 그 정도 기술은 나한테도 없어.』

『그러면 지금의 마술이 아니라, 고대의 마법이 특기인 자에게 맡 기면 된다. 남쪽 대륙의 고룡ᵉⁱⁿˢʲⁿᵗ ᵈʳᵃᵍᵒⁿ 할머님이나 남쪽 대륙의 고대 거인종ᵗᵃⁱᵗᵃⁿ 이라면 할 수 있겠지.』

흠…… 마법이 특기인 자라.

아제 씨에게 물어보는 건 기본이고, 그 다음은 누구지?

비로아난 씨족이나 베리우난 씨족의 하이 엘프에게 물어보는 것도 좋지만, 이건 확실하게 주문을 알고 있을 법한 남쪽 대륙의 고룡을 찾아가 봐야겠어.

위성 궤도에서 본 적은 있지만, 남쪽 대륙에는 아직 가본 적이 없단 말이지.

남쪽 대륙에는 카리나 양의 어머니가 있다고 하니까, 덤으로 근황 같은 것도 확인해볼까?

내가 생각하고 있는데, 낙뢰 같은 굉음이 울려 퍼졌다.

『—쿠로, 나는 배가 고프다.』

역시, 흑룡의 배에서 난 소리였나.

리자의 창 강화에 좋은 정보를 준 흑룡에게 수긍하고, 영빈관 의 주방에서 흑룡과의 연회 준비를 해주고 있는 루루에게「귀환전이」로 돌아갔다.

◆

"마요 맛나~."

흑룡 산맥의 고원에서, 타마의 만족스런 목소리가 울렸다.

『그래, 이 겨자마요는 참으로 멋지구나. 염소에는 안 맞지만, 고래 고기가 몇 배 맛있어졌다!』

흑룡의 코끝에 앉은 타마가, 마요네즈를 바른 고래 고기 꼬치를 깨물었다.

그런 타마를 신경 쓰지 않고, 흑룡은 겨자 마요네즈를 바른 반톤 사이즈의 거대 고래 고기의 꼬치구이를 한입에 먹었다.

평소에는 타마의 무례를 꾸짖는 리자도 하급룡과 싸우느라 지쳤는지, 연료 보급을 하는 기세로 식사를 한 다음 기절하듯 빠르게 잠들어 버렸다.

"**뎀리그라** 소스도 안 지는 거예요!"

『그렇구나. 데미글라스 소스도 달콤하고 맛있다! 이것은 염소와 잘 맞아. 역시 인간족의 조미료는 좋다. 쿠로도 그렇지만, 저 소녀의 요리도 참으로 맛이 좋군.』

고래 고기의 꼬치구이를 양손에 든 포치가 흑룡 옆에서 주장하자, 흑룡도 커다란 머리를 위아래로 움직이며 동의했다.

흑룡이 약한 브레스로 익힌 염소에 걸쭉한 데미글라스 소스를 호쾌하게 뿌려 입에 넣고 만족스럽게 씹었다.

—LYURYU.

즐거운 분위기에 이끌린 하얀 어린 용 류류가 포치의 가슴에서 흔들리는 용면요람에서 뛰쳐나왔다.

『어린 용이냐. 함께 먹자.』

—LYURYU.

흑룡이 거대한 손톱으로 집어준 고기 덩어리를 류류 앞에 내밀자, 류류가 찰싹 소리가 날 법한 기세로 고기 덩어리를 끌어안고 신이 나서 깨물었다.

"포치도 안 지는 거예요!"

"타마도 깨물깨물～."

류류의 행동에 자극을 받은 포치와 타마가, 고기 덩어리를 끌어안고 「크르르～」 하고 짐승 흉내를 내면서 고기를 먹었다.

아무래도, 오늘 연회의 테마는 야생인 모양이군.

습지의 유적

"사토입니다. 옛날에 본 만화의 영향인지, 습지라고 하면 바닥 없는 늪처럼 발을 붙잡아 빠져나올 수 없는 위험한 장소라는 이미지가 있습니다. 편견이라는 건 알고 있지만, 좀처럼 불식하질 못하고 있어요."

"알현은 오후부터 인가요?"

흑룡과 연회를 한 다음 날 아침, 아침 식사 뒤에 나는 오늘 예정을 들었다.

"네. 죄송합니다. 급한 안건으로 폐하께서 시간을 못 내시는지라."

고개를 숙인 문관에게 사과는 필요없다고 하며 돌려보냈다.

"무슨 일 있는 걸까? 아리사, 알겠어?"

"우~응. 아마 리자 씨가 원인인가 봐."

공간 마법으로 정보 수집을 하던 아리사에게 말하자, 그런 대답이 돌아왔다.

"저, 말인가요?"

"어제 용무대에서 하급룡을 쓰러뜨린 건일까?"

"역시 리자 씨구나. 임금님이랑 사람들이 『의문의 여창사가 하급룡을 압도했다』라면서 난리를 피우며 대회의를 하고 있어."

맵으로 확인하자, 성 안의 높은 직위 귀족이나 다섯 비늘 가문이란 곳의 중진도 참석하고 있었다.

리자 전에 용무대에서 하급룡과 싸웠던 그 마초 전사도 참가하는 모양이다. 그만큼 부상을 입었었는데 회의에 출석하다니, 꽤나 일을 열심히 하는 녀석이군.

"하지만, 그래서는 알현 때 힘들지 않을까?"

"괜찮아. 변장도 했고, 인식 저해 아이템을 잔뜩 장비했으니까."

알현 때 리자에 대해서 떠볼 것 같지만, 시치미를 떼면 되겠지.

"주인님. 귀찮은 일을 만들어 죄송합니다."

"사과 안 해도 돼."

"그러나, 이 창을 쓰고 있었으니 깨닫는 자가 있을지도 모릅니다."

리자의 마창 도우마에도 환영을 걸어뒀지만, 중간에 떨어질뻔한 적이 몇 번인가 있었다. 동체시력이 좋은 자라면 눈치챌지도 모른다.

"이 나라에 있는 동안에는 다른 창을 들고 다니면 되지."

타우로스의 송곳니를 가공한 마창 타우로스 같은 거면, 똑같이 흑창이라도 금색의 상안을 해뒀으니까 검은색과 빨간색의 마창 도우마랑 인상이 다를 거야.

"그러나, 눈치채는 자가 있을지도 모릅니다."

"그때는 뭐 그때고."

만에 하나, 진실이 들켜도 문제는 없다.

이미 시가 8검 필두 쥬레바그 씨를 쓰러뜨려서 실력이 알려져 있으니까, 거기에 용을 물리친 에피소드가 늘어나도 오차 정도겠지. 아마.

그리고 그날 오후—.

"펜드래건 각하, 모시러 왔습니다."

"수고하네."

나는 시녀의 안내를 받아 알현실로 갔다. 수행원은 기사복 차림의 나나뿐이다.

시녀 말고도 메이드나 시종들이 뒤에 네 명 따라오고 있다. 내 선물을 나르는 인원인 모양이군.

"—나는 흑룡 산맥으로 『창의 처녀』를 찾으러 간다!"

그렇게 외치면서 알현실을 뛰쳐나온 것은 어제 그 마초 전사였다.

부딪힐 뻔했지만, 그를 가볍게 던졌다.

미안하지만, 평범하게 피하면 뒤에 있는 메이드들이 다칠 것 같으니까 어쩔 수 없었어.

가볍게 던졌으니까, 마초 전사는 공중에서 회전하여 평범하게 발로 착지했다.

전신 갑옷인데 굉장한 운동 능력이군.

"실례, 다치신 곳은 없습니까?"

"대단한 실력이군— 응? 귀공, 어디서 만난 적이 없던가?"

어제 만났을 때는 인식저해 마법 도구와 「환영」 마법으로 변장을 거듭한 덕분에 그의 인상에 안 남은 모양이군.

신전이나 군것질을 할 때는 「도신의 장신구〔위작〕」이 아니라 시판되는 물건을 썼으니까 걱정이었는데, 기우였나 보군.

"기분 탓이 아닐까요?"

명확하게는 부정 안 한다.

그에게 간파 계통 스킬은 없지만, 왕족에 가까운 지위의 세습 귀족이 유사한 아이템을 가지고 있을 가능성은 완전히 버릴 수 없으니까.

"기다려! 차기 국왕이 출국하다니, 용납되지 않는 일이다!"

안에서 달려온 하얀 비늘 종족의 훈남 왕자가 마초 전사의 어깨를 붙잡아 억지로 돌려세웠다.

비밀 이야기를 하고 싶은지, 이마가 달라붙을 것처럼 양자의 얼굴이 가깝다.

"어머."

"오오."

메이드들 사이에서 부한 향기가 가득한 한숨 소리가 들렸다.

나는 신사답게 그녀들의 반응을 무시해뒀다. 이세계에서도 BL 애호가는 있는 모양이군.

젊은이의 뜨거운 대화에 외부인은 방해가 될 테니까, 나는 마초 전사들에게 가볍게 목례만 하고 알현실로 나아갔다.

"시가 왕국 자작, 사토 펜드래건 경—."

입구 근처에 있던 하얀 비늘 종족의 기사가 큰 소리로 외쳤다.

아무래도 입장하는 사람의 소개인 모양이군.

자기소개를 생략할 수 있어 편하다.

나라에 따라 차이가 별로 없는 인사를 국왕과 나누고, 알현은 본론으로 들어갔다.

"—그렇군. 관광이란 타국의 문화나 백성의 생활을 배우는 것인가?"

어째선가 관광이란 단어에 흥미를 보이는 스이루가 왕에게 해설하게 됐다.

"그러면, 나도 퇴위를 한 뒤에는 시가 왕국이나 사가 제국을 관광해보도록 해야겠군."

"멋진 생각이십니다."

아첨처럼 보일 수도 있겠지만, 내 본심이었다.

사람도 국가도 상호이해가 다툼의 원흉이라고 생각하거든.

나라의 정상이 견식을 넓히는 것은, 참으로 좋은 일이라고 생각한다.

"그런데 자작. 귀공의 가신 중에, 그『부도』나리를 쓰러뜨린 창의 명수가 있다고 하던데."

"네, 키슈레시가르자 경은 제 가신 중에서도 제일의 창술사입니다."

감탄한 국왕의 어조에, 「왔구나」하고 내심 경계하면서 리자를 자랑했다.

국내에서는 시가 8검이 국가를 지키는 무력의 상징이니까, 리자가 이겼다고 자랑하기 어렵단 말이지.

"그, 그저 소문이라 생각했다만, 그 무의 화신인 쥬레바그 경을 이겼다는 것은 진정 사실이었던가!"

국왕이 옥좌에서 일어서며 외쳤다.

그렇게 놀랄 정도의 일인가?

전투력이라면 용사의 종자인 린그란데 양이나 경전사 루스스랑 휘휘도, 쥬레바그 경을 이길 것 같은데…….

"왕위를 잇기 전에 겨뤄본 적이 있다만, 그자는 격이 달랐어……. 그만한 무인이 섬기는 시가 국왕을 존경하고 있었다만, 가신인 자작이 그만한 무인을 거느리다니……."

힘이 빠진 국왕이 옥좌에 푹 앉았다.

리자를 칭찬해주는 건지, 나를 업신 여기는 건지 판단이 어렵네.

"아니, 그것이 아니다. 우리들 비늘 종족은 약자는 섬기지 않는다."

국왕이 지친 시선을 이쪽으로 보냈다.

무슨 말을 하고 싶은 거지?

"다시 말해서…… 펜드래건 자작, 귀공이 『마왕 살해자』라는 소문도 진정이라는 것이군."

어이쿠. 그쪽으로 이어지나.

"소문은 소문입니다. 저는 용사 하야토 님을 도운 것에 지나지 않습니다."

그와 함께 싸운 사진왕전에서는 서포트에 전념했으니까, 이 말에 거짓은 없다.

"겸손할 것 없다. 그 콧대 높은 사가 제국 놈들이 그냥 도운 정도의 자를 『마왕 살해자』 따위로 부르지는 않아."

국왕의 말에, 사가 제국의 제도에서 만난 오만한 귀족들이 떠올랐다. 분명히 콧대가 높다고 표현해도 어쩔 수 없는 사람들이 적지 않았어.

뭐, 대다수의 사람들은 평범했어.

"―펜드래건 경! 저와 싸워주세요!"

알현실에 모인 사람들 가운데서, 높은 목소리가 울렸다.

"전하! 알현실에서 예를 지키셔야지요!"

교육 담당으로 보이는 노인이, 노출이 높은 갑옷을 입은 비늘 종족의 여성을 뒤로 끌고 갔다.

"여자에게 무술 따위를 가르치니까, 이런 무례한 왕녀가 자라는 것이야."

"여자는 집 안에서 아이나 키우고 있으면 될 것을."

여성 차별의 발언이, 알현실에 모인 사람들에게서 들린다.

아무래도 이 나라는 남성 우월주의인지, 그런 험담을 하는 자를 타이르는 기색이 없었다. 다른 나라에서 남녀평등을 드높이 외칠 생각은 없지만, 이런 식으로 다 들리게 불평을 하는 건 좋아하지 않아.

"미안하군, 자작. 내 막내딸이 실례를 했어. 저 아이는 뭐가 잘못됐는지 어린 시절부터 몸을 움직이는 것을 좋아해서 말일세."

"아뇨. 신경 쓰지 마십시오. 제 가신도 그렇습니다만, 뛰어난 무인에 남녀의 차이는 없습니다."

"그러고 보니, 귀공의 가신인 키슈레시가르자 경도 여성이었군."

"네. 그리고 저희나라가 자랑하는 시가 8검에도, 여성이 두 명 있습니다."

총잡이 헤르미나 양과 「풀 베기」 류오나 여사를 이길 남자는 얼마 없다.

"후하하하. 내 왕녀를 시가 8검에 빗대어 주는가."

국왕이 껄껄 웃으며 이야기를 마쳤다.

"그런데 펜드래건 자작—."

자리의 분위기가 부드럽게 이완된 틈을 찔러, 국왕이 갑자기 직구를 던졌다.

"보우류 님을 쓰러뜨린 여창사는 키슈레시가르자 경이군?"

"—무슨 말씀이신지?"

사전에 예상하고 있어서, 절묘한 틈을 둘 수 있었다.

너무 즉답을 해도 수상하니까, 아리사의 지도로 미리 연습을 해뒀거든.

어쩐지, 구직 활동의 압박 면접이 떠올랐어.

"보우류 님이란 분은 어느 분이신지요?"

"그렇군. 펜드래건 자작은 모르는가? 보우류 님은 성스러운 산에 거하는 용님들의 우두머리이며 우리나라의 수호신 같은 분이야."

—허어?

보우류 군은 그냥 말썽쟁이가 아니었구나?

"서쪽에 나가^{사룡}의 무리를 발견하면 권속과 함께 퇴치를 하러 가시고, 북쪽에 히드라^{다두사}가 나왔다고 하면 신이 나서 싸우러 간다— 우리나라의 평화는 용님들의 활약이 있기에 가능하지."

역시 그냥 말썽쟁이잖아…….

도움이 되는 거니 다행이네.

"용들이 방위에 도움이 되고 있는 것이군요."

그렇게 대답하자 주위가 술렁거렸다.

"펜드래건 자작. 타국의 귀족인 경이 모르는 것은 무리가 아니지만, 우리나라에서 용님들은 신앙의 대상이 된다네. 경의를 가지라고 할 수는 없네만, 무례한 발언은 삼가주게나."

국왕이 그렇게 타이르길래, 무례한 발언을 사과하고 이야기가 끊어진 것을 계기로 알현이 끝났다.

"펜드래건 자작님, 이쪽으로."

리자에 대한 추궁을 얼버무린 것을 기뻐하고 있는데, 국왕이 사실로 초대를 해버렸다.

동석하는 건 국왕과 재상 둘뿐이다. 호위도 없는 건 조심성이 너무 없네. 뭐, 옆 방에서 왕자랑 마초 전사가 엿보고 있으니까 무슨 일이 있으면 벽을 깨부수고 난입해오겠지만.

"일부러, 미안하군."

소파를 권하며 취련차라는 스이루가 왕국의 수초로 만들었다는 보기 드문 차를 내어주었다.

민트 차 같은 상큼한 차다. 꽤 맛있는데.

"그래서, 어떤 용건이신지—."

좀처럼 본론에 안 들어가는 국왕에게 넌지시 물었다.

"대영지 무노의 태수인 귀공에게 부탁이 있어."

"어떤 부탁이신지요?"

이렇게 말하는 걸 보니, 리자를 색시로 달라는 건 아닐 거고.

"식량의 지원을 부탁하고 싶군."

"식량의 지원, 인가요?"

"그래. 근년 이어지는 가뭄으로, 이 나라의 식량을 지탱하는 습지가 말라버린 것이야."

"—가뭄, 인가요?"

본래 세계에서도 자주 들었지만, 도시 핵^{시티 코어}으로 기후를 컨트롤할
수 있는 이쪽 세계에서는 처음 들었다.

　"도시— 지맥의 흐름에 문제라도 있는 건가요?"

　도시 핵이란 단어가 은닉되어 있는 느낌이라, 「지맥의 흐름」이
라고 말을 바꿨다.

　"가뭄의 원인은 불명이다. 지맥에 이상은 없—."

　"—유적이다!"

　왕의 말을 가로막은 것은, 집무실에 난입해온 왕자였다.

　"건국왕 라우이 폐하의 유적이야말로 습지를 만든다고 건국기
에 써있다!"

　"입 다물거라, 이 바보놈!"

　국왕이 왕자의 머리를 주먹으로 내리쳤다.

　"전하, 이미 유적은 조사를 했사옵니다."

　"그러나, 아버님. 라우이 왕은 성스러운 처녀와의 사랑으로 『신
의 유적』을 재생했다고 하지 않습니까."

　재상에게 항변한 것은 머리를 감싸고 웅크린 왕자가 아니라,
옆 방에서 왕자와 함께 엿보고 있던 마초 전사다.

　—신의 유적?

　혹시, 미궁 하층에서 무쿠로가 가르쳐준 「신화시대의 유적」이
란 건가?

　"이 몸도 『창의 처녀』와의 사랑으로 『신의 유적』을 재생시키겠어."

　"그 『신의 유적』이란 것은?"

　"허어, 펜드래건 자작도 흥미가 있는가?"

신경 쓰이는 단어에 이끌려 반응했더니, 왕자가 눈빛을 빛내면서 설명해 주었다.

건국왕 라우이의 전설에 있는 에피소드에서 언급되며, 신화 시대부터 스이루가 왕국에 있는 고대 유적을 말하는 것이었다. 원리는 지금도 불명이고, 본래는 황무지였던 스이루가 왕국의 토지를 생물이 풍부한 습지로 바꾼 것이 그 유적이라고 한다.

그 이야기를 들어보니, 습지화에 특화된 도시 핵의 보조 시스템 같은 기능을 가진 유적 같은데.

"……그렇군요. 그런 전설이 있다면, 가뭄의 원인을 조사하는데 도움이 될 것 같습니다."

"펜드래건 자작도 그리 생각하는가!"

"좋아, 함께 『신의 유적』에 가도록 하지!"

마초 전사와 왕자가 좌우에서, 내 어깨를 턱 끌어안았다.

신경 쓰이는 워드에 반응해버린 탓에, 나는 마초 전사나 왕자와 함께 유적 탐색을 가게 되어 버렸다.

"펜드래건 자작, 기왕 이렇게 됐으니 사가 제국의 용사들도 데리고 가지."

"용사님들이 머무르고 있는 건가요?"

알고 있지만.

"그래, 사흘 정도 전부터야. 첫날에 여자 용사와 겨루어 봤는데, 어마어마한 솜씨였지."

마초 전사는 용사 메이코와 겨룬 접전을 논했다.

"용사님들은 어떠한 용건으로, 이 나라에?"

"용의 무녀나 성스러운 산의 용님을 동료로 삼고자 왔다고 하더군. 무녀 나리는 그렇다 치고, 용님이 사람의 이치로 움직일 리가 없을진대……."

내 물음에, 왕자가 쓸쓸한 표정으로 대답했다.

뭐, 신앙 대상을 종자 후보 취급하면 좀 그렇겠지.

"─저것은."

우리가 가는 비행장에서, 사가 제국의 중형 비공정 두 척이 발진하는 게 보였다.

"용사들의 비공정이군."

"인사도 없이 출항하다니. 우릴 참으로 얕보는군."

"진정하시죠. 어디선가 긴급 사태가 발생했을지도 모릅니다."

분개하는 왕자와 마초 전사를 달래면서, 이튿날 아침 유적에 갈 약속을 했다.

◆

이튿날 아침─.

"참으로 늠름하고 아름답군! 리자 공, 당신에게는 내 용아창을 바쳐도 좋다. 부디, 이 몸의 반려가 되어주게."

"기다려! 모습은 다르지만, 귀공은 용신전에서 만난 그『창의 처녀』가 틀림없겠지. 이 근육머리 왕자가 아니라,『용의 시련』을 이겨낸 이 몸을 반려로 골라다오."

우리가 묵는 영빈관 앞에서, 왕자랑 마초 전사가 리자를 보자마자 첫눈에 반한 기세로 구혼을 했다.

　그에 비해 리자는 싸늘했다.

　"거절합니다."

　"어째서인가! 자격이 필요하다면, 지금부터라도 『용의 시련』에 도전할 수도 있다."

　"『창의 처녀』여! 내 반려가 되어, 스이루가 왕국의 차기 왕비가 되어다오."

　"흥미 없습니다."

　매정하게 거절을 하자, 왕자와 마초 전사가 실망하고 있다.

　둘 다 꽤 훈남이니까, 이런 식으로 거절당한 경험이 없는 거겠지.

　"리자 씨, 인기 좋네."

　"예스 아리사. 이 나라의 남자는 보는 눈이 있다고 평가합니다."

　"예스~."

　"네, 인 거예요! 리자는 멋지고 슈퍼하고 핸섬한 거예요!"

　동료들이 자기 일처럼 기뻐했다.

　"뭐, 좋다. 지금은 아직 이 몸의 매력을 깨닫지 못했을 뿐이야."

　"그렇군. 유적 탐사를 함께 하면, 나에게 반할 것이 틀림없다."

　왕자도 마초 전사도 멘탈이 강하군.

　순식간에 재기해서는 「자, 가자!」하더니 유적 탐사에 출발했다.

　"별난 탈 것이군요?"

　"바람배야."

　"우리나라의 습지를 달리는데 최적이지."

　우리가 이동하는데 쓰는 것은, 바람배라는 호버크래프트 같은 탈것이었다. 바람 마법을 부여한 커다란 풍차와 분사관으로 강풍을 만들어 그 추친력으로 초원을 달린다.

중간에 첨벙 소리가 나며 바람배가 가라앉았다.

"물내음~?"

"여기서부터는 습지다."

보기에는 초원이랑 다를 바 없지만, 풀의 뿌리 부분이 수몰되어 있군.

"개골개골~."

"개구린 거예요!"

바람배에 놀란 개구리들이 놀라서 도망치자, 그것을 노리고 있던 큰 뱀이나 악어가 따라간다.

"그냥 배를 타면 목숨이 위태롭겠네."

"그렇지. 우리들이 마물을 아무리 솎아내도, 어업을 하면서 목숨을 잃는 자가 끊이지 않는다."

아리사가 중얼거린 말을 왕자가 포착했다.

본래 세계의 어부들한테도 「판자 한 장 아래는 지옥」이라는 말이 있을 정도니까, 이세계에서도 힘든 일인 모양이군.

그런 이야기를 하는 사이에, 유적 근처까지 왔다.

"뭔가, 있군."

"사가 제국의 비공정이다!"

유적 근처에 정박한 두 척의 중형 비공정을 보고, 왕자와 마초 전사가 소란을 피웠다.

바람배가 멈추는 것도 기다리지 않고 왕자와 마초 전사가 뛰어

내려, 비공정 쪽으로 달려갔다.

"마스터, 비공정에 내건 깃발이 용사의 것이라고 고합니다."

"그런 것 같네."

맵 정보에 따르면, 용사들은 유적의 입구 근처 홀에서 어슬렁거리고 있다.

어제 급히 출발하는 게 보였는데, 용사의 목적지가 여기였나 보군.

"누구의 허가를 받고 이곳에 왔지."

"여기는 불가침의 성지로다!"

왕자와 마초 전사가 검을 뽑아 위압했다.

"왕자 전하, 금지 구역이라는 것은 모르고 무례를 저질렀습니다."

비공정을 지키는 기사들 사이에서, 문관풍의 남자들이 나왔다.

"낯이 익군. 새로운 용사 나리의 종자였던가?"

비공정을 지키던 종자가 왕자들과 교섭을 시작했다.

우리들도 바람배에서 내려 다가가자, 소란을 듣고 왔는지 용사들이 유적에서 나왔다.

"아! 스위츠의 그 사람!"

"정말이다. 소녀 하렘의 그 뭔가."

"기억 못하잖아.『마왕 살해자』아서야!"

용사들이 내 이름을 기억 못하는 모양이군.

그리고, 결단코「소녀 하렘」같은 걸 만든 적이 없으니 낭설의 유포는 엄격하게 삼가해주면 좋겠다.

새로운 용사 세 명은 친근하게 다가왔지만, 용사 메이코만 경계하는 고양이처럼 거리를 두고 있었다.

"너희들도 이걸 보고 여기 왔어?"

용사 유우키가 인벤토리에서 꺼낸 소품을 나한테 보여줬다.

"—이것은?"

PET병이다.

"용신전의 산도에서 샀어."

"겉보기에는 PET병인데, 플라스틱이 아니라 유리거든. 이거."

용사 유우키와 용사 세이기가 가르쳐 주었다.

산도에서 봤을 때 소란을 떤 것은, 이걸 발견했기 때문이었나?

"다른 것도, 봐."

게임기나 컨트롤러의 모형이나 휴대전화 같은 판자를 보여주었다.

AR표시되는 상세정보를 보면, 「네즈」라는 인물이 제작자인 것 같다.

"그것과 이 유적이 어떤 관계가 있는데?"

옆에서 들여다본 아리사가, 용사들에게 질문했다.

"이걸 팔고 있던 족제비 수인에게 정보를 샀거든."

"제작자가 여기 살고 있다고."

"여기라면, 유적에, 말인가요?"

"그래, 맞아."

이 유적 내부는 다른 맵이니까, 바라보는 척하면서 유적의 맵 안으로 들어갔다.

입구 조금 앞에서 맵이 바뀌길래, 모든 맵 탐사의 마법으로 정보를 얻었다.

─있군.

　이름은 네즈고, 종족은 작은 쥐 수인. 레벨은 3이고 **유니크 스**
킬「고향환상」과「허영천신」을 가졌다.

　그러니까, 네즈는 전생자다.

　"쥔님~."

　사사삭 내 몸을 타고 오른 타마가 귓속말을 했다.

　"유적 오른쪽 위, 돌기 뒤~."

　고개가 움직이지 않도록 주의하며 시선을 그쪽으로 돌리자, 유적 안에서 이쪽을 살피는 보라색 체모의 쥐 수인─ 네즈를 발견했다.

　맵 정보에 따르면, 그는 다락의 숨겨진 방에 숨어있는 모양이군.

　『……야.』

　네즈가 뭔가 중얼거린다.

　나는 귀를 기울여, 그것을 들으려고 집중했다.

　『저건 분명히 용사야. 쥐 괴물로 다시 태어난 나를 퇴치하러 온 거야.』

　떨리는 목소리로 중얼거리는 게 들렸다.

　─괴물?

　네즈는 쥐 수인으로 전생한 걸 혐오하는 모양이군.

　『이런 데 싫어. 일본에 돌아가고 싶어…… 케이.』

　망향이 담긴 말에, 무심코 동정심이 생긴다.

　"─사사삭인 거예요."

　놀이라고 생각했는지, 타마의 반대쪽에 포치가 올라왔다.

"무슨 일인 거예요?"

포치가 내 시선을 따라 유적을 보았다.

그것을 본 용사 메이코가, 포치의 시선 끝에서 네즈를 발견했다.

"있다!"

용사 메이코가 외쳤다.

그 목소리에 놀랐는지, 네즈가 유적의 숨겨진 방에서 지붕으로 굴러 떨어졌다.

"케, 케이, 살려줘─."

지붕을 미끄러져서, 그대로 가면 10미터쯤 되는 높이에서 낙하해 버린다.

급하게 달려가는 것을 보고 패닉에 빠졌는지, 네즈가 지붕 위에서 다리를 공전시켰다.

"─우왓."

지붕에서 떨어진 네즈가, 기어이 공중에 떠올랐다.

공중에서 보라색 빛에 휩싸인 네즈가, 변형 로봇처럼 변형하더니 제트 전투기가 되어 날아갔다.

"저거, 뭐야?"

용사 메이코가 얼이 빠져 중얼거렸다.

네즈가 가진 유니크 스킬이라고 생각하는데, 저렇게 참신한 유니크 스킬은 본 적이 없어.

아마, 「허영천신」이란 유니크 스킬의 효과라고 생각한다.

"판타지인가 했는데, SF냐."

"초 로봇 대전에 나오는 옛날 로봇 같았어. 그 게임 또 하고 싶다~."

용사 유우키가 기가 막힌 기색으로 말하고, 용사 후우도 태평하게 응답했다.

"아니아니, 이상하잖아. 저렇게 변형하면, 안의 사람이 엉망이되잖아?"

"그건, 약속이나 로망 같은 거지."

머리를 헝클어뜨리는 용사 세이기에게, 용사 후우가 손을 훌훌흔들며 말했다.

"혹시, 지금 그거 마왕이었어?"

"아니라고 생각합니다."

용사 메이코가 오해하길래, 정정해뒀다.

맵 정보를 보면, 네즈는 마왕화 안 했다. 어느샌가 국경부근까지 네즈의 광점이 이동했길래, 놓치지 않도록 마커를 달아뒀다.

"어, 어째서 알 수 있는데."

용사 메이코가 주춤주춤 물러나며 물었다.

그런 태도는 상처 입으니까 그만두자.

"독기 ×."

미아가 얼굴 앞에 양손의 검지를 교차시켜 가위표를 만들었다.

"마왕은 멀리서도 알 수 있을 만큼 강렬한 독기를 뿜으니까요. 방금 그 쥐 수인은 마왕이 아니라 평범한 전생자라고 생각합니다."

"평범? 평범한데, 전투기로 변형을 해?"

용사 메이코가 멱살을 잡을 기세로 물었다.

뭐, 그건 분명히 평범하지 않네.

◆

"여기가 은거지였던 모양이네."

왕자의 허가를 받아, 용사들과 함께 네즈가 살고 있던 숨겨진 방을 수색했다.

여기에는 현대처럼 정돈된 물품이 수없이 많았다.

"학습 책상에 지구본, 데스크 라이트까지 있어."

"전부, 모형이지만."

감탄하여 중얼거리는 용사 후우에게, 용사 세이기가 태클을 걸었다.

분명히, 책상 서랍은 움직이지도 않고 지구본도 돌지 않는다.

"선반에는 프라모델이나 피규어 같은 게 잔뜩 있네."

"왜 하얀 산호지?"

선반 위에 장식된 산호 모형만 플라스틱 같은 질감의 투명한 케이스에 담겨 있었다.

케이스 안에는「우정의 증표」라고 적힌 종이가 들어 있었다.

"만화다!"

"오~! 오랜만에 읽고 싶어."

"어라? 이것도 모형이야."

책장에 장식된 것은, 만화 단행본을 모방한 더미인가 보군.

"이거, 진짜야."

용사 메이코가 더미 만화책 모형이 장식된 책장에서, 너덜너덜한 책자를 발견했다.

"뭐라고 적혀 있어?"

"지저분한 글씨야. 일기 같은, 데—."

용사 메이코의 움직임이 멈췄다.

"왜 그래? 메이코."

"그 녀석도 나랑 마찬가지네."

용사 메이코가 책자를 펼쳤다.

거기에는 일본어로 「돌아가고 싶다」, 「돌아가고 싶어」, 「돌아갈 래」 등등이 반복해서 적혀있었다.

용사 메이코에게 받은 책자를 확인했다. 다른 페이지도 마찬가지 말이 꽉 차 있어서, 전생자 네즈의 강렬한 향수를 느낄 수 있었다.

아까 전에도 그런 말을 했었으니, 어지간히 일본으로 돌아가고 싶은 거겠지.

"주인님, 여기."

아리사가 책자의 일부를 가리켰다.

그곳에는 「케이랑 만났다. 그녀가 가르쳐줬다」라거나, 「덕을 쌓아서 내세는 인간으로」라고 적혀 있었다.

"네즈의 지인인가 봐."

아까도 지붕에서 떨어질 것 같았을 때 도움을 청했으니까, 네즈에게 의지할 수 있는 상대인 거겠지.

또, 「케이가 줬다, 소중하다」라는 메시지와 함께 뭔가 그림이 그려져 있었다. 아까 그 유리 케이스의 산호인가?

"그러고 보니 용사님들은, 어째서 그를 추적한 건가요?"

"어? 지구의 물건이 있으니까 우리들 같은 녀석을 만날 수 있을까 해서."

"그런 이유로?"

그들은 단순히 흥미로 네즈를 추적한 모양이다.

"잠깐, 나까지 이 녀석들이랑 같은 취급하지 마. 나는 일본에 돌아갈 힌트가 없나 해서 온 것뿐이야."

내 말에, 용사 메이코가 분개했다.

그들 중에서 강렬하게 귀환을 바라는 것은 용사 메이코뿐인 모양이군.

다음에 마왕이랑 조우했을 때, 근처에 용사 메이코가 있으면 그녀에게 맡겨야겠네.

"—펜드래건 경."

왕자가 용사들과 대화를 나누는데 끼어들었다.

"그래서, 유적의 불법침입자에 대한 단서는 얻었나?"

"네. 아무래도 『용사의 나라』에서 온 인물인 것 같습니다. 만약, 그를 붙잡게 된다면 연락을 부탁드립니다."

숨겨진 방 수색을 마치고, 왕자한테 그렇게 부탁해뒀다.

이제 이 나라를 나가버린 모양이지만, 만약 네즈가 붙잡혀 처형이라도 당하면 꿈자리가 사나우니까.

"알았다. 그 정도는 받아들이지."

흔쾌히 승낙해준 왕자에게 보답하기 위해서라도, 여기 온 본래 용건을 수행해야지.

"그러면 리자 공. 나와 사랑을 나누어, 이 유적을 부활시키지!"

"기다려. 그 역할은 이 몸이 어울린다."

왕자와 마초 전사가 바보 같은 말을 했다.

그러고 보니 「라우이 왕은 성스러운 처녀와의 사랑으로 『신의 유적』을 재생시켰다」라고 했었지.

"주인님. 리자 씨를 희생하지 않기 위해서라도, 나랑 사랑을 나눠 유적을 재생시키자!"

"나."

"아리사도 미아도 치사해요. 부끄럽지만, 저도—."

"마스터, 저도 흥미가 있다고 고합니다."

"타마도 사랑해~?"

"포치도 사랑사랑사랑하는 거에요!"

아리사의 농담에, 다들 장난을 쳐댄다.

스이루가 왕국의 습지를 만들어내는 장치는 맵 검색으로 금방 발견해서, 술리 마법 「투시」로 확인해봤다.

마법 장치를 연결하는 마력 경로가 단선되어 있다.

근처에 타 죽은 작은 동물이 있으니까, 이 녀석이 단선의 원인이겠지.

"전하, 우선 장치를 확인하죠."

그렇게 말하고 우연히 마법 장치 뒤쪽의 단선을 발견한 걸로 해서, 용사들과 동행하고 있던 비공정 정비기사들의 협력을 얻어 뚝딱 수리했다.

수선을 감독하면서 맵 검색을 해봤는데, 이 유적에는 신석도 신기도 없었다.

뭐, 있으면 행운이라는 스탠스로 가자.

"용사님들은 다시 스이루가 왕국의 왕도에 돌아가는 건가요?"

용건을 마치고, 유적을 나온 참에 용사들에게 말을 걸었다.

"다음은 쥐 왕국에 가."

"그게, 마왕의 예언이―. 후우 기억하냐?"

"어~, 그런 거 기억 안나."

"너희들 말야. 나라 이름 정도는 기억해. 땅굴쥐 자치령이잖아."

용사들이 말하고, 땅굴쥐 자치령을 향해 출발했다.

"―주인님, 왜 그래?"

"아니, 아무것도 아냐."

네즈를 가리키는 마커의 위치가 땅굴쥐 자치령에 있다는 걸 깨달았다.

방치할 수도 없고 마왕 부활의 예언을 조사한다는 용건도 있으니까, 마키와 왕국으로 가기 전에 들러볼까.

땅굴쥐 자치령

"사토입니다. 땅속의 구조물이라면, 초등학교 때 『개미굴 관찰 키트』로 본 개미굴이 떠오릅니다. 실제 개미굴에는 광원 같은 게 없을 텐데, 용케 헤매지 않고 드나들 수 있다고 어린 마음에 감탄한 기억이 있습니다."

"여기가 땅굴쥐 자치령이야?"

아리사가 비공정의 창으로 보이는 풍경을 둘러보았다.

그곳에는 개미둥지 같은 독특한 모양의 집이 늘어선 거리가 보였다.

"그래."

이 땅굴쥐 자치령은 스이루가 왕국과 마키와 왕국 사이에 있는 소도시다. 얼마 전까지는 땅굴쥐 수장국이란 이름이었는데, 족제비 제국의 침략을 버티기 위해 마키와 왕국 산하에 들어갔다고 한다.

"마스터, 지상의 임시 공항에 유도원으로 보이는 깃발수를 ^{플래거}시인했다고 보고합니다."

"알았어. 유도에 따라 착륙하자."

스이루가 왕국을 출발한 우리는 새로운 용사들보다 이틀 정도 늦게 땅굴쥐 자치령을 방문했다.

습지를 부활시킨 답례 식전에 참가하지 않을 수는 없었거든. 그밖에도 루루랑 같이 개구리 튀김을 포교하거나, 아인 소녀들과 함께 왕녀의 훈련을 해주는 등 좀 바빴다.

"비공정."

"두 척 있어~."

"포치네 비공정보다 커다란 거예요!"

도시 근방의 임시 공항에, 사가 제국의 중형 비공정 두 척이 정박하고 있었다.

용사 깃발이 걸려 있으니, 스이루가 왕국에서 헤어진 용사들의 비공정이겠지.

"강하 개시. 내충격 태세를 권장— 랜딩이라고 고합니다."

우리는 지상의 유도에 따라 착륙했다.

『어디 소속인가!』

지상에 있는 쥐 수인이 알아듣기 어려운 목소리로 수하했다.

확성기 같은 것이 없으니까, 옆에 있는 지팡이를 든 쥐 수인이 바람 마법을 쓴 거겠지.

"이쪽은 시가 왕국 소속, 펜드래건 관광성 대신의 배로다~."

아리사가 잘난 어조로, 선외확성기를 향해 선언했다.

『대신?! 큰일이다. 큰일이다아아아아.』

관리가 놀라서 펄쩍 뛰더니, 들고 있던 서류를 주위에 뿌렸다.

『수장님한테 알려야 해애애애!』

관리가 넘어질 기세로, 도시 쪽으로 달려갔다.

서류를 모은 쥐 수인 마법사가 입항 처리를 대신 해준 덕분에,

우리들은 문제없이 땅굴쥐 자치령을 방문할 수 있었다.

그리고, 비공정 경비는 아리사의 「격납고」에서 꺼낸 자율형 골렘들에게 맡겼다.

"우음. 독기."

비공정에서 나오자마자, 미아가 코를 잡으며 표정을 찌푸렸다.

땅굴쥐 자치령에 들어올 때 모든 맵 탐사 마법으로 마왕이나 마왕 신봉자가 없는지 확인했지만, 그녀가 그런 반응을 한다면 얼른 번마 미궁 안을 체크하는 게 좋겠군.

"건너편 언덕에 있는 요새 같은 것이 미궁일까요?"

"아마도."

저 요새가 있는 부근만 맵이 다르니까, 그럴 거라고 생각한다.

내 마법 라인업을 충실하게 해준 두루마리의 산지니까, 마왕 부활의 예언이 없어도 방문하고 싶은 장소 중 하나였다.

기왕 왔으니, 마왕 체크나 전생자 네즈의 동향을 확인하는 김에 재미 있어 보이는 두루마리도 물색해봐야겠어.

"—뭐야. 너희들도 왔어?"

목소리 쪽을 돌아보자, 파란 성갑옷을 소년들이 있었다.

임시공항에 사가 제국의 중형 비공정이 있으니까 금방 만날 거라고 생각했지만, 착륙하자마자 용사들과 재회해버린 모양이군.

"여기에는 뭐 하러 왔어?"

"저희들은 두루마리를 사러 왔습니다."

바보처럼 정직하게 마왕 부활의 예언 조사나 네즈의 수색을 하러 왔다고 말하는 것도 그러니까, 무난한 이유를 고했다.

"용사 여러분은―."

"우리는 번마 미궁의 독기 농도를 조사하러 왔어."

"지금은 미카엘이 조사하러 갔어."

용사 세이기와 용사 유우키가 내방 목적을 가르쳐 주었다.

그러고 보니 린그란데 양도 세리빌라의 미궁이나 공도 지하의 미궁 유적에서 독기 농도를 조사했었지.

"미카엘이라면 천사님?"

"내 종자인 날개 수인이야."

아리사의 질문에 의문을 품지 않고, 용사 유우키가 대답했다.

"어~? 그런 이름이었나?"

용사 세이기가 고개를 갸웃거렸다.

그것이 신경 쓰여 맵 검색을 해보니, 사가 제국에 소속된 날개 수인은 「미에카」란 여성뿐이었다.

아마 용사 유우키가 외견의 이미지와 이름에서 미카엘이라는 별명을 붙인 거겠지.

"여러분은 공항에서 대기인가요?"

"그렇지 뭐~. 번마 미궁은 입구가 좁아서 우리는 들어갈 수가 없고, 무슨 일이 있을 때를 위해 대기하고 있어."

용사 세이기가 「한가해~!」라고 하면서, 잡초가 무성한 공항의 땅바닥에 드러누웠다.

"와~아~?"

"포치도 뒹굴뒹굴하는 거예요!"

타마랑 포치가 용사 세이기에게 이끌려 땅바닥에 드러누웠다.

날씨도 좋으니까 낮잠도 즐거울 것 같지만, 기왕 왔으니 관광을 하고 와야지.

뭐, 그 전에 번마 미궁을 체크해야겠지만, 말이지.

"그럼, 저희들은 이만—."

그렇게 말하고 땅굴쥐 자치령의 도시로 나섰다.

"이 나라는 쥐 수인이 많은 것 같군요."

"입구가 작아~?"

"건물이 뾰족한 모자 같은 거예요!"

"건축 자재는 진흙과 건초 같다고 분석합니다."

아인 소녀들이나 나나가 도시의 풍경에 대한 감상을 말했다.

큰 길의 상회나 몇 갠가의 건물 말고는 입구가 낮다. 어른 인간족은 들어갈 수 없는 사이즈이며, 포치나 타마 정도의 키라도 입구에서 머리가 부딪힐 것 같았다.

대륙 남서부에 위치한 쥐 수인의 나라 라틸터를 떠올렸다. 거기도 이런 느낌이었지.

"우선 자치령주한테 인사야?"

"그 전에 미궁을 보러 가자."

번마 미궁의 에리어에 들어가 모든 맵 탐사를 해서, 미궁 안에 마왕이나 마왕 신봉자 집단이 숨어있는지 확인하고 싶어.

"알겠습니다."

"와~아."

"미궁에서 고기들이 포치를 기다리는 거예요."

아인 소녀들이 기뻐 보인다.

"봐."

미아가 길 앞을 가리켰다.

"저기부터 플리마켓인가 봐."

"돗자리를 깔고 잡화를 팔고 있네요."

아리사와 루루가 말한 것처럼, 미아가 발견한 것은 벼룩시장 같은 노점 거리였다.

"보고 싶어."

"가자."

"괜찮아?"

"미궁이 이 길 너머고, 그렇게까지 급하게 가지 않아도 괜찮아."

내 위기감지 스킬에 반응이 없고, 위험에 민감한 타마도 평소랑 같다.

"귀여운 게 잔뜩이라고 고합니다."

"응, 궁금해."

미아의 요청으로 이세계 플리마켓을 구경했다.

땅굴쥐 자치령의 쥐 수인들은 소품을 만드는 게 특기인가 보군. 시가 왕국에서도 인기가 있을 법한 물건이 많으니까, 기념품으로도 상거래 재료로도 좋아 보인다.

넉넉하게 사서, 나중에 에치고야 상회에 전달해야지.

"주인님, 저 가게가 마법 상점이래."

노점에서 쇼핑을 즐기고 있는데, 아리사가 현지인에게 마법 상점의 장소를 알아왔다.

기왕 왔으니 마법 상점에 갔다. 목적은 번마 미궁산의 다채로운 두루마리다.

"조금 큼직하네."

"커다란 개미둥지라고 평가합니다."

이 도시의 가게치고는 보기 드물게 인간족 사이즈인 입구를 지나 가게에 들어갔다.

점장은 털이 수북하게 난 긴털쥐 수인 중년 남성이었다. 키가 작아서, 카운터 안쪽에 있는 받침대 위에 올라가 높이를 조정하는 모양이다.

얼른 점장에게 두루마리가 없는지 물어봤는데―.

"―없어요?"

"미안하네. 어느 나라의 높은 사람이 두루마리를 모은다고 해서, 입하되면 금방 어용상인이 와서 사 가거든."

독점이라니! 이세계에도 되팔이가― 아니지, 이 경우는 다른가?

"뭐, 그 대신에 유명 공방의 두루마리가 정기적으로 입하되니까 며칠만 기다리면 입하될 거야. ―목록은 여기 있어."

그렇게 말하고, 점장이 선반 아래에서 입하 예정인 두루마리 일람을 꺼냈다.

―어라?

낯익은 라인업이네.

이건, 혹시―.

"있잖아. 누가 사가는지 알아?"

"그래, 대국의 높은 사람이야. 페, 페, 페도, 뭐라고 했더라~?"

"─펜드래건 아닌가요?"

"그거다! 손님, 아는 사이야?"

진짜냐. 독점하는 건 나였구나.

어쩐지, 방금 본 두루마리 라인업이 공도의 시멘 공방에서 잘 팔리는 상품이랑 비슷하더라.

"어용상인이라는 건, 에치고야 상회인가요?"

"그래. 시가 왕국의 대상회."

두루마리 산출량이 많은 미궁이라고 생각했는데, 산출된 것이 모두 나한테 왔기 때문이었나.

"폐를 끼쳐 죄송합니다."

"폐? 당신 에치고야 상회 관계자야? 딱히 폐는 아니야. 인기가 없는 두루마리를 싯가의 몇 배나 되는 가격으로 팔 수 있고, 잘 팔리는 두루마리를 대신 입하해주니까 가게도 손님도 불만이 없지."

뭐, 폐가 안 된다면 괜찮겠지.

"그러면, 속성 광석의 재고는 있나요?"

"그것도 다 팔렸어. 족제비 제국의 상인이 이상하게 쓸어가거든."

두루마리 때랑 달리, 점장이 민폐라는 기색으로 말했다.

"대놓고 말은 못하지만, 조만간 족제비 제국이 마키와 왕국에 쳐들어오는 게 아닌가 하는 소문이 돌고 있어."

"전쟁인가요······."

"뭐, 아직 소문 단계지만 말이야."

자치령의 정부가 식료품이나 소금 등의 필수품을 추가로 사들인다고 해서, 나름대로 근거가 있는 모양이다.

"─마법서."

미아가 가게의 묵직한 분위기를 마이페이스로 부수었다.

"그랬었지. 아저씨, 마법서 보여줘."

"입문서는 별로 없는데⋯⋯."

"아하하, 입문서는 필요 없어. 이래봬도 상급 마법을 쓸 수 있거든."

"호~, 그건 굉장하구만."

"응, 우수."

미아와 아리사가 점장에게 마법서를 요청했다.

점장은 아리사와 미아의 말을 안 믿는지, 상급 마법서랑 같이 입문서나 초심자용 서적을 카운터에 놓았다.

"식물 마법?"

"흙 마법이랑 물 마법의 복합인가."

식물 마법의 마법서 같은 게 있었구나.

"미아라면 정령 마법으로 쓸 수 있지 않아?"

"─정령 마법?"

아리사의 말에 점장이 반응했다.

"엘프님이라도 못 쓰는 사람이 있다는 비술을 어린애가⋯⋯. 서, 설마, 엘프님?!"

"응."

미아가 고개를 끄덕이고 귀를 보여주자, 점장이 카운터에 머리를 박으면서 「죄송합니다!」하며 힘차게 사과했다. 거창한 사람이네.

"용서해."

미아가 흥미없는 기색으로 사과를 받아들이고, 마법서를 나한테 보여줬다.

"……응. 이거라면, 정령 마법에 이식할 수 있을 거야."

"살래."

미아가 고개를 끄덕여서 즉시 결단했다.

포박계의 편리해 보이는 마법도 있으니까, 꼭 활용했으면 좋겠다.

"포박계가 필요해? 그러면, 이런 것도 있지."

"구슬~?"

타마가 점장이 꺼낸 야구공 크기의 구슬을 손에 집었다.

"그건 포박 구슬이라는 거야. 번마 미궁에 나는 엉킴 덩굴이라^{엔탱글 아이비}는 식물계 함정을 마법 도구화한 거지. 이거라면 싸게 만들 수 있^{매직 아이템}으니까 도시의 위병들도 장비하고 있어."

하나 시험해 볼까.

"캡처~."

"어~라~인 거에요."

포치로 시험해 봤는데, 타마가 끼어들어 같이 포박 구슬의 먹잇감이 되었다.

어쩐지 즐거워 보이는구나, 너희들.

"마스터, 저도『좋냐 좋지 않느냐』를 하고 싶다고 희망합니다."

나나가 거칠게 콧김을 뿜으며 요청했지만, 이건 그런 아이템이 아니니까 기각했다.

아마, 아리사가 가르친 게 틀림없어.

"20개 정도 살게요."

"그래, 고마워. 그건 1개월 정도 지나면 못 쓰게 되니까 주의해야 해."

내부에 가둔 「엉킴 덩굴」이 말라죽는 모양이다.

그 밖에도 재미있어 보이는 소품을 몇 가지 물색하고, 마법 상점을 떠났다.

그 다음에 몇 갠가의 가게를 다니면서 번마 미궁이 있는 자그마한 언덕 앞에 도착했다.

—어허.

언덕이 있는 장소부터 번마 미궁의 맵으로 바뀌는 모양이군.

입구는 언덕 위에 있는 쥐 수인 병사들이 경비하는 석조 건물 안에 있는 모양이다.

"왜 그래?"

"잠깐만."

아리사에게 말하고 길 옆에서 발길을 멈춰 모든 맵 탐사 마법을 썼다.

번마 미궁은 세리빌라의 미궁과 세류 시에 있는 「악마의 미궁」의 중간 같은 미궁이다. 전체적으로 수평 방향으로 퍼져 있으며, 무수한 통로가 입체적으로 교차하고 있다.

다행히 마왕이나 마왕 신봉자 집단 같은 존재는 확인되지 않았고, 전생자 등도 안 보였다.

마물의 분포를 봐서 스탬피드가 일어날 조짐도 없는 것 같고, 위험한 조짐은 없어 보인다.

"괜찮아 보여?"

"그래, 위험해 보이는 녀석은 없었어."

"그 현자의 제자는?"

"그쪽도 없었어."

아리사가 말한 건 현자의 제자 사이에 매드— 마왕주를 파사 이스코와 함께 공동 연구했다는 인물이다. 미궁 연구자라고 하니 여기 있을지도 모른다고 경계하고 있었다.

"이제 여기의 연구를 마치고, 족제비 제국의 데지마 섬에 있는 몽환 미궁에 갔을지도 모르지."

거리를 고려하면 그럴 가능성이 높다고 생각한다.

아리사랑 그런 이야기를 하고 있는데—.

"아~! 이런 곳에 계셨습니까!"

소란스런 쥐 수인이 다가왔다.

쥐 수인은 구분이 안 되는데, 이 복장은 공항에서 본 관리일 거야.

"무슨 용건 있나요?"

"수장 케무라칸 님이 만나고 싶다 하십니다. 죄송합니다만 걸음해주실 수 있을까요?"

수장이라는 건 자치령의 영주를 말하는 거겠지.

면회를 청하려고 했는데 마침 잘 됐어.

"잠깐 다녀올게."

"주인님, 저를 호위로 데려가 주십시오."

"나도 같이 갈게. 교섭할 일은 없을 것 같지만, 주인님이랑 리자 씨만 가면 뭐든 가볍게 승낙할 것 같으니까."

혼자 가려고 했는데, 리자랑 아리사가 그렇게 말해서 동행하기로 했다.

나머지 멤버는 미궁을 구경하고 온다길래, 너무 안쪽에는 가지 말라고 말하고서 미궁 근처의 동남아시아풍 오픈 카페를 다시 만날 장소로 정한 뒤에 헤어졌다.

"가시죠. 이쪽이 수장부입니다."

관리의 안내로 수장이 있다는 커다란 건물에 찾아왔다.

"뭔가 타이의 사원 같아."

"이국풍이지만, 제법 위엄이 있습니다."

아리사랑 리자가 건물을 올려다보며 감상을 말했다.

두 사람 말처럼, 관광 자원이 될 법한 훌륭한 건물이었다.

여기는 다른 건물과 달리 인간족이라도 평범하게 들어갈 수 있는 사이즈의 문과 통로가 있다.

상경한 촌뜨기처럼 두리번거리며 건물을 구경하면서, 관리의 뒤를 따라 수장의 방을 방문했다.

"어서 오게나. 시가 왕국의 대신— 그러니까?"

방 안쪽에서 금색의 의자에 앉아있는 살찐 쥐 수인이 수장 케무라칸 씨인가 보군.

"처음 뵙겠습니다. 무노 백작 가신, 사토 펜드래건 자작이라고 합니다. 고명한 케무라칸 각하를 뵙게 되어 영광인 줄 압니다."

립서비스를 좀 해봤는데, 그의 자존심이 만족했는지 기분 좋은 태도였다.

"이것은 저희들의 주인이 드리는 선물입니다."

아리사가 신호를 주자, 리자가 들고 있던 직물이나 시가 왕국의 명품을 테이블에 놓았다.

언제 준비한 거지?

"오옷, 멋지구나! 멋지다! 짐은 만족이로다."

진짜로 「짐은 만족이로다」를 들을 줄은 몰랐다.

"하여, 무슨 일로 이 땅에 왔는가?"

어허. 바보 나랏님 같던 분위기가 사라지고, 유능해 보이는 표정으로 물었다.

"각국의 관광 자원— 명품이나 명물 등의 물품을 비롯해 이 땅에만 남아있는 풍습이나 이름난 유적 등을 시찰하고 있습니다."

어쩐지 간첩으로 의심하고 있는 것 같아서, 관광성 대신의 일에 대해 알기 쉽게 설명하여 오해를 풀었다.

"명품이나 명물이라면, 귀공도 미궁에서 얻을 수 있는 산물을 매입하러 온 것인가?"

"네. 좋은 두루마리나 『축복의 보주』가 있으면 입수하고자 합니다."

그래서, 연줄이 있으면 편의를 좀 봐달라고 우회적으로 부탁했다.

"흐흠, 좋다—."

그런 보람이 있어서, 수장의 의심도 풀린 모양이다.

"—소베트란, 잘 헤아려 주거라."

"알겠사옵니다."

수장이 명하자, 시종으로 보이는 흰 수염의 쥐 수인이 부하에게 뭔가 지시를 해주었다.

두루마리는 입수 못하겠지만, 쓸만한 「축복의 보주」가 있으면 럭키란 느낌인가.

"귀공은 별난 인사로군."

"뭔가 실례를 저지른 것이 있는지요?"

"그것이 아니야. 마키와 왕국의 자들처럼 벌레나 먹는다고 우리를 깔보지 않는다. 아니, 속으로 있을지도 모르지만, 그것을 상대에게 보이지 않을 정도의 자제심이 있어."

"속으로도 하지 않습니다. 그리고 벌레도 조리 방법에 따라서는 맛있으니까요."

시가 왕국 재상의 식사 모임에서 먹은 애벌레 요리가 참으로 맛있었지.

그건 다시 한번 먹고 싶어.

"이거 놀랍군. 마치 본심처럼 들리지 않는가?"

"본심이니까요."

놀라는 수장에게, 브라이브로가의 거대 애벌레 통구이에 대해 말하자—

"그 요리는 들어본 적 있다! 짐의 요리사에게 연구를 명했지."

번마 미궁에서 나오는 애벌레 마물을 식재료로 삼는 모양이다.

언제나 두루마리를 공급해주는 답례로, 브라이브로가 애벌레 통구이를 입수하면 가져다줘도 좋겠어.

수장의 호감도가 어느 정도 올라갔으니까, 이제 좀 중요한 이야기를 하려고 생각했는데—

"─환담하시는 중에 실례합니다."

문관 같은 쥐 수인이 들어와서, 수장에게 귓속말을 했다.

"뭣이? 벌써 다음 예정인고?"

"네. 법정에서 예정된 공개 재판이 일곱 건 있사옵니다."

"정말이지. 시정의 민초들은 다툼을 좋아하는군."

이야기가 중간에서 끊어지자, 수장이 불쾌한 기색으로 중얼거렸다.

"자작, 미안하다만 즐거운 요리 이야기는 마쳐야겠다. 오늘 만찬에 초대를 할 터이니, 저녁에 사자를 보내지."

수장이 말하고 신호하자, 들어온 남자들이 수장의 의자 주위로 이동하여, 그를 들어올렸다.

아니, 자세히 보니 그가 앉아있는 의자가 가마처럼 되어있는 모양이군.

수장과 마왕 부활의 예언에 관해 얘기하고 싶었는데, 이런 어수선한 상황에서는 제대로 상대해주지 않을 거야. 그 이야기는 만찬 뒤에 해야겠군.

우리는 수장의 퇴실을 지켜보고 수장부를 떠났다.

중간에 두루마리나 축복의 보주를 확인해준 시종의 부하를 만났는데, 유감스럽게도 둘 다 재고가 없다고 했다.

얼마간 머무르니까 입하되면 연락해 달라고 부탁을 해뒀다. 물론, 수고의 사례로 금화를 주는 것도 잊지 않았다.

"다음엔, 뭐할 거야?"

"네즈가 어떤지 조사해보자."

아리사의 물음에 대답했다.

맵 정보를 보니, 전생자 네즈는 번마 미궁 근처에 있는 건물에서 일을 하는 모양이다. 블랙한 직장인지, 네즈의 상태가 「과로」가 되어 있었다.

"어~, 정말? 과로로 이세계에 가는 게 정석인데, 이세계에서 과로사하면 어디로 전생하는 걸까?"

"아니아니, 과로로 쓰러지기 전에 손길을 뻗어주자."

일본에서 일하던 무렵은 데스마치의 단골이었으니까, 그다지 남일 같지가 않단 말이다.

나는 아리사와 리자를 데리고 네즈가 일하는 건물로 갔다.

◆

"돌아가라. 여기에 그런 녀석은 없어."

"어째선데! 여기 들어간 걸 본 사람도 있어!"

"시끄러운 꼬마구만. 너희들은 쥐 수인 구별도 못하잖아. 어차피 착각이겠지. 얼른 돌아가!"

네즈를 찾아왔는데, 인상이 나쁜 큰쥐 수인이 나오더니 문전박대를 당했다.

"정말이지, 대체 뭐야?"

"뭔가 켕기는 사정이 있는 것 같군요⋯⋯."

분개하는 아리사 옆에서, 리자가 어려운 표정을 지었다.

네즈가 나를 경계해서 면회를 거절하는 거라면 괜찮지만, 방금 그 큰쥐 수인이 뒷사회의 인물 같은 폭력적인 분위기라 신경 쓰인다.

"주인님~."

미궁 구경을 갔던 동료들이 돌아왔다.

지금 깨달았는데, 만나기로 한 카페가 바로 앞이었다.

"미궁은 어땠어?"

"못 들어갔어."

"어째서?"

"번마 미궁은 체격이 작은 쥐 수인이 아니면 물리적으로 못 들어가는 것 같아요."

"네잉네잉~."

"포치나 타마라도 웅크려야 들어갈 수 있는 거예요!"

연소자 팀과 루루가 입을 모아 말했다.

그러고 보니 용사 세이기도 그런 말을 했었지.

"그건 공략이 어려울 것 같군요……."

"미궁 길드 직원이 인간족은 탐색 불가능이라고 했다고 보고합니다."

리자와 나나가 유감스럽게 말했다.

"번마 미궁은 다수의 출입구가 있다고 하는데, 포치랑 타마가 들어간 출입구가 제일 커다란 거라고 하니까 저희들이 들어가는 건 무리일 것 같아요."

난처한 표정의 루루가 덧붙였다.

"포복전진으로 들어가~?"

"구불구불하면 중간에 끼어버리는 거예요!"

그런 부자유스런 상태에서 마물이랑 만나면 너무 위험하다.

모두를 위로하고, 만날 예정이었던 카페에서 휴식하기로 했다.

"유감아쉽~?"

"포치는 활약을 못한 거예요."

카페에서 보이는 미궁의 메인 출입구를 바라보며 타마와 포치
가 투덜거렸다.

물론, 그런 태도는—.

"기다리셨습니다. 과일 모듬입니다."

"파인애포~?"

"새빨간 바나나도 있는 거예요!"

—급사가 가져온 남국 과일 모듬을 볼 때까지였다.

비싼만큼, 모두 제철이라 참 맛있다. 듣자하니 번마 미궁 중층
에서 나는 귀중한 과일이라고 한다.

"그래서, **그 사람**은 어쩔 거야?"

아리사가 「이름을 불러선 안 되는 그 사람」 같은 식으로 네즈
에 대해 물었다.

아마 오픈 테라스 앞의 통행인이 많으니까 관계자에게 들리지
않도록 조심하는 거겠지.

"방치하는 것도 그러니까, 조금 조사해볼게."

공간 마법 「멀리 보기」를 발동해서, 네즈의 상태를 살폈다.

아무래도, 범죄 길드 녀석들한테 감금당해 억지로 일하는 모

양이다. 맵을 3D 표시로 해서 재확인을 하자, 건물 지하에 쥐 수인이라도 기어서야 지날 수 있는 가는 통로 너머에 있었다.

같은 방에 범죄 길드의 인간이 있길래, 공간 마법「멀리 듣기」도 발동하여 상황을 파악했다.

『—이제 무리야.』

『아직 할 수 있잖아.』

네즈가 싫어하지만, 인상 나쁜 쥐 수인이 폭력으로 강요하고 있다.

『아, 알았어.』

네즈의 몸에 보라색 빛이 흘렀다.

저 빛은 유니크 스킬이군.

네즈가 손을 올린 흙덩이가 전차나 비행기 등의 모형으로 변했다. 꽤 커다란 사이즈고, 디테일이 세세하다.

『그렇게 내일 아침까지 다른 종류를 30개 만들어라. 게으름 피우지 마라.』

남자는 그렇게 말하고, 네즈 앞에 먹을 것과 가죽 수통 같은 것을 던지고 나갔다.

"혹시 상황이 나빠?"

"응. 유니크 스킬 연발을 강요당하고 있어서 위험해."

물어보는 아리사에게 수긍했다.

"큰일이잖아!"

"정말 그래."

이대로 가면 머지 않아 유니크 스킬을 과용해서 네즈가 마왕화 할 거야.

"구하러 가야지."

"성급하게 움직이면 안 돼. 우선 정보 수집이다."

우리의 마법을 구사하면 구조할 수 있겠지만, 네즈 쪽에 도망칠 수 없는 사정이 있을지도 모르니까.

우선 공간 마법 「원거리 통화」로 네즈에게 말을 걸었다.

공간 마법은 비밀이니까, 용사 나나시의 목소리로 말을 걸었다.

『네즈 씨, 들리나요? 당신의 마음속에 말을 걸고 있어요.』

『······누, 누구야?』

조금 스피리추얼한 느낌이 됐지만, 네즈는 주위를 두리번거리며 살핀 다음에 작은 소리로 대답했다.

『당신의 친구에게 부탁을 받아서, 당신을 구출하기 위해 행동하는 사람입니다.』

『치, 친구? 나한테, 친구는······ 호, 혹시, 케이? 케이가 너한테 부탁했어?!』

무뚝뚝하던 네즈가, 갑자기 조금 흥분해서 물었다.

그러고 보니 그가 남긴 일기에도 「케이」라는 이름이 있었지.

『클라이언트의 이름을 밝힐 수는 없어요. 그쪽에서는 「친구의 의뢰」라고 하면 알 거라고 했습니다.』

『역시, 케이다! 나를 신경 쓰고 있었구나!』

사기 스킬도 안 썼는데 네즈가 간단히 속아 넘어가 버렸다. 엄청 좋아하는 목소리로 기뻐하니까 조금 그러네.

뭐, 구출하고 싶다고 생각하는 건 정말이니까 너그럽게 봐주면 좋겠다.

『내일 동틀녘에 구하러 갑니다. 뭔가 신경 쓰이는 게 있나요?』

『……아.』

네즈가 뭔가 말하려다가 머뭇거렸다.

『어떤 거라도 상관 없는데요?』

『그, 그 녀석들이, 말했었어.』

네즈의 말로는 「여차하면 미궁으로 도망치면 된다」라고 망보는 남자들이 말했다고 한다.

『─미궁으로?』

『……으, 응. 그렇게 말했어.』

맵으로 확인하자, 네즈가 감금된 방 앞의 통로가 다른 맵이 번마 미궁의 영역으로 끊어져 있다. 공간 마법 「멀리 보기」의 시점을 이동했더니, 그곳에 문이 달려 있고 튼튼해 보이는 빗장으로 봉쇄하고 있는 걸 알 수 있었다.

번마 미궁에는 「다수의 출입구가 있다」라고, 루루가 말했었지.

『정보 고마워요. 그러면 동틀녘에 갈 테니까, 되도록 휴식을 취하도록 해요.』

나는 그렇게 말하고 통신을 끊은 뒤, 동료들에게 네즈와 나눈 대화랑 조사한 정보를 공유했다.

"……미궁으로 도망치면 성가시네."

아리사의 말처럼 번마 미궁의 출입구나 통로는 인간족에게는 너무 좁아서 쥐 수인들이 도망치면 추적이 어려웠다.

이어서, 네즈를 납치한 녀석들을 조사했다.

『불길한 놈은 열심히 일하고 있냐?』

『네입, 형님. 내일 아침까지 다른 종류를 30개 만들라고 명령해뒀습니다. 이게 완성된 물건입니다.』

네즈를 폭행한 똘마니가, 상자에 든 모형을 형님뻘에게 보였다.

『흥, 평소처럼 정교한 물건이군…… 그 건은 불었냐?』

―그 건?

『기가 약한 놈인데 또 고집은 세서, 아무리 겁을 줘도 「이유는 몰라」라고 합니다요.』

『족제비 놈들이 이런 것에 금화를 내는 이유를 알면, 더 벌 수 있는데…….』

『손을 좀 봐줄까요? 팔이랑 머리만 안 다치면, 모형 만들기는 지장이 없습니다.』

『그건 최후의 수단이다. 겁을 줘서 안 되면, 여자를 붙여봐라. 네가 겁을 준 다음에 붙여준 여자가 친절하게 대해주면 홀랑 넘어간다.』

『과연 형님! 다음 교대로 위에 가면, 적당한 창부를 찾아오겠습다.』

『노골적인 창부는 피해라. 적당하면 되니까, 일반인처럼 보이는 여자를 찾아.』

『예입!』

그들이 네즈를 감금한 건 돈벌이를 위해서였군.

네즈의 모형을 사들이는 건 족제비 수인이라고 하는데, 맵 검색을 해보니 모형을 가진 족제비 수인은 안 보였다.

아마, 다른 곳에서 사러 오는 거겠지.

족제비 수인이 모형을 비싼 값으로 사는 이유가 조금 신경 쓰이지만, 그걸 추궁하는 건 네즈를 구출한 다음에 해도 될 거야.

"아~! 여기 있다!"

태평한 소년의 목소리에 돌아보자, 용사 세이기와 용사 유우키 두 명이 있었다.

"어라? 대기라고 안 했어?"

"조사가 끝났으니까 대기는 해제됐어, 꼬맹아."

용사 유우키가 아리사의 머리에 손을 올렸다.

"하지 마, 머리 모양이 흐트러져."

아리사가 그 손을 찰싹 쳐냈다.

"조사 결과는 어떤가요?"

"괜찮았어. 독기 농도는 허용치를 안 넘었대."

내 질문에 용사 세이기가 대답했다.

"그래서, 기왕 왔으니까 도시 관광을 하고 있는 거지."

용신전의 산길도 그렇고, 그들하고는 마음이 맞을 것 같군.

"둘이서만요?"

"메이코랑 후우는 먼저 데지마 섬의 몽환 미궁에 가버렸어."

"후우는 관광을 하고 싶어했지만."

듣자하니 용사 메이코가 데지마 섬으로 간다고 주장해서 「메이코 혼자서는 안돼」라며 걱정한 용사 후우가 같이 따라갔다고 한다.

"뭔가 재미있는 거라도 있어?"

"봐라! 기념품 가게에서 목도를 팔았거든!"

"멋있다~."

"포치도 목도 아저씨 갖고 싶은 거예요!"

용사 유우키가 목도라고 해야 하나, 목검을 자랑했다.

"그렇지. 여기서도 발견했어."

용사 세이기가 무한수납에서 네즈가 만든 걸로 보이는 공예품을 꺼냈다.

지하에서 본 전차나 비행기 같은 밀리터리 모형이 아니라, 도쿄 타워 같은 보통 모형이었다.

"파는 녀석이 쩨쩨하더라~."

"만든 녀석이 어디 있는지 안 가르쳐 준다니까."

"악당이라면 내 유니크 스킬로 찾을 수 있는데."

그들이 여기 온 건 네즈를 찾은 게 아니라 번마 미궁으로 가는 도중에 우연히 지나간 것뿐인 모양이다.

『주인님. 이 두 사람한테 양동을 부탁할 수 없을까?』

아리사가 공간 마법 「원거리 통화」로 제안했다.

"사실은 그 제작자 말입니다만……."

용사 두 사람에게 네즈가 감금되어 있다고 말해봤다.

""구조하러 가자!""

둘이 한치의 주저 없이 입을 모아 말했다. 과연 용사야.

즉시 쳐들어가려는 용사들에게 「아이들끼리만 가면 얕볼 테니 종자들을 데리고 가시죠」라고 한 뒤, 이쪽도 준비를 진행했다.

"닌자 타마에게 내일의 미션을 전달한다."

"닌닌~?"

아침 일찍 투명 망토를 입은 닌자 타마가 아지트에 숨어들어서 내가 원거리 통화와 맵 정보로 네즈가 감금된 지하실에 유도하기로 했다.

"포치는 필요 없는 아이인 거예요?"

"그럴 리 있니. 포치는 구출반이야."

"네, 인 거예요! 포치는 구출의 프로인 거예요!"

시무룩해진 포치도 역할을 명확하게 해주자 기운이 났다.

"미아는 게노모스를."

"알았어."

"나나는 미아를 데리고 구멍을 파도 들키지 않는 장소로 가. 안내는 아리사에게 맡길게."

"예스 마스터."

"오케이~. 덤으로『전술 대화^{택티컬 토크}』로 모두 연결할게."

리자랑 루루 둘에겐 모두의 호위를 부탁한다.

실행 장소의 후보를 맵으로 픽업하고, 미아 팀이 실제로 가서 확인했다.

"펜펜! 미카엘을 데리고 왔다!"

그때 용사 두 명이 종자들을 데리고 돌아왔길래, 작전에 대해 설명했다. 결행은 네즈에게 말한 것처럼 내일 아침이다.

나는 용사들과 정면으로 양동하는 팀에 들어갈 예정이다.

그리고 숙소에서 하룻밤 보낸 뒤, 동트기 조금 전에 행동을 개시했다─.

"그러면 작전 개시다."

"""개시.""" "인 거예요!"

우선 계획대로 타마를 잠입시켜 목표 지점으로 유도하고, 그동안에 미아가 흙의 의사정령 게노모스 소환을 한다.

미아가 소환을 마치고, 용사들이 종자들을 데리고 집합 장소에 나타난 타이밍에 타마의 보고가 들렸다.

『도착~?』

『좋아. 잠시 대기다. 어딘가에 숨어있어.』

『닌닌~.』

타마가 감시 방에 쌓여있는 나무 상자 위에 올라가 고양이 같은 포즈로 잠복했다.

추가로, 범죄 길드 녀석들이 네즈를 데리고 미궁에 도주하려고 하면 저지하도록 지시했다.

『미아, 구멍 부탁해.』

『응. 게노모스.』

막다른 길에 있는 미아에게 지시를 내리자, 점점 그녀들의 현재 위치가 네즈랑 타마가 있는 지하실과 같은 깊이까지 가라앉았다.

『거기서부터 옆으로 조용하게 파면서 나아가.』

『맡겨둬.』

미아가 옆 방향으로 이동을 시작하는 것과 같은 때에, 용사 유우키가 범죄 길드의 문을 두드렸다.

레벨 50급인 그들이 진심으로 두들기면 문 따위 순식간에 날아간다.

날아가버린 문이 건물의 벽에 부딪혀 굉음을 냈다.

"적이냐!"

"도마뱀 자식들! 돈 냄새를 맡고 왔나!"

건물 안에서, 쥐 수인들이 무기를 뽑아 들고 뛰쳐나왔다.

"악당 발견! 인상 나쁘네."

"펜펜. 저 녀석들은 태워버려도 돼?!"

용사 세이기랑 용사 유우키가 입을 모아 말했다.

"아뇨. 우선 말로 해보죠."

악당 퇴치가 아니라, 양동이 목적이니까.

"너희들이— 그 녀석을 감금하고 있는 건 다 알고 있어!"

용사 세이기가 한순간 말을 머뭇거렸다.

그러고 보니 네즈의 이름을 안 알려줬군.

"그래! 이 범죄자 놈들! 감금한 사람을 해방해라!"

"어엉? 네놈들 어디 꼬나풀이야?!"

한층 인상 나쁜 쥐 수인이 용사들을 노려보았다.

"물러나세요. 이 천한 놈들!"

"이분들이 누구인지 아느냐!"

사극에 나올 법한 캐릭터— 같은 어조로 종자들이 말하고, 용사들 옆에 나섰다.

"파리온 신의 초빙에 응해, 마왕 토벌을 위해 강림하신 사가 제국의 『용사』님들이시다!"

날개 수인 미카엘이 「신이 내린 수호부적」을 치켜들고 외쳤다.

잘 울리는 목소리군. 양동에 딱 좋아.

"요, 용사라고?!"

"소두목! 선생을 데리고 왔습니다!"

"흥, 오늘 상대는 용사 사칭인가? 수도 많으니, 보수는 듬뿍 받아야겠군."

쥐 수인 검객이 강자의 태도를 보이면서 나왔다.

"오! 경비원이네!"

"기다려라. 용사님의 성검은 이런 잔챙이에게 휘두르는 게 아니야."

성검을 뽑으려는 용사 세이기를, 그의 종자인 사무라이 루도루가 가로막고 앞으로 나섰다.

그라면 실력도 확실하니까, 맡겨두면 되겠지.

『주인님, 이제 곧 도착해.』

『발소리 잔뜩~. 누가 이쪽으로 와~?』

아리사와 타마가 보고했다.

『놈들이 이쪽 노림수를 눈치챈 모양이네. 은밀 행동은 끝. 전속력으로 돌격해.』

『게노모스, 전속력.』

『무례 금지~?』

미아가 조종하는 흙 정령 게노모스가 단숨에 통로를 관통시키고, 놀라서 네즈를 데리고 가려던 범죄 길드 구성원을 타마가 가로막아 때려눕혔다.

『대상 확보, 안전권으로 탈출할게.』

아리사 팀을 가리키는 광점이 막다른 길로 순간이동했다.

『게노모스, 메워.』

미아가 뒤처리를 지시하자, 막다른 길의 구멍이 본래대로 메워졌다.

"용사님, 제 동료들이 구조 대상을 구출했습니다."

"어? 정말? 어느 틈에?"

"좋았어~! 이제 악당 퇴치만 하면 되네!"

용사 세이기와 용사 유우키가 당황하면서도 기뻐하고, 「그러면, 봐줄 필요 없겠군」이라고 말하더니 경비원과 접전을 연출하던 루도루가 경비원을 때려눕혔다.

"가자, 이 몸을 따르라!"

"유우키, 치사해! 나도 간다!"

"세이기 님, 혼자서 돌진하면 안됩니다!"

"유우키 님! 하다못해 화살막이의 가호를!"

용사 유우키와 용사 세이기가 루도루를 따라 돌격하고, 종자들이 당황하면서 따라갔다.

"정말이지. 펜드래건 경, 빚 하나입니다."

"네. 두 분이 마왕 토벌을 할 때는 조력하겠습니다."

"그 말, 잊지 마십시오. 이쪽은 저희들에게 맡기고, 구조한 자 곁으로 가주시죠."

뒤에 대기하던 통통한 종자가 권하길래, 이곳 뒤처리는 그들에게 맡기고 일행이 있는 곳에 달려갔다.

"다들, 다친 데 없니?"

"올 오케이~! 네즈땅도 포함해서, 아무도 안 다쳤어."

아리사의 말에 맞춰, 포치랑 타마가 머리 위에서 커다랗게 ○를 만들었다.

"케이는? 케이는 없어?"

"케이란 분은 없습니다."

"어? 여기에 없다는 거야?"

네즈가 당황한 소리를 냈다.

"네. 당신을 구해내기 위해서, 당신의 착각을 그대로 뒀어요."

"나를 구하기 위해?"

솔직하게 말하자, 진심으로 모르겠다는 표정을 지었다.

"―어, 어째서?"

땅바닥에 주저앉아 있는 네즈가 조용히 중얼거렸다.

모두의 시선이 네즈에게 모였다.

"어째서 나 같은 괴물을……."

고개 숙인 네즈가 자학의 말을 내뱉었다.

그 손이 보라색 체모를 움켜쥐었다.

"너랑 똑같으니까."

아리사가 가발을 밀어올려, 보라색 머리카락을 보여주며 말했다.

"어디가 같아!"

비통한 외침과 함께, 네즈가 고개를 들었다.

"너는 예쁘잖아! 나는 추악한 쥐 괴물이잖아?!"

네즈가 체모를 뜯어낼 기세로 본심을 토로했다.

"나도 『인간』으로 다시 태어나고 싶었어."

그는 쥐 수인으로 전생한 것에 절망하는 모양이군.

"나는 전생에서 부모를 죽였으니까, 이번에는 축생도에 떨어진 거야."

울면서 절규했다.

아니, 이쪽 세계는 그런 시스템 아닌데.

그의 착각을 정정하려고 말을 걸었지만, 「시끄러워!」라고 화를 내서 말이 안 통한다.

"육도의 사고방식이면, 불교였던가?"

"아마도."

당황하는 아리사와 마주보았다.

짙은 종교관을 가진 사람을 설득하는 건 내 전공이 아냐.

어떡하나 생각하는 내 곁으로 수많은 노호와 술렁거림이 닿았다.

"―뭘까?"

"조사해 오겠습니다."

"포치도 같이 가는 거예요!"

말릴 틈도 없이 리자랑 포치가 길로 뛰쳐나갔다.

타마는 이미 근처의 개미둥지 같은 집의 꼭대기에 올라 주위를 둘러보고 있었다.

맵 정보를 보니, 도시의 가장자리에 무수한 광점이 있다. 적당하게 픽업해서 확인해 봤더니, 모두 인간족이고 마키와 왕국 소속 사람들이었다.

"주인님, 큰일났어! 너덜너덜한 사람들이 도시 입구에 쇄도하고 있어."

공간 마법으로 확인했는지, 아리사가 긴박한 소리로 말했다.

무슨 일이 있었는지 모르지만, 아무래도 긴급 사태가 발생했나
보군.

전쟁 난민

"사토입니다. 「전쟁에서 희생되는 건 병사뿐만이 아니다. 전쟁은 수많은 사람의 인생을 뒤틀어버리는 해악이다」라고 전쟁을 경험한 적 있는 증조 부가 자주 말했었습니다. 역시 평화가 제일이란 말이죠."

"주인님, 저쪽입니다."

동료들과 함께 도시 밖으로 가자, 그곳에 지저분한 사람들이 잔뜩 주저앉아 있었다.

게다가, 저 멀리 제2집단과 제3집단도 보인다. 뭔가 재해가 일 어나서 도시 하나 분량 정도가 난민이 된 느낌이었다.

"인간족들뿐이네요."

"마키와 왕국에서 온 걸까?"

아리사가 주저앉은 사람들을 둘러보며 중얼거렸다.

"그런 것 같아."

맵 검색으로 확인했으니 틀림없다.

"피로 심해."

"그러네, 미아. 주인님, 이 사람들에게 물과 음식을—."

애원하는 루루에게 수긍했다.

난민들의 사정도 신경 쓰이지만, 그보다도 지원이 먼저다.

"아리사는 리자랑 수장부에 가서 식사 배급의 허가랑 물의 공출을 부탁해줘. 꾸물거리면—."

"돈다발로 따귀를 때려?"

"말이 좀 그렇지만, 대강 그런 느낌이면 돼."

아리사에게 금화 주머니를 건네고 지시를 기다리는 동료들에게 고개를 돌렸다.

"미아는 생명의 의사정령을 소환해서 부상자 치료를 해주고."

"응, 맡겨줘."

미아가 고개를 끄덕이고 영창을 시작했다.

"포치랑 타마는 다친 사람이나 병자를 모아서—."

"네, 인 거예요! 포치는 사람 모으기의 프로인 거예요!"

"타마는 도우미 닌자~?"

마지막까지 말하기 전에, 포치와 타마가 달려갔다.

"루루는 나랑 식사 배급 준비를 하자. 나나는 부모랑 떨어진 미아들을 모아줘."

"네, 알겠습니다."

"예스 마스터. 유생체의 안녕은 제가 지킨다고 선언합니다."

루루랑 나나에게 지시를 내리고, 현지어로 「미아 여기입니다」라고 적힌 깃발을 만들어 나나에게 들려주었다.

"네즈 씨는 범죄 길드 놈들이 노리고 있으니까 제 곁에 있으세요."

일단 네즈에게 후드가 달린 외투를 입혀두긴 했지만, 기후 탓에 더운지 펄럭펄럭 앞을 펼치고 바람을 넣기 때문에 각도에 따라 보라색 체모가 보여버린단 말이지.

"준비, 정도는, 할래."

방금 전까지 울부짖고 있었는데, 난민들의 모습을 보고 제정신을 찾은 모양이다.

아마 천성이 착한 거겠지.

"그러면 천막 설치를 도와주세요. 아직 몸이 제상태가 아니니까 무리는 하지 말고. 지치면 사양 말고 쉬세요."

"응."

마법약으로 치유를 했다지만 네즈는 아직 과로 상태에서 완전히 빠져나오지 못했으니까.

여기까지도, 나나가 업고 왔을 정도다.

"─용사님, 아무래도 유민인 것 같습니다."

"유민이 뭐였지?"

"옛날 아이돌 그룹 같은 거 아냐?"

낯익은 목소리가 인파 너머에서 들렸다.

새로운 용사 두 명과 종자들이다.

"용사님."

"아, 펜펜이다."

크게 손을 흔들자, 용사 세이기가 이쪽을 발견했다.

"어느샌가 사라졌는데, 그 녀석은 구출했어?"

"네. 무사합니다."

이쪽으로 오는 용사 유우키에게 짐 뒤에 숨은 네즈를 시선으로 가리키고, 구출 성공 보고가 늦은 것을 사과했다.

네즈는 루루에게 용사가 자신의 구출에 관여한 것을 듣고 놀랐다.

"그래, 다행이네."

"지금은 이 녀석보다, 저쪽이네."

용사 세이기가 안도하고, 용사 유우키가 난민 쪽을 보았다.

"네. 지금은 그들을 위해서, 식사 배급이나 요양소의 준비나 음료수 확보를 하고 있는 참입니다."

"펜드래건 경, 우리도 돕겠습니다."

"우리도 한다."

"자원봉사 같은 거 처음이야."

_{아이템 백}
수납 가방 경유로 접이식 탁상과 천막을 몇 개 꺼내, 협력에 나서준 용사 유우키의 날개 수인 종자를 비롯하여 용사 일행과 함께 식사 배급과 가설 구호 센터의 준비를 했다.

"주인님, 허가를 받아왔습니다."

"음료수는 통으로 날라왔어."

리자와 아리사가 짐마차와 함께 돌아왔다.

그 무렵에는 땅굴쥐 자치령의 구경꾼이 몰려들어 있어서, 그들 중에 도우미를 모집하여 물이 든 통을 난민들 사이로 날랐다. 물론, 도우미들은 유상으로 고용했다.

"모아왔어~."

"부상자랑 병자인 사람은, 미아 앞에 모이는 거예요!"

타마와 포치가 치료가 필요한 사람들을 모아 돌아왔다.

그들에게 물을 나눠주고, 쇠약해진 자는 영양 보급약을 먹였다.

"미아, 부탁해."

"응, 맡겨둬."

미아가 작은 가슴을 통 두드렸다.

"리브,《생명의 파동》."
리커버리 웨이브

—LWEEEBYN.

미아가 명하자, 생명의 의사정령 리브가 자장가 같은 상냥한 음색을 연주했다.

반짝반짝한 빛의 파동이 모여든 부상자들을 치유하는 것뿐 아니라, 1천 명을 넘는 난민들 모두를 상냥하게 쓰다듬는 것처럼 감싸고, 긴 여행으로 축적된 피로를 씻어내 준다.

"—아아, 신이시여."

"오빠! 엄마가 눈을 떴어!"

"어쩐지 따끈따끈하네."

"다리가, 다리가 움직인다."

"기분 좋아…… 어쩐지 행복한 기분이다. 하늘에서 마중을 나온 건가?"

리브의 파동에 치유되는 난민들에게 밝은 미소가 돌아왔다.

약간 위태로운 발언이 섞여 있지만, 일시적인 착각이니까 무시해뒀다.

"엄청나네. 라파엘보다 굉장한 거 아냐?"

"아무리 그래도, 라피에의 신성 마법이 더 굉장하다고 생각합니다만, 저 광범위는 유용할 것 같습니다."

용사 유우키가 생명 정령 리브의 치유를 보고 놀랐다.

날개 수인 종자 말고도 대천사계의 별명을 붙인 종자가 있나
보군.

"저건, 소환 마법?"

"아뇨, 엘프의 정령 마법입니다."

"어? 쟤 엘프였어?"

"귀가 안 길잖아?"

용사 세이기와 용사 유우키가 미아 쪽을 보았다.

다행히, 미아에게는 안 들린 모양이다.

"엘프의 귀는 길지 않습니다. 귀가 긴 건 장이족이죠."

"아~, 위이야리 교관처럼?"

"맞아요. 엘프와 장이족을 착각하는 건 금기니까 주의하세요."

""네~에.""

날개 수인 종자의 주의에, 용사 두 명이 익살을 부리며 손을
들고 대답했다.

그 모습에 불안을 느꼈는지, 날개 수인 종자가 「정말로 주의하
셔야 합니다? 그냥 하는 말 아니니까요」라고 말을 거듭했다.

"주인님, 수프가 다 끓었어요."

"좋아, 나눠주자."

루루랑 같이, 아이들이 순서대로 수프를 나눠주었다.

지금까지 제대로 된 걸 못 먹었는지, 어른들이 앞다투어 쇄도
했다.

"진정해라! 식사는 모두가 먹을 만큼 준비했다!"

나는 위압 스킬과 확성 스킬을 사용해서 쇄도하는 사람들을 제압했다.

"줄서줄서~?"

"작은 애가 먼저인 거예요!"

사람들의 움직임이 멈추자, 타마와 포치가 익숙하게 줄을 세웠다.

미궁도시에서도 여러 번 식사 배급을 했으니까 참 솜씨가 좋아.

"마스터, 노생체가 접근한다고 고합니다."

나나의 목소리에 시선을 돌리자, 난민들 사이에서 비교적 차림새가 좋은 노인이 이쪽으로 걸어오는 게 보였다.

"뭐라 감사를 드려야 할지……."

마키와 왕국의 도시 케르단의 수호 대리라고 자기소개를 한 노인이 우리들에게 절을 했다.

그는 난민들을 여기까지 이끌어 왔다고 한다. 쇠약해진 난민들에게 식량과 물을 제공해준 것에 대해 감사의 말을 받았다.

"마키와 왕국의 수호 대리라고 하셨는데, 뭔가 커다란 재해라도 있었나요?"

"—전쟁입니다. 족제비 제국이 쳐들어왔습니다."

그러고 보니, 이 땅굴쥐 자치령에서도 족제비 제국이 마키와 왕국을 공격하는 게 아닌가란 소문이 있었지.

"족제비 제국의 노림수는 마키와 왕국의 점령인가요?"

수호 대리에게 그렇게 물어본 것은 어느샌가 가까이 와 있던 날개 수인 종자였다.

"최종적인 목적은 그렇겠지요."

"다른 목적이 있다는, 건가요?"

"그것이 뭔지는 단언할 수 없습니다만, 전쟁의 초기 단계 때 족제비 제국에서 먼 케르단까지 병사를 보낸 이유가 신경 쓰입니다."

"……분명 그렇네요. 보통은 왕도를 맨 먼저 침공해서 함락할 겁니다."

날개 수인 종자랑 수호 대리가 어려운 표정으로 대화했다.

"이웃나라의 원군을 경계한 것 아닌가요?"

"펜드래건 경, 그 가능성은 낮아요."

"그런가요?"

"네. 저희들 마키와 왕국과 스이루가 왕국은 커다란 전쟁을 할 정도로 미워하는 건 아닙니다만, 종종 다툴 정도로는 험악합니다."

내 소박한 의문을 날개 수인 종자가 부정하고, 수호 대리가 그 이유를 설명해 주었다.

"이번 건을 스이루가 왕국이 알면, 이 땅굴쥐 자치령의 권익을 얻기 위해 군을 보내는 일은 있어도 마키와 왕국을 구원하는 일은 없습니다."

"그래? 마키와 왕국이 족제비 제국에 점령되면, 다음은 땅굴쥐 자치령이나 스이루가 왕국을 노리지 않아?"

"그럴 가능성은 높습니다만, 아마도 족제비 제국이 스이루가 왕국의 왕도를 함락할 수는 없습니다."

"어째서?"

"─용입니다, 아리사."

아리사의 의문에 대답한 것은 수호 대리가 아니라 리자였다.

"왕도를 함락하기 전에, 용들의 놀이상대가 되어 후퇴하는 것이 고작이죠."

날개 수인 종자가 그렇게 말한 다음, 「이야기가 조금 옆으로 샜군요」하고서 대화의 궤도를 수정했다.

"족제비 제국의 목적이 원군의 저지가 아니라면, 생각할 수 있는 것은 마키와 왕국에서 요인이 도망치지 않도록 포위하는 것일지도 모릅니다. 수호 대리, 족제비 제국이 노릴 법한 인물이나 물품으로 짚이는 게 있나요?"

"……있습니다. 몇 가지 생각할 수 있습니다만, 전쟁을 해서까지 손에 넣고 싶은 것이라면 한정됩니다."

수호 대리가 조금 생각하고서 입을 열었다.

"왕국을 포위해서까지 손에 넣고 싶은 것이라면, 4대 귀족이 가진 네 자루의 보물 지팡이입니다. 국왕 폐하나 왕도를 지키는 천호광개나 패호거인도 중요합니다만, 그쪽이 목적이라면 왕도를 급습했을 겁니다."

"과연, 마키와 왕국의 보물 지팡이 네 자루인가요? 그걸 손에 넣는다면 『신의 부유섬』 라라키에를 현대에 되살릴 수 있다고 전해지는 비보군요. 그러면, 족제비 제국의 최종 목적은—."

—라라키에.

족제비 제국은 낙원섬에서 평화로운 나날을 손에 넣은 「라라키에 최후의 여왕」레이와 그 여동생 유네이아에게 손을 대려는 건가.

"—주인님!"

아리사가 팔을 끌어당겨서 제정신을 차렸다.

나도 모르게 살기를 뿜고 있었는지, 주변 사람들이 창백한 표정으로 이쪽을 보고 있었다.

"미안. 레이랑 유네이아를 생각해서, 무심코."

"그럴 거라고 생각했어. 거기는 엘프들의 결계가 있고 긴급 통지 시스템도 있으니까 괜찮아."

아리사가 그렇게 말해 나를 달랬다.

나는 심호흡을 해서 마음을 진정시키고, 마법란에서 정신 마법「평정 공간」을 발동해 주위 사람들의 공포심을 치유했다.

"펜펜 무서워~."

"얌전한 사람이 화나면 무섭다는 거 정말이네."

용사 두 명이 떨리는 목소리로 농담을 나눴다. 겁을 줘서 미안하네.

"두 사람, 그 발언은 실례가 됩니다."

날개 수인 종자가 헛기침을 하고서 그렇게 타이르고, 다리에 힘이 풀린 수호 대리에게 손을 뻗었다.

"족제비 제국의 노림수는 얼추 상상이 됐습니다."

날개 수인 종자가 그렇게 말하고, 수호 대리에게 다음 화제를 던졌다.

"그래서, 마키와 왕국은 족제비 제국에 패배한 건가요?"

"모르겠습니다. 최동단 다자레스 후작령에 제국군이 침공했다는 파발이 온 다음날에, 저희들이 살고 있던 서단 도시에도 제국군의 마물 사역 부대가 공격해왔습니다."

수호 대리와 날개 수인 종자의 대화를 들으면서, 머릿속에 마키와 왕국의 지도를 떠올렸다.

동단에 쳐들어온 며칠 뒤에 서단까지 쳐들어오다니, 마키와 왕국의 현재 상황은 상당히 위험하지 않나?

"저희들의 힘이 부족해 상비군으로는 농성도 할 수 없어 함락되고, 무고한 백성이 족제비 제국이 조종하는 마물에게 학살되고, 운 좋게 살아남은 자도 전쟁 노예가……."

처참한 전쟁을 떠올렸는지, 수호 대리가 피눈물이라도 흘릴 법한 표정으로 입술을 깨물었다.

상사인 시가 왕국 재상도 금지했고, 전쟁에서 군대끼리 살육하는 것에 끼어들 생각은 없지만, 일반인이 말려들어 희생이 된다면 얘기가 다르지.

그리고 전쟁을 방치해서 족제비 제국이 보물 지팡이를 손에 넣으면, 낙원섬의 레이와 유네이아까지 위험해질 우려가 있다.

이쪽을 보고 있던 아리사와 고개를 끄덕였다.

그때, 식사 배급의 수프를 받은 한 명이 뭔가에 놀란 것처럼 뛰쳐나왔다.

"一네즈 공!"

너덜너덜한 신관복을 입은 늙은 여성이 네즈를 보고 외쳤다.

"……어, 누구?"

"접니다. 사도 님과 함께 있던 신관이옵니다."

一사도?

그리고 보니 그녀는 자이크온 신전의 신관복을 입었다.

네즈도 자이크온 신의 사도랑 아는 사이였나 보군.

"케이는? 같이 안 있었어?"

네즈가 두리번거리며 주위를 둘러보고, 늙은 여신관에게 빠르게 물었다.

일기에 적혀있던 케이의 정체는 사도의 이름이었나 보군. 그 무뚝뚝한 사도치고는 귀여운 이름인데.

"사도님은 저희들 신자를 피난시키기 위해 홀로 분전하시다, 마지막에 힘이 다해 족제비 놈들에게 납치되고 마셨습니다."

—어? 진짜?

늙은 여신관의 말에 놀라움을 감출 수 없다.

그 냉혹한 느낌의 사도가, 자이크온 신의 신도를 구하기 위해서라지만 평범한 군대에게 붙잡힐까?

평범하게 적군을 한꺼번에 소금으로 바꿔버릴 것 같은데.

"케이가?! 구하러 가야돼!"

네즈의 체모 위에 짙은 보라색 빛이 흐르고, 몸 여기저기서 검은 독기가 흘러 넘쳤다.

—위험해.

지하에서 혹사당한 탓에 마왕화 직전이군.

"기다려, 네즈 씨!"

내가 제지하는 목소리도 안 들리는지, 네즈가 순식간에 SF틱한 전투기로 변형해서 날아가 버렸다.

분사의 기세로 식사 배급의 책상이나 구호 센터의 천막이 날아가 버렸다.

"생각 없는 짓을 하네."

강풍으로 망토를 펄럭거리면서, 용사 유우키가 입 안에 들어온 흙을 뱉어냈다.

"저 녀석, 전장에 간 걸까?"

용사 세이기가 날아가는 네즈를 눈으로 추적했다.

"그런 것 같습니다."

"우리도 가자!"

"그래, 전쟁 같은 건 막아야지!"

용사들이 말하고, 비공적으로 달려갔다.

종자들도 급하게 그걸 따라갔다.

"렛츠~"

"고~인 거예요!"

"두 사람, 기다리세요."

타마와 포치가 이끌려 뛰어가려 했지만, 리자가 재빨리 두 사람의 목덜미를 붙잡아 막았다.

"주인님, 어떡할 거야? 우리도 마키와 왕국으로 급행할까?"

아리사와 다른 동료들이 일제히 나를 보았다.

날아가버린 네즈나 젊은 용사들도 걱정되지만, 그 이상으로 전쟁 피해자를 줄이고 싶다.

"초동은 용사들에게 맡기고, 우리는 그들의 후방지원을 한다."

수호 대리에게 식사 배급 멤버를 모집해달라고 하고, 미아의 생명 정령 리브가 필요한 환자들 말고는 자치령의 신관이나 약사나 치유 마법사들에게 맡겼다. 후자는 자원봉사가 아니라 내가 돈주머니를 휘둘러 동원했다.

그런 작업은 동료들에게 맡기고, 나는 난민을 이동시킬 수단—대형 비공정을 준비하기 위해, 쿠로로서 에치고야 상회에 원거리 통화를 했다.

『티파리자, 에치고야 상회의 격납고에 있는 대형 비공정의 의장은 얼마 정도면 끝날 것 같지?』

『3번함이 닷새 뒤, 4번함이 열흘 뒤입니다.』

갑작스런 호출인데, 티파리자의 대답은 놀라움이나 흔들림이 없다.

『쿠로 님이 바라신다면, 공기를 앞당기는 것도 가능합니다.』

더욱이, 내 의도를 파악하고 그런 제안까지 해주었다.

『어느 정도로 앞당길 수 있지?』

『가장 빠른 속도를 바라신다면, 에르테리나 지배인에게 맡기시면 될 겁니다. 그녀라면 3번함은 내일 모레, 4번함도 사흘 뒤에는 왕도에서 출발 가능하게 해줄 겁니다.』

『알았다. 지배인에게 그렇게 전하도록.』

『—외람되오나, 쿠로 님께서 직접 명령을 해주시는 게 더 좋은 결과를 얻을 수 있을 거라 생각합니다. 귓가에 속삭이듯 「너밖에 의지할 수가 없다」라고 말씀해 주시면, 확실하게 방금 전의 납기를 실현할 수 있을 겁니다.』

티파리자가 농담을 하다니 희한하네.

나는 통화를 전환해서, 지배인에게 출항을 앞당기도록 부탁했다.

『부탁하지, 에르테리나. 너밖에 의지할 수가 없다—.』

『―맡겨만 주세요!』

그리고 직후에 그런 티파리자의 농담을 덧붙이려고 했는데, 중간에 지배인이 강하게 끼어들어 말이 막혔다.

『내일이 아니라, 오늘 안에 두 함 모두 출항시키도록 하겠습니다. 남은 의장 작업은 비행중에 하면 되는 거니까요.』

―오오, 효과 좋은데.

『전장으로 날아가 난민들을 확보한다. 그걸 위해 필요한 인원을 승무원에 추가해다오.』

『알겠습니다. 준비가 끝나면, 즉시 발진하겠습니다.』

좋아. 이걸로 난민 운송함의 조달은 됐다.

그렇지만, 난민을 운송하는 수단은 지금 당장 필요하니까 이번에는 보르에난 숲에서 비밀리에 건조한 대형 비공정을 쓸 예정이다.

어딘가 안전한 장소까지 왕복해서 운송하고, 거기서부터는 에치고야 상회에서 조달한 대형 비공정을 쓰자.

멋대로 쓰면 미안하니까, 이어서 시가 왕국의 왕도에 있는 히카루에게 원거리 통화를 연결해서 현재 상황을 전달하고 국왕의 허가를 받도록 부탁했다.

"주인님, 수장이 왔어."

가마를 탄 수장이 이쪽으로 오고 있었다. 시찰하러 왔나?

"수호 대리 나리는 수장님과 면식이 있나요?"

"면식은 있습니다만, 교류는 거의 없습니다."

듣자하니 이 도시가 마키와 왕국으로 편입될 때 모양새만 갖춘

교류회가 열려 사무적인 인사를 나눴을 뿐이라고 한다.

"마키와 왕국의 대표자는 있는가?!"

"있다면 출두하라. 수장님께서 부르신다!"

쥐 수인 병사들이 이쪽으로 와서 외쳤다.

수호 대리가 나서길래, 나도 함께 따라갔다.

"그대의 얼굴은 본 적이 있다. 마키와 왕국의 관리로군?"

수장이 가마에 탄 채 이쪽을 내려다 보았다.

"케르단의 수호 대리—."

"소개는 필요 없다. 그대들에게 나는, 미궁이라는 땅굴에서 자원을 회수하는 광산 노예 같은 것일 테니까."

"—아니요, 그렇지 않사옵니다."

수호 대리는 부정했지만, 그를 따르는 부하들이 쓸쓸한 표정으로 고개를 돌렸다.

그들의 모습을 보니, 마키와 왕국 사람들의 인식은 정말로 수장이 말한 느낌일지도 몰라.

"마키와 왕국은 족제비 제국에 패한 것이군."

"아니요. 아직 왕도는 무사할 것입니다. 그 땅에는 천공인이 남긴 『천호광개』가 있으니까요!"

수장의 차가운 말에, 수호 대리가 추측을 외치며 항변했다.

천호광개란 말에, 남쪽 바다의 마도왕국 라라기에서 본 걸 떠올렸다. 그때는 거대 크라켄의 공격에서 수도를 지켰었지.

그거랑 같은 것이 마키와 왕국의 왕도에 있다면, 수호 대리가 한 말도 근거가 없다고 단정할 수 없다.

"그리고 마키와 왕국에는 『불을 다스리는 홍련 지팡이를 가진 동쪽의 다자레스 후작』, 『땅을 다스리는 굉진 지팡이를 가진 북쪽의 지자로스 백작』, 『물을 다스리는 파도 지팡이를 가진 서쪽의 미자라스 백작』, 『바람을 다스리는 구풍 지팡이를 가진 남쪽의 무자리스 백작』이 있소! 족제비 놈들의 기습으로 뒤쳐지기는 했지만, 아직 지지 않소이다!"

수호 대리의 종자로 보이는 남자가 날카롭게 외쳤지만 수장은 시끄럽다는 낌새로 손을 흔들어 입을 다물게 했다.

"그러면, 여기가 아니라 왕도나 4대 귀족이 있는 영도로 가도록 해라."

"그, 그것은……"

수호 대리나 종자가 말을 머뭇거렸다.

"수장님, 그들은 그렇다 쳐도 위험한 땅에서 도망쳐온 백성에게는 자비를 베풀어 주십시오."

"펜드래건 자작이군. 동족을 구하고 싶다면, 귀공의 시가 왕국에서 보호하면 되지 않겠는가?"

―동족?

그러고 보니 마키와 왕국의 난민은 인간족들뿐이네.

"수장께서 그렇게 바라신다면, 그리 하겠습니다. 그러나, 시가 왕국은 먼 땅입니다. 운송 수단을 확보할 때까지, 이 땅에 난민의 일시적인 수용을 부탁드립니다."

"좋다. 한 명당 금화 1닢으로 받아들이지."

교섭 스킬의 도움을 빌어 일시 보호를 호소하자, 수장이 씨익 웃으며 바가지를 씌웠다.

"그, 그런 것은!"

"그것은 폭리요!"

수호 대리와 종자가 항의했지만, 수장은 그들을 무시했다.

"어쩔 텐가?"

"받아—."

"수장님, 발언을 허락해 주십시오."

내 말을 아리사가 가로막았다.

"펜드래건 자작의 일행인가? 좋다, 들어보지."

"감사하옵니다. 조건을 확인하고 싶습니다만, 한 명당 금화 1닢으로 받아들여주신다면, 기간은 운송 수단이 확보될 때까지, 라고 생각해도 되겠사옵니까?"

"흠. 무한히 늘리면 곤란하구나. 최대는 3개월이다. 그때까지 준비하지 못한다면, 이 땅에서 쫓아낼 것이야."

"알겠사옵니다. 두 번째로 확인하고 싶습니다만, 3개월간 그들의 안전과 물과 식사를 확보해주실 수 있는지요?"

"그렇군. 인간족의 계집아이로 보이지만, 사실은 장명종이었는가."

수장이 오해하네. 뭐, 아리사는 전생자니까, 정신 연령이 겉보기와 다르긴 하지.

"물과 굶주리지 않을 정도의 식사를 주도록 하마. 병사의 순찰도 하겠다만, 난민들끼리 다툰다면 관여하지 않는다."

식량은 내가 조금 보태줘야겠군.

어른은 몰라도, 어린애가 굶주리는 건 가여우니까.

"또한, 우리들의 병력을 넘어서는 적군이 나타났을 경우에도 관여하지 않는다. 정찰은 보내뒀으니, 그 경우에는 도망치도록 하라."

뭐, 그건 어쩔 수 없군.

난민들을 위해서 희생해달라고 할 수는 없어.

"해수나 마물이 나와도 의도적으로 못 본 척 하는 일은—."

"계집아이야. 우리들 긍지 높은 땅굴쥐 수인족을 우롱하는가?"

"—실례했습니다. 그러한 악의는 없사옵니다."

아리사가 이어서 몇 가지 질문을 거듭하고, 마지막으로 나를 보았다.

"주인님, 그밖에 확인해야 할 것이 있을까요?"

"없어. 고마워, 아리사."

개러지 백

나는 아리사에게 수긍하고, 격납 가방에서 사람 수만큼의 금화가 든 주머니를 꺼내 수장의 부하에게 건넸다. 딱 맞으면 그러니까, 조금 넉넉하게 넣었다.

"즉시 지불인고. 처음부터 귀공의 생각대로였던가?"

"아니옵니다. 이러한 사태가 되는 것을 알고 있었다면, 이곳이 아니라 마키와 왕국의 다자레스 후작령으로 찾아갔겠지요."

그리고, 군사 침공 따위 못하도록 국경에 깊은 골짜기를 새겨뒀을 거야.

"귀공을 적으로 돌리고 싶지 않군."

부디, 그렇게 해주세요. 번마 미궁은 내 취향의 두루마리를 잔뜩 산출해주니까, 땅굴쥐 자치령 사람들하고는 잘 지내고 싶거든.

"펜드래건 자작, 어찌 그렇게까지……."

"사소한 참견입니다."

수호 대리가 떨리는 목소리로 물어보길래, 그렇게 대답을 해줬다.

그의 종자들이 「뭘 꾸미고 있는 거지」라거나 「마키와 왕국을 시가 왕국의 속국으로 삼을 셈인가?」 등으로 엉뚱한 소리를 속삭이지만, 수호 대리가 질책하여 입을 다물었다.

"주인님, 서류를."

아리사가 필사판으로 재빨리 정리한 계약서를 건네주었다. 오늘 아리사는 유능한 비서 같군.

마지막으로 나와 수장이 계약서에 사인을 하고, 난민 보호의 조약이 끝났다.

"수장님. 난민들의 구조나 정찰에 번마 미궁의 탐색자들을 고용해도 괜찮을까요?"

"그것은 금한다. 몇 명인가 고용하여 정찰을 보내고 있다만, 그것은 우리 자치령을 지키기 위한 것. 그리고 거금을 내더라도 우리들을 깔보는 마키와 왕국의 백성을 위해 목숨을 거는 쥐 수인은 없다."

인종차별의 대가로군.

앞으로를 위해서도, 마키와 왕국 사람들이 부디 의식개혁을 해줬으면 좋겠다.

"짐은 수장부로 돌아간다. 얼마간 상대를 못해줄 것이니, 방문할 거라면 전쟁이 끝난 다음에 하라."

도시로 돌아가는 수장을 배웅하고, 우리도 다음 행동으로 이행했다.

"그러면 수호 대리 나리, 난민들에 대해서는 맡기겠습니다.

"펜드래건 자작은, 어디로 가시는 겁니까?"

"시가 왕국으로 돌아가서 원군과 난민 지원 요청을 호소하고 오겠습니다."

"자작께 받은 은혜는 반드시 폐하께 주청하여, 이 목숨을 걸고 그게 걸맞은 대가를—."

"수호 대리 나리, 그런 이야기는 모든 것이 끝난 다음에 하죠."

지금은 시간이 아깝다. 우리는 작별 인사도 대충 나누고 소형 비공정에 올라타 땅굴쥐 자치령을 출발했다.

◆

"나나, 저 초원에 내리자."

"예스, 마스터."

스이루가 왕국 국경 근처에 소형 비공정을 착륙시켰다.

"어머? 시가 왕국에 돌아가는 거 아니었어?"

"그쪽 용건은 원거리 통화로 끝냈어. 다들 황금 갑옷으로 갈아 입고, 용사의 종자로서 주변국에 난민 수용 타진을 하고 오자."

아무리 강해도 인간들 사이의 분쟁지에 어린 나이의 아이들을 데려가기 싫다.

가능하면 나도 가기 싫지만, 무고한 사람들이 부조리한 꼴을 당하는 걸 알면서 방치하는 것도 꿈자리가 사납고, 동료들도 부채감을 느낄 것 같아.

　그러면, 싫더라도 내가 혼자 가서 해결하고 오는 게 베스트—
라고 할 수는 없지만 적어도 차선책이라고 생각한다.

　"주인님은?"

　"나는 용사 나나시로서 마키와 왕국에 간다."

　귀환전이용^{리턴} 각인판은 설치 안 했지만, 이웃나라니까 섬구로 가
면 금방이야.

　"주인님. 혼자서 가면 안 돼."

　"응, 안돼."

　아리사와 미아가 즉시 기각했다.

　"그렇습니다. 저나 이 두 사람을 호위로 데리고 가십시오."

　"마스터는 제가 지킨다고 선언합니다."

　포치랑 타마를 안아 들고 주장하는 리자와 함께, 나나도 다가
왔다.

　"이해해줘. 너희들을 전장에 데리고 가기 싫어."

　"뉴~?"

　"포치의 마음은 **상~무정신**인 거예요?"

　타마와 포치가 고개를 갸웃거렸다.

　"이번 상대는 마물이 아냐. 인간이야."

　"예스 마스터. 도적이나 해적과 같다고 고합니다."

　"나나 말이 맞습니다. 조금 수가 많은 것뿐이지, 하는 일은 변
함이 없습니다."

　나나와 리자가 평소랑 같다고 말했다.

"그~런 거야, 주인님. 그리고, 주인님은 몸은 무적이라도 멘탈은 평범하다고 해야 하나, 이쪽의 표준이랑 비교하면 상당히 나이브한 감성을 가졌으니까 혼자서 짊어지게 하기 싫어."

나나에게 리프트업을 받은 아리사가, 내 머리를 상냥하게 끌어안았다.

"주인님, 저희들은 언제나 함께예요."

반대쪽에서 루루가 끌어안아주었다.

아이들한테 걱정을 끼치다니, 보호자 실격이네.

"나나, 나도."

"타마도 할래~."

"포치도 하고 싶은 거예요."

타마와 포치가 리자의 팔에서 빠져나오길래, 몸을 숙여 연소자 팀을 가볍게 안아줬다.

"알았어. 같이 가자."

살육을 하러 가는 게 아니라, 전쟁 난민들을 구하기 위해서.

"""네!"""

동료들이 소리 모아 대답하고, 나도 일어섰다.

"구원을 하러 가는 건 좋은데, 실제로 시가 왕국의 용사로서 전쟁에 개입해도 돼?"

"쿠보크 왕국 때도 참가하지 않았던가요?"

아리사의 질문에 리자가 의문을 표했다.

"그건 고통받는 사람들을 해방한다는 명분이 있었잖아."

"이번에도 침략 전쟁을 막는다는 명분이 있다고 주장합니다."

"전쟁, 안돼."

나나가 주장하고, 미아가 얼굴 앞에 가위표를 만들었다.

"그럼, 용사 나나시가 아니라 의문의 수인 파티로 난입하자."

우리가 개입한 것이 원인이 되어 시가 왕국과 족제비 제국의 관계가 험악해지면 곤란하다.

"의문의 수인 파티? 환영 마법?"

"다른 방법이야. 환영은 전투중에 떨어질지도 모르니까."

엘프 마을에서 입수한 붕대 오리하르콘이 대량으로 있으니까 내 위장 스킬과 공작계 스킬을 활용하면, 황금 갑옷을 특수 분장처럼 장식하는 것도 가능하다.

"마키와 왕국에는 은혜를 못 입힐지도 모르지만, 그 나라의 수인에 대한 편견이 줄어들지도 모르겠네."

응. 그것도 노림수 중 하나다.

"그럼 일단, 나는 황금 갑옷을 입고 스이루가 왕국에 다녀올게. 미안하지만, 리자 씨도 같이 와줄래?"

"스이루가 왕국에, 말인가요?"

"응. 주인님이 처음에 말했잖아?『용사의 종자로서 주변국에 난민 수용을 타진하고 와라』라고. 아직 유효하지?"

"그래, 부탁해."

마키와 왕국의 난민이 도달하는 곳은, 좁은 땅굴쥐 자치령보다 넓게 국경선이 닿아 있는 스이루가 왕국 쪽일 거야.

"가?"

"미아는 주인님 쪽으로 따라가줘. 스이루가 왕국으로 이동은 장거리 전이랑 비상목마를 쓸게. 돌아올 때는 비공정의 전이 포인트로 돌아올 테니까 비워두고."

"반드시, 스이루가 왕국이 난민 수용을 하도록 하겠습니다."

황금 갑옷으로 갈아입은 아리사와 리자가, 전이로 스이루가 왕국에 갔다.

"다들, 도와줄래? 우리도 준비하자."

나는 되도록 빨리 동료들의 특수 분장과 비공정 위장을 시행했다.

처음에는 좀 고생했지만, 붕대 오리하르콘은 편리하다. 비공정도 강화 외장의 시험작 유닛을 장착하여 가뿐하게 위장을 해뒀다. 실루엣이 변하면 얼버무릴 수 있을 거야.

위장이 끝날 무렵, 아리사가 원거리 통화를 걸었다.

『주인님, 이제야 교섭이 끝났어.』

『수고했어. 결과는 어때?』

나는 제스처로 모두 비공정에 타라고 지시했다.

『국경 요새에서 마키와 왕국의 난민들을 일시 보호하는 걸 양해했어. 처음에는 머뭇거렸지만, 상급 체력 회복약 5개랑 금화의 산을 보여주니까 그제야 납득했어. 3개월을 넘기면 시가 왕국에서 대형 비공정을 파견해 난민을 수용한다는 조건을 달긴 했지만.』

면회는 금방 한 모양인데, 교섭이 난항을 겪은 모양이다.

『스이루가 왕국과 마키와 왕국은 사이가 상당히 험악해. 마키와 왕국 사람들은 스이루가 왕국 사람을 「문화가 뒤쳐진 개구리나 먹는 놈들」이라고 매도했었나 봐. 스이루가 왕국 사람들도 마키와 왕국 사람을 「피나 빨아먹는 야만인」이라고 부른 것 같아.』

　관광성 자료에 따르면 마키와 왕국의 명물은 블러드 소시지라고 하니까, 피나 빨아먹는다는 건 그걸 야유한 거겠지.

『이제 그만 전이로 돌아—.』

　대화가 도중에 끊어졌다.

『—주인님, 리자 씨가 조금 들르고 싶은 곳이 있다고 하는데, 괜찮아?』

　리자가 중간에 어딜 들르다니 희한하네.

『상관없어. 그게 끝나면 돌아와.』

　이 상황에서 리자가 그런 말을 꺼냈다면, 틀림없이 필요한 일이겠지.

『아하하, 과연 주인님. 리자 씨에 대한 신뢰가 두텁네.』

『리자만 그런 게 아니고, 아리사랑 다른 애들 모두 신뢰하고 있어.』

『고마워. 그럼 나중에 봐.』

　조금 쑥스러운 목소리로 아리사가 말하고 통신이 끊어졌다.

"마스터, 발진 시퀀스 완료. 언제든지 발진이 가능하다고 고합니다."

"좋아, 발진을 허가한다."

　위장을 마친 비공정이 마키와 왕국을 향해 떠올랐다.

◆

　땅굴쥐 자치령에서 마키와 왕국으로 가는 도중에, 난민으로 보이는 작은 집단을 여러 번 보았다.

　국경까지 앞으로 조금 남은 곳에서─.

　"─전투?"

　난민들에게 용병 같은 집단이 따라붙어서 차마 봐줄 수 없는 만행을 저지르고 있었다.

　나는 갑판에 올라가 마법란에서 대인 제압용 「유도 기절탄」^{리모트 스턴}을 선택했다. 시야에 AR표시되는 타깃 마크가 차례차례 용병들을 록온했다.

　지상의 용병들이 나를 발견했지만, 이미 늦었다.

　한 세트 120발인 대인 스턴탄의 비를 세 세트 정도 뿌려서 터프한 대장 클래스도 남김없이 쓰러뜨렸다.

　"차례 없어~?"

　"시들시들인 거예요."

　"미안."

　긴급 사태니까 봐줘라.

　"─주인님!"

　루루가 떨리는 손으로 내 손을 당겼다.

　"으엑."

　용병이 쓰러진 것을 보고, 피해를 입었던 난민들이 용병에게 역습을 시작했다.

목숨이 가벼운 세계라 그런지, 입장이 역전된 순간 그들이 떨어뜨린 무기를 주워서 용병들을 살해하기 시작했다.

　가볍게 걷어차는 정도의 보복이라면 봐주겠지만, 살육 행위를 도울 생각은 없어.

"아와와와."

"큰일난 거예요."

　포치랑 타마가 루루를 끌어안았다.

　지상의 폭력적인 분위기가 거북한 모양이군.

"사토."

　미아가 내 손을 쥐고 올려다 보았다.

"주인님, 어떻게 해야⋯⋯."

"막고 올게."

　나는 비공정에서 뛰어내려, 그들의 상공에서 화염구를^{파이어볼} 화려하게 폭발시켰다.

"전투 행위를 금지한다!"

　나는 확성 스킬과 위압 스킬을 의식하여 폭도로 변한 난민들에게 말을 후려쳤다.

　그래도 살육 행위를 계속하는 난민들은 「이력의 손」으로 붙잡아 던졌다.

"도마뱀 수인? 개구리를 먹는 놈이 왜 하늘에서?"

"방해하지 마! 그놈들은 내 가족을 죽였다!"

"비켜! 개구리 먹는 놈아!"

　도마뱀 수인의 위장을 한 상태에서 내려왔더니, 매도가 쏟아졌다.

"구해준 상대를 매도하는 것이 마키와 왕국의 방식인가?"

위압 스킬을 의식해서 말하자, 마키와 왕국의 혈기왕성한 사람들이 입을 다물었다.

이럴 때는 쿠로의 어조가 제일이야.

"타닷."

"타닷, 인 거예요."

쥐 수인의 위장을 한 타마와 포치가 내려왔다.

"―도 힘내는 거예요."

"오우 예스~."

황금 갑옷의 위장 기능이 포치의 1인칭을 커트했다.

둘 다 투구로 위장해서 얼굴은 안 보이지만, 열심히 응원하러 온 모양이네.

"이번에는 땅굴에서 벌레 먹는 놈들이?"

"뭐야? 족제비들만 온 게 아니라, 개구리랑 벌레 먹는 놈들까지 쳐들어왔나?"

둘을 본 난민들이 착각하고 말했다.

그리고, 아직도 그런 멸칭을 쓰다니 차별 의식이라는 건 꽤 뿌리가 깊군.

그런 것보다―.

"두 사람. 용병들을 한 곳에 모아줄래?"

"아이아이 서~."

"라져인 거예요."

타마와 포치가 휙휙 용병들을 내던졌다.

두 명의 상식을 벗어난 힘을 본 난민들은 어안이 벙벙해졌다.

"들어라!"

나는 확성 스킬을 의식하여 난민들의 주목을 모았다.

"이 용병들은 전쟁 노예로서 광산이나 미궁에 보낸다. 만약, 이 놈들에게 복수를 하고 싶다면 전쟁 종결 뒤에 사러 와라."

포치랑 타마가 한 곳에 다 모은 용병들이 있는 장소를 흙 마법 「함정 파기」로 지하 50미터 정도의 구멍으로 만들어 물리적으로 도망칠 수 없도록 했다.

구멍 바닥에 돌을 던지려는 녀석들이 있길래, 「이력의 손」으로 던져 막았다.

"저놈들은 내 아들의 적이야!"

"우리 엄마도 저놈들이 죽였어!"

"그만해라―."

분노에 불타는 사람들의 머리를 관통할 뻔한 크로스보우의 볼트를 손으로 붙잡았다. 이건 구멍 바닥에서 용병들이 쏜 볼트다.

복수하고 싶다는 난민들의 마음은 이해하지만, 지금처럼 무장 해제가 완벽하지 않으면 위험하단 말이지.

엉덩방아를 찧은 사람들을 구멍 옆에서 떨어지도록 하고, 부상을 입은 난민들을 물 마법으로 치유했다.

"너희들은 땅굴쥐 자치령이나 스이루가 왕국의 국경 요새로 가라. 그곳이라면 물과 식량 공급을 해준다. 친절한 참견쟁이들에게 감사해라."

난민들에게 피난처를 전달하고, 동료들에게 말의 회수를 지시했다.

"말, 붙잡았어~?"

"포치한테서는 도망 못 치는 거예요!"

—LYURYU

—퐁.

타마, 포치, 어린 용 류류, 미아가 소환한 작은 실프들이 용병들이 타고 있던 말을 모아서 돌아왔다. 오늘 류류는 쥐 수인 코스의 포치에 맞춰 비늘을 짙은 쥐색으로 물들였다.

루루와 나나는 비공정에서 주위를 경계한다.

"이 말과 마차는 너희들에게 주마. 노인과 아이들이나 임산부를 우선적으로 태워라."

스토리지에 스톡해둔 짐수레와 마차를 꺼내 말과 연결했다.

이 마차는 정체가 들키지 않을 것들로 골랐다.

"주인님, 멀리 흙먼지입니다!"

비공정의 루루가 보고했다.

"추격자들이군. 우리가 어떻게든 할 테니, 어서 도망쳐라."

나는 그렇게 말하고 난민들을 출발시켰다.

싸울 수 있는 자는 용병들에게 살해당한 모양인데, 맨몸으로 보내서 도적이나 무법자들에게 공격을 받으면 불쌍하군.

마법란에서 「석제 구조물」과 「땅의 종자 제작」의 마법을 선택하여, 켄타우로스 골렘을 10개 제작했다.
^{스톤 오브젝트} ^{크리에이트 어스 서번트}

"켄타우로스 골렘은 난민들을 수호하라."

—MVA.

217

3미터쯤 되는 중형 골렘이지만, 일기당천의 레벨 40급이다.

성검 배터리에서 마력을 보충하고, 켄타우로스 골렘을 100개 정도 양산하여 추격자에게 보냈다.

"우리도 가자."

"아이아이 서~."

"키~잉인 거예요!"

포치가 양손을 날개처럼 펼치고 대쉬했다.

아마, 아리사가 옛날 만화 소재를 뭔가 불어넣은 거겠지.

―퐁.

작은 실프 하나가 우리들과 나란히 달렸다.

『사토.』

『주인님, 접근하는 집단이 종마를 탄 족제비 수인 병사들입니다.』

작은 실프에서 미아와 루루의 목소리가 들렸다.

아무래도, 작은 실프를 전성관 대신 쓰는 모양이군.

"알았어. 종마는 저격해도 좋다. 병사는 되도록 죽이지 말고."

『맡겨둬.』

『네! ―노려서, 쏩니다!』

비공정에서 저격총을 겨눈 루루의 공격이 한없이 멀리 있는 형체를 격추했다.

어이쿠. 어느샌가 마키와 왕국의 국경을 넘은 모양이군.

나는 재빨리 「모든 맵 탐사」의 마법을 써서 상대의 정보를 얻었다.

접근하는 건, 족제비 제국의 제9마수전단 소속의 한 부대였다.

분사 너구리나 강철 메뚜기라는 마물을 테임해서 기승하고 있다.

분사 너구리를 돌격 전차, 강철 메뚜기를 단거리 비행 가능한 기마로 쓰는 느낌이다.

그런데 접근도 허용하지 않고, 루루가 쏘는 저격총의 사냥감이 되어 넘겨졌다.

저격 전에 넘어진 녀석은, 작은 실프의 음파 공격으로 세반고리관이 흔들려 혼절한 게 틀림없어.

『말도 안 돼…… 우리들의 마수전단이 일방적으로 당한다고?!』

지휘관 같은 족제비 수인이, 땅에 엎드린 채 족제비 수인족어로 중얼거렸다.

낙마해도 팔팔해 보이는 녀석이 많으니까 유도 기절탄의 비를 내려 움직이지 못하게 한 뒤, 아까 그 용병들처럼 한군데 모아 탈출 불가능한 함정의 바닥에 가둬두었다.

"고기들 머리에 장식이 붙어있는 거예요."

"나사~?"

종마에 멜론 정도 크기의 커다란 나사가 박혀 있었다.

그리고 보니 시가 왕국의 국왕과 재상에게 족제비 제국의 종마군단은 「나사」라고 통칭되는 마법 도구로 마물을 테임한다고 들은 적이 있다.

재이용 당하면 귀찮으니까, 시체에서 나사를 모두 회수했다.

"좋아, 다음으로 가자."

지금 있는 곳은 마키와 왕국의 서쪽을 점하는 미자라스 백작령이고, 하나의 도시와 소도시 둘, 그리고 무수한 작은 마을이 있었다. 넓이는 세류 백작령의 절반 정도다. 대부분의 마을과 소도시가 괴멸됐고, 저항을 계속하는 것은 영도인 미자라스 시뿐이었다.

노예 사냥으로 붙잡힌 사람들은 괴멸된 소도시에 모여있길래, 순서대로 돌면서 해방했다.

그리고 영도 미자라스 시에서는—.

"포위."

"적이 상당히 띄엄띄엄하네요?"

2,000 정도의 족제비 제국 군단이 도시를 포위하고 있었다.

방금 전의 분사 너구리가 10마리, 강철 메뚜기가 50마리, 시가 왕국의 왕도에서 족제비 상회가 사용하던 유인 골렘이 50대, 나머지는 호랑이 수인이나 사자 수인 같은 체격이 좋은 병사들이다.

"범위 공격을 경계하는 거겠지. 자, 저기 봐."

이미 일격을 맞았는지, 도시의 서쪽 밭이 깊게 패이고 물에 잠겨 있거나, 그곳에 병사들의 시체나 골렘 같은 잔해가 몇 갠가 굴러다니고 있었다.

쿠왕 소리가 나며 족제비 제국의 진지에서 포탄이 날아가 시벽의 표면을 덮은 장벽에 명중하여 부서졌다.

"대포~?"

"전에 본 적 있는 거예요!"

골렘 4대가 한 팀이 되어, 전에 무노 시 방어전에서 본 「바위^록발사통」이라는 마물을 대포 대신 쓰는 모양이군.

"장벽."

"그다지 오래 버티진 못하겠네."

시벽 위에 도시 핵에서 유래된 방어장벽이 있지만, 그것도 너덜너덜하여 당장이라도 무너질 것 같았다.

"마스터, 도시측의 공격은 닿지 않는다고 고합니다."

시벽탑에 투석기나 대형 쇠뇌나 마력포 등이 설치되어 있지만, 모두 바위 발사통 정도의 사정거리는 못 된다.

이 정도로 공격이 분산되어 있으면 도시에서 기마대가 출격해 각개 격파를 할 것 같은데, 그런 병종은 초기에 전멸해버렸는지 도시 밖에 병사와 말의 시체가 굴러다니고 있었다.

"나랑 루루가 종마를 섬멸할 테니까 포치랑 타마는 유인 골렘 부대 쪽으로 파고들어서 골렘을 행동불능으로 만들어줘."

"나는?"

"미아는 이프리트의 소환을 부탁해."

"이프리트?"

"할 수 있어?"

"응."

가루다나 베히모스와 함께 불꽃의 의사정령 이프리트는 위압감이 최강이니까 족제비 제국군을 영지 밖으로 쫓아내는데 쓰고 싶다.

"나나, 비공정으로 족제비 제국군의 진지 상공을 선회해줘. 대공포에 주의해야 된다."

"예스 마스터. 오더를 수령했다고 보고합니다."

비공정이 기수를 돌려서, 진지 하나로 향했다.

"제1전투 속도로 이행. 애프터 버너, 온이라고 고합니다."

나나의 말과 동시에, 걷어찬 것처럼 급격한 가속이 몸을 덮쳤다.

"라리호~."

"하라히라헤레~인 거예요."

갑판의 난간을 붙잡은 타마와 포치가, 급가속으로 떠오른 발을 신이 나서 공중에 흔든다.

미아와 루루 둘은 내가 「이력의 손」으로 지탱했다.

"지상의 포격이라고 보고합니다."

진지에서 무수한 얼음탄이나 불탄이 날아온다.

그것을 모두 비공정의 장벽으로 받아 흘리거나 상쇄했다.

"타~깃, 발견~."

"돌격쾅, 인 거예요!"

쾅인지 「돌격」인지 알 수 없는 말을 남기고 포치와 타마가 비공정에서 뛰어내려 골렘들의 진지로 갔다.

"흐트려, 쏩니다."

지상의 강철 메뚜기가 날개를 펼치고 진지에서 뛰어오르는 것을 루루랑 같이 격추했다.

루루는 연사 타입의 휘염총, 나는 유도 화살과 유도 기절탄의 합체기다.

"피했어요— 다음은 안 놓쳐요."

순동처럼 가속해서 루루의 포탄을 회피한 분사 너구리를 재빨리 바꿔 장비한 저격총으로 사격해 격파한다.

뱅퀴시 슬라이서
"마인선풍인 거예요!"

"마인영아~?"

포치랑 타마가 무자비한 참격으로 골렘들과 바위 발사통을 해
체해 버린다.

골렘의 머리 부분 조종석에 타고 있던 족제비 수인들이 비명을
지르며 도망치는 게 보였다.

빙글 한 바퀴 돌아 모든 진지를 유린하고, 최후에 미아가 소환
한 이프리트가 도망이 늦은 족제비 제국군 병사를 위협하여 내
몰면 끝이다.

그들이 도망치는 방향에 말려드는 사람이 없는 건 확인했다.

고도를 낮춰 포치와 타마를 회수하고, 도시 주위를 천천히 한
바퀴 돌아 그들을 도와준 것이 쥐 수인이나 도마뱀 수인 집단이
라는 것을 보인 다음 도시를 떠났다.

이걸로, 조금이라도 마키와 왕국의 아인 차별이 줄어들면 좋겠
는데.

◆

"―발견했다."

미자라스 백작령을 지나서 마키와 왕국의 왕령으로 들어가,
모든 맵 탐사 마법으로 드디어 전생자 네즈와 새로운 용사들을
발견했다.

그러나, 사도를 가리키는 UNKNOWN의 존재는 없었다.

사도는 이공간 같은 장소로 대피하면 탐지 불능이 되니까 찾기

223

힘들단 말이지.

네즈도 사도를 발견하지 못했는지 왕도 주변을 우왕좌왕하는 모양이다.

쳐들어온 족제비 제국군은 왕도의 북서쪽에 위치하고, 총 1만의 병력을 초원에 전개하고 있었다.

종마 군단을 전면의 좌우에 배치했는데, 어째선지 여기에는 유인 골렘 부대나 용병 부대는 안 왔다.

왕국 직할령의 소도시 셋이 괴멸되고, 포로가 된 사람들을 몇 개의 집단으로 갈라서 영지 밖으로 이동시키고 있었다.

그중 하나가 이 근처다.

새로운 용사 두 사람은 비공정을 타고 마키와 왕국 근방에 있다. 이미 왕도 앞의 초원에서 전투가 시작된 것 같은데, 정전 교섭이 결렬된 걸까?

『―주인님, 지금 괜찮아?』

다음 행동을 선택하려는데, 아리사가 원거리 통화를 걸었다.

『리자 씨가 해냈어. 비장의 지원군이랑 괜한 덤을 둘 데리고 합류할게. 놀랄 거야~.』

아리사가 흥분한 목소리로 빠르게 말했다.

지원군? 그걸 자세히 물어보고 싶었는데―.

"마스터, 이제 곧 포로의 상공에 도달한다고 보고합니다."

"멀리 성이 보이는 거예요!"

나나와 포치가 보고했다.

여기서부터 왕도가 보이는구나.

"주인님, 지상의 상태가 이상해요."

"에머젠시~?"

"큰일난 거예요! 한 명을 여럿이서 괴롭히는 거예요!"

뭔가 긴급 사태가 일어났으니, 다음은 그걸 정리한 다음에 들어야지.

『아리사, 미안, 뭔가 급한 일이 있는 것 같아.』

『오케이~. 이쪽은 서프라이즈가 재밌을 것 같으니까 합류를 기대하고 있어.』

통신을 끊고 지상을 확인하자, 한 명이 미끼가 되어 포로들을 도망치게 하려고 하는 모양이다.

지상의 목소리를 엿듣기 스킬이 포착했다.

"둘러싸라! 절대 놓치지 마라!"

"죽이지 마라! 로프를 잘 써라!"

"단장! 다른 포로가 도망칩니다!"

"나중에 해! 이 녀석이 더 비싸게 팔린다!"

용병들이 고함을 치면서, 후드가 달린 외투를 입은 포로 한 명을 포위했다.

나는 포치와 타마를 데리고 비공정에서 뛰어내렸다. 낙하하면서 가장자리에 있는 용병들에게 대인 제압용 「유도 기절탄」을 뿌렸다. 이 정도 난전 상태라면 유도식 마법으로도 그 포로에게 오폭이 일어날 것 같으니, 그 가능성이 없는 가장자리만 타깃으로 골랐다.

그 포로가 팔을 휘두르자, 외투 아래에서 자이크온 신의 신관복이 보였다.

"죄인 놈들, 자이크온 신의 천벌을 두려워하라!"

"위험해, 방패를 들어라!"

그 포로가 소녀의 목소리로 외치자, 추적하는 용병들이 발길을 멈추고 방패를 들었다.

푸학 소리가 나며 하얀 안개가 퍼지고, 용병들의 장비가 하얗게 물들었다.

"사도 놈, 성가시군!"

용병의 방패가 너덜너덜하게 무너졌다.

—사도?

방금 전 하얀 건 사도의 권능이었나 보군.

"착지~."

"**랜딩**인 거예요."

언덕 바로 앞에 착지하자 사도의 모습이 시야에서 사라졌다.

사도에게 정신이 팔린 탓에 록온만 하고 유도 기절탄 쏘는 걸 잊었네.

"간다."

포치와 타마를 데리고 언덕 너머로 뛰쳐나갔다.

용병들이 시야에 들어오는 것과 동시에, 유도 기절탄을 발사해 그들을 때려눕혔다.

"네놈들은 뭐야!"

"악당한테 밝힐 이름은 없는 거예요!"

"닌닌~."

포치와 타마가 사도를 향해 활을 겨누고 있던 용병들을 때려눕혔다.

"사도를 억눌러라!"

다른 용병이 방해해서 미처 쓰러뜨리지 못한 녀석들이, 사도를 덮치려고 올라탄다.

"떨어져어어어어어!"

하얀 안개가 퍼지고, 용병들의 장비가 모두 소금으로 변했다.

기세가 지나쳐서, 용병의 손발까지 소금으로 변해 차례차례 쓰러졌다. 죽지는 않은 모양이니, 전쟁 뒤에 기분이 내키면 치료해줘야지.

하얀 안개 너머에서 자그마한 사람이 걸어 나왔다.

"─콜록, 콜록."

그 사도치고는 귀여운 기침인데.

"사도 나리, 오랜만입니다."

소금화한 사도의 후드가 무너지고 안에서 나타난 것은, 주근깨가 어울리는 소녀의 얼굴이었다.

"─누구?"

아니, 정말로 누구지?

"너야말로 누구야. 쥐 수인이라면 몰라도, 도마뱀 수인 중에 아는 사람은 없는데?"

"나는 요─우티스. 전쟁을 막으러 온 참견쟁이 도마뱀 수인이다."

용사 나나시라고 하려다가, 금방 도마뱀 수인으로 변장한 걸 떠올리고 말을 고쳤다.

우티스라는 건 그리스 신화인가에 나오는 「아무도 아니다」란 의미의 유명한 가명이다.

"너는?"

"나는 케이. 나를 사도라고 부르는 사람도 있지만, 나는 그냥 자이크온 신의 신관 견습이야!"

그렇게 말한 그녀의 후드가 완전히 소금이 되어 무너지고, 레몬 옐로우의 가발이 벗겨지며 보라색 머리카락이 드러났다.

그렇군. 그녀가 네즈가 말한 「케이」로군. AR표시되는 정보에 따르면, 그녀는 「무한 염제」라는 유니크 스킬을 가졌다.
　　　　　　　　　　솔트 메이커

그녀 또한, 네즈랑 같은 전생자로군.

"―앗."

그녀는 머리카락만 드러난 게 아니었다.

내 눈앞에서, 옷이 무너져 그녀의 나신이 드러났다.

"어라?"

용병들의 장비를 소금으로 바꿀 때 조절을 실수했는지 상대 용병뿐 아니라 그녀가 입고 있던 의복까지 모두 소금으로 바뀌어 무너진 모양이군.

"보지 마, 이 색골."

"불가항력이다. 이 외투를 입어."

나는 스토리지에서 꺼낸 외투와 의복을 얼굴이 새빨갛게 물든 케이의 머리에 씌워 몸을 가려줬다.

그녀는 뜻밖에 덤벙이인가 보군.

"종~료~."

"악이 번성할 수 없는 거예요!"

타마와 포치가 용병의 잔당을 때려눕히고, 로프로 둘둘 구속해뒀다.

용병들은 나중에 함정을 만들어, 그곳에 수감해야지.

"너는 네즈 씨를 알고 있니?"

"응, 아는데? 네즈 씨가 왜?"

케이가 재빨리 의복을 입으며 대답했다.

"네가 잡혀갔다는 걸 알고서 뛰쳐나가 버렸어."

"어어! 큰일이잖아! 찾으러 가야 돼!"

아무래도 케이도 네즈를 소중히 생각하는 모양이군.

『네즈 씨, 들리나?』

공간 마법 「원거리 통화」로 네즈에게 말을 걸었지만, 아무리 콜을 해도 응답이 없다.

시험 삼아 『케이를 발견했다』라고 보고했더니, 즉시 반응하여 『어디?!』라고 하길래, 대략적인 장소를 전하고 표식이 되는 봉화를 피웠다.

"있지. 네즈 씨의 행방 짐작이 안 가?"

"걱정 없다. 네즈 씨에게 연락을 했어. 잠깐 여기서 기다리면, 그가 마중하러 올 거야."

아직 마왕화 안 했으니까, 괜찮을 거야.

"그렇구나, 다행이야~."

안도하여 땅바닥에 주저앉은 케이를 흘려보면서, 우리는 용병들을 깊은 구멍 바닥에 가두었다.

케이랑 같이 있던 난민들의 피난용으로 등이 짐칸처럼 되어있는 거북이형 골렘을 몇 갠가 만들었다. 호위용으로 켄타우로스형 골렘도 10대 정도 만들어둬야지.

"뉴!"

타마가 고속으로 왕도 쪽을 돌아보았다.

그와 동시에, 새빨간 불꽃이 왕도 상공을 물들였다.

"─뭐지?"

"에머젠시~?"

"긴급이 서둘러서 큰일난 거예요!"

당황하는 포치를 진정시키고, 케이 일행에게 족제비 제국군이 없는 안전한 장소를 가르쳐 주며 피난을 권했다.

네즈에게도 봉화에서 어느 쪽인지 알려둬야지.

"당신들은?"

거북이형 골렘을 탄 케이가 돌아보며 물었다.

"전쟁을 막으러 간다."

"기다려! 나도 갈래!"

"위험하니까, 네즈 씨랑 같이 있어."

같이 가려는 케이를 말리고, 우리는 전장으로 갔다.

전장에서

　"「전쟁은 하면 안 된다」라고 어렸을 때 학교에서 배웠고, 「안 되는 일」일 거라고 막연하게 생각했다. 하지만, 실제로 직접 본 「전쟁」은 상상한 것보다 몇 배나 지독했다. 이런 건 두 번 다시 하면 안 돼. 진심으로 그렇게 생각했다.

—용사 세이기"

　시간을 조금 거슬러 올라가, 사토 일행이 전장을 방문하기 전날. 마키와 왕국의 왕성에서는—.

　"동쪽의 다자레스 후작령과 북쪽의 지자로스 백작령으로 동시에 공격해왔는가 했더니, 이번에는 서쪽의 미자라스 백작령이라고?!"

　"놈들은 병법을 모르는가? 병력을 분산해 이곳저곳에서 전투를 벌이다니, 초보자가 생각나는 대로 행동하는 것 같지 않은가……."

　알현실에서 군무 대신을 비롯한 고관과 고위 귀족들이 자국으로 쳐들어온 족제비 제국의 군세에 대해 소란스럽게 말을 나누고 있었다.

　"강대한 해군을 가진 족제비 제국이 어째서 항구를 가진 남쪽의 무자리스 백작령을 공격하지 않았는지…… 신기한 일도 다 있습니다."

"그리 말하는 재무 대신이 가진 광산도 족제비 제국이 공격하지 않았지 않나."

재무 대신이 무자리스 백작령 출신의 고관에게 비꼬는 말을 하고, 고관이 대응해서 비꼬았다.

"뭐라고? 내가 족제비 제국에 협력하고 있다는 말이라도 하고 싶은가?"

"그건 내가 할 말입니다. 충의가 두터운 무자리스 각하를 업신여기는 발언은 용서 못합니다."

"하필이면 영주가 영지를 떠나 있을 때를 노려 침공해온 것은, 몸속에 벌레가 있음이 틀림없지."

그런 대화가 여기저기서 오가고 있었다.

"다툼을 멈추라. 단결해야 하는 국난의 와중에 내부에서 다투어 어찌하는가."

"""폐하!"""

다른 방에서 의논을 하고 있던 국왕이 알현실로 들어왔다.

하얀 수염의 국왕에 이어 초로의 남성 지자로스 백작, 초로의 여성 미자라스 백작, 중년 남성 무자리스 백작, 소녀라 불러야 할 연령의 다자레스 후작 대리가 따라 나왔다.

다자레스 후작만 대리인 것은, 다자레스 후작이 시가 왕국 오유고크 공작령에 있는 푸타에서 중급 마족과 격전 끝에 목숨을 잃은 이후 후작가 안에서 후계자 다툼이 격화되었기 때문이다.

여기에 사토가 있었다면 「다자레스 후작? 아아, 공도 옆의 검은 거리에서 백호 공주를 죽이려 한 방화마 귀족이구나. 마지막

에는 마왕 신봉자에게 속아서 마족이 됐었지?」라고 회상하겠지
만, 살아남은 후작의 가신이 은폐했기에 그 사실은 나라에 전해
지지 않았다.

"네 영도는 건재하다. 서쪽의 미자라스 백작령은 모든 도시와
마을이 습격을 받았지만, 동쪽의 다자레스 후작령과 북쪽의 지
자로스 백작령은 진군 경로의 마을이 습격을 받기만 했으며, 그
이외의 도시나 마을에는 피해가 없다."

"어째서, 족제비 제국에서 가장 먼 미자라스령만이?"

"아마도, 이웃나라에 구원을 청하지 못하게 하려는 것이겠지.
우리 영지의 초계정이 해상을 봉쇄하는 족제비 제국의 전열포함
을 확인했다."

대신 한 명의 질문에, 항구를 가진 남쪽의 무자리스 백작이 대
답했다.

"전령!"

달려온 전령병이, 국왕에게 긴급 사태를 고했다.

"왕령의 북단에서 족제비 제국군을 발견! 마수 부대를 포함한
수천에서 1만에 이르는 군세입니다."

"말도 안 돼. 빠르다, 너무 빨라."

"이런 속도로 진군할 수 있는 것인가! 마치 질풍과도 같은 용병
이 아닌가!"

장군과 군무 대신이 놀라 소리쳤다.

군대의 진군 속도는 느리다. 기마대나 경보병이라면 모를까, 공
성전 장비나 보급대까지 있는 침략군이라면 아무리 훈련을 쌓아

도 더욱 시간이 걸릴 거다.

"골렘 부대는 없는가?"

"아직 발견되지 않았습니다."

"발이 느린 골렘 부대는, 북쪽의 지자로스 백작령을 제압하기 위해 남겼는가."

"발이 느리다 해도, 중보병이나 보급 부대 정도는 아니지 않겠는가?"

"별동대인가?"

"장군, 정찰 부대는—."

"이미 가도 주변뿐 아니라, 행군할 수 있는 곳에도 모두 파견했습니다."

군무 대신의 말에, 장군이 빈틈없이 대답했다.

"그건 그렇고, 그 정도의 대군세라니…… 족제비 제국의 목적은, 정말로 이 나라의 점령만이 목적인 것일지요?"

마도 대신이 어려운 표정으로 발언했다.

"천공인이 남긴 『천호광개』를 노리는 것이겠지. 이전에도 『천호광개를 황제께 헌상하라』 따위의 후안무치한 요구를 해오지 않았는가?"

"폐하께도 그러한 요구를……. 1년 이상 전입니다만, 내 가문의 굉진 지팡이에도 같은 요구를 했었지."

"내 가문의 파도 지팡이도 마찬가지다. 물론 해골왕이 파괴하여 남아 있지가 않다만……."

4영주의 가문에 전해지는 신화시대의 비보는 행방불명된 홍련 지팡이를 제외하고, 「신의 부유섬」 라라키에 부활을 노리던 해골왕에게 파괴되어 비보의 핵을 이루는 속성정주를 빼앗겼다.

국방을 담당하는 세 비보가 파괴된 것은 당연히 함구령이 걸려 있지만, 누군가에 의해 시정의 민초에까지 퍼져버렸다. 아마도 족제비 제국의 간첩들이 한 짓일 것이라는 게 마키와 왕국 첩보부의 견해였다.

"비보를 통한 보조가 없어도, 왕성 앞에 자리한 『패호거인』 앞에서는 종마와 수인의 군세 따위 오합지졸과 마찬가지."

대신 한 명이 왕도의 최후의 수호를 이루는 거대 상을 가리키며 허세를 부렸다.

"지자로스 백작, 굉진 지팡이의 도움 없이 패호거인을 움직일 수 있나?"

"이 노구의 생명을 대가로 움직여내겠습니다. 걱정하지 마십시오. 『땅을 다스린다』라고까지 칭송받은 지자로스의 이름을 걸고, 왕의 기대에 부응하겠습니다."

"그렇다면, 나도 미자라스의 이름을 걸고 수룡을 불러내겠습니다. 마도 대신, 궁정 마도사단의 절반을 빌리겠습니다. 괜찮겠죠?"

왕의 방에서, 지자로스 백작이 큰소리를 치자 미자라스 백작도 비술을 쓰겠다고 맞선다.

"용맹함은 두 사람에게 맡기고, 나는 전선과 왕성 사이의 통신을 맡겠습니다."

"그래, 부탁하지. 무자리스 백작."

"맡겨 주십시오. 구풍 지팡이가 없더라도, 그 정도 역할은 해내겠습니다."

그 정도라며 겸손을 떨지만, 보통은 수십 명 단위로 분업하는 위업이다.

"저, 저기, 저는, 그것이—."

"쉐르미나 양, —아니, 다자레스 후작 대리. 귀공은 최후의 수호자다. 여기서 나와 대신들을 지켜라."

"앗, 네. 알겠, 사옵니다."

왕의 자비에, 다자레스 후작 대리가 입술을 깨물었다.

불 마법에는 수호의 술법이 없다. 불을 다스리는 다자레스 후작이 사람에게 최종 방어선에서 자신과 대신을 지키라는 것은, 미숙한 그녀의 체면을 세워주며 후방으로 물리기 위한 궤변이다.

젊은 다자레스 후작 대리— 쉐르미나 양도 그것을 깨닫고 있는지, 가문의 체면을 생각해준 왕에게 항변하지 않고 얌전히 왕의 곁에 대기했다.

'여기에 숙부님이— 도오토 다자레스 후작이 있었다면······.'

쉐르미나 양은 먼 이국 땅에서 산화한 위대한 숙부에게, 내심 원망의 말을 중얼거렸다.

이튿날 아침, 빨리도 족제비 제국의 군세가 왕도 앞으로 펼쳐진 평원에 나타났다.

"드디어 왔는가······."

"대형 종마나 비공정을 병력 수송에 쓰다니."

"저것이, 질풍 같은 용병의 비밀인가."

"그건 그렇고 기묘한 비공정 아닙니까?"

척후 부대가 전달한 족제비 제국의 이상한 행군 속도의 이유를 원견통을 통해 실제로 본 장군과 대신들이 입을 모아 말했다.

"두 비공정을 상하로 연결했다고 해야 할지, 물고기의 부레 같은 것을 올리고 있는 것처럼 보이기도 하는군."

비공정의 형태는 나라에 따라 크게 다르지만, 공통된 것은 공력기관을 이용해 떠오른다는 것이다.

만약 그 비공정을 현대 지식이 있는 자가 봤다면, 「─비행선?」이라고 고개를 갸웃거렸을 것이다.

"마력포나 거포 같은 것은 확인할 수 없습니다."

"족제비 제국의 궁정 마도사 부대나 성당 기사단도 행군하지 않는 모양입니다."

척후들에게서 추가 정보가 들어왔다.

"……알 수 없군."

"족제비 제국은 진심으로 『천호광개』가 수호하는 이 나라를 함락시키고자 생각하는 걸까요?"

천공인이 남긴 「천호광개」의 수호가 절대적인지라 그 힘을 아는 자는 족제비 제국의 진용에 의문을 품었다.

"족제비 제국이라 해도 어리석지는 않을 것이야. 뭔가 숨기고 있는 수가 있는 것이겠지. 방심하지 않고, 뭔가 수상한 움직임이 있으면 경계하라."

적을 얕보는 낌새를 느낀 국왕이 가신들에게 못을 박았다.

"상대는 1대에 주변 국가들을 침략하여, 대륙 유수의 제국을 쌓아 올린 자들이다. 방심할 상대가 아니지."

국왕의 말에 가신들이 정신을 가다듬었다.

"서쪽에서, 중형 비공정이 접근!"

"족제비 제국인가?!"

"아니요! 저것은 사가 제국의 비공정입니다!"

예상 밖의 보고에, 국왕이나 가신들이 허를 찔렸다.

"용사 깃발이 걸려 있습니다. 저것은 용사님입니다! 용사님이 구원하러 와주셨습니다!"

◆

"오오! 굉장해~!"

"영화 같네."

마키와 왕국 왕도 앞에 포진한 족제비 제국의 군단을 보고, 젊은 용사들이 눈빛을 반짝거렸다.

용사들을 태운 중형 비공정이 족제비 제국군과 거리를 두면서 마키와 왕국의 왕도로 갔다.

"비공정도 있잖아."

"형태가 이상한데— 어, 비공정이 아니라 비행선 아냐?"

용사들이 족제비 제국의 후방에 떠 있는 비행선을 보고 말을 나누었다.

"아~, 듣고 보니 그렇네."

"이쪽에도 있었구나."

"용사 유우키, 비행선이란 것은 뭔가요?"

"수소로 뜨는 비공정 같은 탈 것이야."

"아니야. 수소가 아니라 헬륨. 요컨대 공기보다 가벼운 기체로 떠오르는 비공정 같은 거야."

날개 수인 종자의 의문에, 용사들이 답했다.

"그건 그렇고, 저만큼 있으면 내 유니크 스킬이라도 일격으로는 해치울 수가 없어."

용사 유우키가 비행선의 화제에 질렸는지, 어수선한 말을 꺼냈다.

"두 발이나 세 발 쏘면, 도망치지 않을까?"

"그렇게 쏠 수 있겠냐! 한 발 쏘면 마력이 다 떨어진다고."

용사들이 가볍게 말했다.

그들은, 용사 유우키의 유니크 스킬이 족제비 제국군에 작렬하면 수많은 목숨을 빼앗게 된다는 것을 이해하지 못했다.

아직 게임 주인공 기분에서 빠져나오지 못한 모양이다.

"용사님, 농담은 그만하십시오."

"농담? 나는 농담 같은 거 안 했는데?"

용사 유우키는 종자가 간언한 의미를 이해 못해 고개를 갸웃거렸다.

"성에서 가르쳐드린 것을 흘려 들으셨군요? 용사는 국가간의 전쟁에 관여할 수 없습니다."

"어~ 어째선데? 침략해온 악당을 퇴치하면 안돼?"

"용사의 힘은 절대적입니다. 특히 용사 유우키의 유니크 스킬과 불 마법은, 군대를 상대로 절대적인 위력을 발휘할 겁니다."

"그렇지~."

자신의 힘을 칭찬받은 용사 유우키가, 싫지 않은 표정으로 소파에 앉아 잘난 체를 했다.

"그렇지만, 그렇기에, 전쟁에 관여해서는 안 됩니다."

"어째선데?"

"전쟁에 이용당하기 때문입니다."

"아~! 그렇구나."

함께 이야기를 듣던 용사 세이기가 소파에서 몸을 일으켰다.

"도발해서 적군을 끌어들이고, 『용사님, 도와주세요』하면 곤란한 거네."

"말하는 방식이 좀 안 좋습니다만, 용사 세이기의 말이 맞습니다. 상대국을 도발해서 공격해오도록 하고, 상대의 군세를 유인한 끝에 용사에게 도움을 청해 괴멸시키고, 상대국에 역침공을 해서 함락해버렸다는 사건이 과거에 있었습니다."

"흐~응? 하지만, 이번에는 그게 아니잖아?"

용사 유우키의 얼굴에는 「어려운 얘기 싫어」라고 적혀있었다.

"그렇더라도, 입니다. 그리고, 다음은 족제비 제국의 데지마 섬 미궁을 조사해야 합니다. 지금 족제비 제국과 교전하게 되면, 조사하지 못하게 됩니다."

"어째선데? 마왕 조사를 못하게 되면 난처한 건 족제비 제국 아냐?"

"그건 그렇습니다만, 그 이상으로 우리들이 난처합니다. 대처가 늦게 되면, 마왕이 미궁에서 성장해버립니다."

날개 수인 종자가 꼼꼼하게 풀어서 설명한다.

"그렇게 되면 마왕을 쓰러뜨리는 것이 쉽지 않아집니다. 아니, 꾸미지 않고 말씀 드리면, 그러한 마왕을 쓰러뜨리는 것은 불가능합니다."

"미에카, 불가능하다는 건 말이 지나치다. 초대 용사님이나 용사왕 야마토를 비롯하여, 몇 명의 대용사들이 그것을 이룩했다."

"그것은 일부 예외입니다. 목숨을 잃은 용사님이 얼마나 있는지, 당신도 알고 있을 겁니다."

끼어든 다른 종자의 말을 날개 수인 종자가 날카롭게 내쳤다.

"저는 당신들이 그런 꼴을 당하지 않게 하고 싶어요. 이해해주시겠죠."

"유우키. 마왕까지 레벨링하는 RPG라면, 얼른 쓰러뜨리는 게 정석이야."

"뭐, 그건 그렇지만 그렇다고 침략 전쟁을 하는 악당을 그냥 보내다니, 정의의 아군답지 않잖아?"

"그건 그래. 미카엘 씨, 뭔가 좋은 방법 없어?"

"물론, 있습니다."

"있는 거냐!"

"뜸들이지 말고 말해줘~."

용사들이 소파에서 힘이 빠져 늘어졌다.

"할 수 있는 일이 없다면 이런 곳에 오지 않았어요. 전쟁에 참가할 수는 없지만, 용사에게는 국가간의 전쟁을 조정할 권리가 있습니다."

엄밀하게는 근처에서 마왕의 존재가 확인되고, 전쟁으로 인한 독기가 마왕의 성장을 촉진할 경우에 한정되지만, 요즘 세상에는 유명무실하니 날개 수인 종자는 그것을 말하지 않았다.

"반드시 정전이 되는 것은 아닙니다만, 양자를 협상의 테이블에 앉힐 수는 있습니다."

"좋았어~! 그러면 기합넣고 가자!"

용사 유우키가 주먹을 맞부딪히며 기합을 넣었다.

"용사님의 차례는 아직입니다. 우선 제가 족제비 제국군의 진영에 사자로 가겠습니다. 마키와 왕국측의 사자는 용사 세이기의 종자에게 부탁하고 싶습니다만—."

"내가 가지. 마키와 왕국에는 아는 사람도 있으니."

"왓슨이 간다면, 나도 갈래! 이쪽은 위험이 없잖아?"

통통한 종자가 멋진 수염을 손가락으로 더듬으면서 나섰다.

용사 세이기가 왓슨이라고 부르지만, 그의 이름은 와트소다. 용사 세이기의 말로는, 위대한 탐정의 파트너는 당연히 왓슨이라고 한다.

"그 대신, 예의가 필요해집니다. 딱딱하기 짝이 없는 교섭장에 가고 싶다 하시면 말리진 않습니다만."

"역시, 관둘래. 여기서 기다릴 거야."

통통한 종자는 부드러운 미소를 지으며 「그러는 것이 좋습니다」라고 하더니, 비행 갑판에서 소형 비상정으로 발진했다.

갑옷을 장비한 날개 수인 종자는 용사 깃발을 끌어안고 자기 날개로 날아갔다.

◆

　"아! 미카엘이 돌아왔다."

　중형 비공정의 갑판에서, 종자들이 돌아오길 기다리던 용사 유우키가 소리쳤다.

　이미 날개 수인 종자가 출발한지 1각이 지나 있었다.

　"뒤에 따라오는 게 족제비 제국의 대표인가?"

　"저건가? 타조 같은 걸 타고 있네."

　하늘을 나는 날개 수인 종자 등뒤에, 주조(走鳥)를 탄 기조 집단 하나가 따라온다.

　"야, 세이기, 저거!"

　"비행선 두 척이 이쪽으로 오네. 혹시 교섭에 실패한 건가?"

　"뭔가 들리지 않아?"

　"음악? 클래식인가? 유우키 알아?"

　"몰라, 나한테 묻지마."

　클래식의 소양이 없는 두 사람은 그 곡의 이름까지는 모르는 모양이다.

　"뭔가, 진군곡 같지 않아?"

　"혹시 교섭이 결렬됐나?"

　그때, 날개 수인 종자가 귀환했다.

　"어땠어?"

　"교섭은 성공입니다. 전선 사령관이라는 장군이 이쪽으로 옵니다."

　"미카엘 씨, 저 비행선은 뭐야?"

"저 소란스런 비공정에 대해서는 모르겠어요. 비무장의 운송함이라고만 했습니다."

그런 대화를 하는 사이에, 비행선이 두 방향으로 갈라져 왕도와 일정한 거리를 두고서 저공을 비행했다.

"밑에 매달려 있는 건, 스피커인가?"

"보기에는 그런 느낌이네."

태평한 두 사람을 흘려보면서, 날개 수인 종자가 지상에 있는 족제비 제국의 대표들에게 질의를 하러 갔다.

"우리도 가자. 가브리엘, 비공정을 내려."

"저는 가비리에입니다. 절반밖에 안 맞았어요."

조종실에 뛰어들어간 용사 유우키가 토끼 귀 종족의 종자에게 명했다.

"미에카 씨가 상공 대기를 엄명했는데요?"

"됐으니까 내려."

투덜대는 토끼 귀 종자에게 「용사의 명령을 못 듣겠다는 거야!」하고 직장내 괴롭힘 직전의 발언을 해서 억지로 비공정을 강하시켰다.

"착륙은 안 해요. 중간부터 밧줄 사다리로 내려가세요."

"그 정도면 충분해."

지상까지 5미터 가까이 되지만, 용사 유우키는 레벨 50이 넘는 스테이터스를 한껏 발휘해서 여유롭게 뛰어내렸다.

"에~, 진짜냐."

이어서 뛰어 내리려던 용사 세이기였지만, 그는 용사 유우키 정도로 익숙하지 않은 건지 조심조심 밧줄 사다리를 타고 지상에 내려섰다.

"미카엘! 뭔가 알았어?"

"유우키! 어째서 내려온 건가요!"

용사 유우키는 날개 수인 종자의 질책을 「미안」이라는 한 마디로 끝내버리고 방금 전의 질문을 반복했다.

"그것이……."

『저것은 일시 정전을 지시하는 족제비 제국 전통 음악이로~다!』

머뭇거리는 날개 수인 종자의 말을, 족제비 제국의 무관이 덮어씌웠다.

무관은 족제비 수인족어로 말하고 있지만, 용사 두 사람은 파리온 신에게 받은 「언어 이해」로 문제없이 이해할 수 있었다.

"일시 정전을 지시하는 음악? 저게?"

"진군곡이잖아."

용사들이 서로 마주보았다.

『그보다도, 마키와 왕국의 사자는 아직인— 온 것이로군.』

무관의 시선 끝에서, 왕도의 문에 열리고 기사에게 호위를 받는 마차가 이쪽으로 다가왔다.

족제비 제국의 비행선은 왕도 밖을 경계하면서, 반대쪽으로 사라졌다.

이윽고 마차가 도착하자, 통통한 종자 와트소와 마키와 왕국의 군무 대신이 모습을 드러냈다.

『늦은 것이로다.』

245

『야만족들과 달리, 천공인의 후예인 우리들 마키와 왕국에는 격식이란 것이 있다.』

난폭한 태도의 무관에게, 군무 대신도 상대를 깔보는 태도를 취했다.

각자 자국의 말로 대화를 했지만, 번역자를 의지할 것도 없이 상대의 분위기로 대략 그 내용을 눈치채고 있었다.

"어쩐지 험악한데?"

"전쟁을 할 정도니까, 저렇겠지."

용사 세이기의 말에, 용사 유우키가 어깨를 으쓱거렸다.

"그러면 용사 유우키 님의 종자 미에카가 용사님을 대신하여 정전 조정 진행을 맡도록 하겠습니다."

『족제비 제국군을 우리나라의 영토에서 즉시 철수시켜라. 이야기는 그 다음이다.』

『이 상황을 보고도 알지 못하는 것이로다. 너희들이 할 수 있는 것은 무조건 항복뿐인 것이로다.』

날개 수인 종자의 선언 직후에, 양자가 정면으로 상대를 부정하는 요구를 내밀었다.

"왓슨, 뭔가 조정 같은 거 무리일 것 같지 않아?"

"조정의 시작은 저런 식입니다. 저기서부터 양자가 타협점을 찾는 것이죠."

용사 세이기가 통통한 종자에게 물었다.

용사 유우키는 어려운 이야기를 싫어하는지 시선을 주위로 돌리고 있었다. 그 시야에 왕도를 한 바퀴 돌고 돌아온 비행선이 비쳤다.

"뭐~야, 정말로 음악만 틀고 끝인가?"

"변형해서 대포라도 꺼내나 싶었는데, 아무것도 없네."

용사 유우키와 용사 세이기가 자군 쪽으로 돌아가는 비행선을 보았다.

"―진정해 주세요. 쌍방에게 양보할 수 없는 점이 있는 것은 이해하고 있습니다만, 그 정도로 평행선이면 아무리 시간이 지나도 정전 합의 따위는 못합니다."

『교전하기 전에 합의 따위 할 수 있을 리 없다. 우리들에게 타협을 바란다면, 힘을 보이는 것으로~다.』

『잘난 척하기는! 네놈들 같은 야만족 따위 가볍게 해치워주마.』

『큰소리 치기는. 4대 귀족의 비보를 해골왕에게 빼앗겨 기울어가는 나라가 뭘 할 수 있는지, 어디 한 번 보는 것으로~다.』

『네 보물 지팡이가 마키와 왕국의 모든 힘이 아니다! 패호거인의 철퇴에 뭉개져 후회하도록 해라!』

『허어어. 굉진 지팡이 없이 패호거인을 움직일 수 있는 것인가. 몇 명의 마법사가 희생이 될지 참으로 가여운 것이로다.』

"기다리세요. 나라의 대표라면 짧은 생각으로―."

『이야기는 끝인 것으로~다. 패호거인을 허수아비 삼아, 천호광개 뒤에 틀어박혀 있는 것이 어울리는 것이로다.』

『야만족 주제에, 천공인의 후예인 우리들 마키와 왕국을 우롱하는가! 일기당천으로 칭송받은 마키와 왕국 마법기사단의 힘을 보여주겠다!』

『그것은 기대가 되는 것이로~다. 우리 마수병단에 저항할 수 있는지 기대가 되는 것이로다.』

날개 수인 종자가 어떻게든 대화의 테이블로 돌아오려 했지만, 쌍방 모두 한 걸음도 물러서지 않고 교섭은 빠르게 결렬됐다.

"어~, 잠깐 기다려. 정전은?"

"결렬된 것 같아."

용사 세이기가 당황하고, 용사 유우키가 분개했다.

"—이해가 안 되는군요."

"뭐가?"

통통한 종자의 말을 용사 세이기가 포착했다.

"족제비 제국의 사자는 처음부터 교섭할 생각이 없었던 것 같습니다."

일부러 마키와 왕국의 사자를 부추겨 결렬시킨 것 같다고 통통한 종자가 보충했다.

"시간 벌기를 하고 싶었던 건가?"

"저도 그렇게 생각했습니다만, 족제비 제국의 포진은 이미 끝나 있습니다. 여기서 시간을 벌어도, 마키와 왕국에 대책을 세울 시간을 주는 것뿐일 것입니다만……."

세이기 일행은 고민하는 통통한 종자의 등을 밀어 비공정에 올라탔다.

그와 동시에 비공정이 고도를 올렸다.

"마키와 왕국은 야전을 선택한 것 같군요."

"자신이 있는 거겠죠. 이 나라의 마법기사단이 강한 것은 사가 제국에도 알려져 있으니까요."

통통한 종자와 날개 수인 종자가 말을 나누었다.

정문에서 보병이 출격하고, 마법기사단이 정문을 향해 이동을 시작하는 게 보였다.

"어쩌지, 이대로는 전쟁이 시작될 거야."

"아뇨, 세이기. 이미 전쟁은 시작됐습니다."

통통한 종자가 타이르자, 용사 세이기는 지금까지 본 광경을 떠올렸다.

마키와 왕국의 몇몇 도시와 마을이 파괴되고, 잔해의 산으로 변해 있었다.

"그건 그렇지만—."

직접 전투가 금지된 용사는, 안타까운 현재 상황에 이를 갈았다.

◆

용사들의 정전 교섭이 결렬되기 조금 전, 마키와 왕국의 동쪽 산악 지대에 꿈틀거리는 자들이 있었다.

"차장! 전방에 마키와 왕국의 왕도가 보입니다!"

"정지. 통신사, 후속도 정차시켜라."

철 상자 같은 형태를 한 족제비 수인족의 병기— **특차**가 벼랑 위에 정지했다.

골렘 마차처럼 보이기도 하지만, 평평한 상자 위에 또 하나의 상자를 올린 것 같은 기묘한 형태였으며, 위쪽 상자에는 길쭉하고 안이 빈 봉이 박혀있었다.

차량 위에 타고 있던 수인이나 사자 수인 병사들이, 차량 위에서 뛰어내려 주변을 경계했다.

병사들이 주위를 둘러보며 위험이 없는 것을 확인한 다음에, 위쪽 상자 뚜껑이 열리고 차장이라고 불린 족제비 수인 남자가 고개를 내밀었다.

차장은 벼랑 위에 엎드려 원견통을 두 개 붙인 것 같은 마법 도구로 왕도를 확인했다.

병사치고는 갑옷을 안 입고, 튼튼해 보이는 군복만 입고 있었다.

여기서부터 왕도까지 족제비 제국의 단위로 1리 반, 지구의 단위로는 3킬로미터 정도 된다.

"분사 너구리 부대와 강철 메뚜기 기병단은 마키와 왕도 앞에 전개하고 있나……. 과연 기동력 중시의 마수병단이야."

"보병들도 있습니다. 비행선 부대의 수송력도 무시할 수 없네요."

수도 앞의 광대한 평지에 어른의 세 배 정도 체고를 가진 분사 너구리 100기와 말 정도의 크기를 가진 강철 메뚜기가 2,000기 정도 늘어서 있었다.

마물들의 머리에는 나사 같은 형태의 수상한 마법 도구가 장착되어 있었다.

족제비 제국은 이 마법 도구로 등에 달린 바구니에 탄 기수들이 마물을 마음대로 조종한다.

"대장, 마키와 기사단 쪽은 나오질 않는 걸까요?"

"나올 거다."

대장이라고 불린 차장 옆에 원견통을 가지고 미끄러져 들어온 것은 후속의 젊은 차장이었다.

"—안 나오면, 분사 너구리나 강철 메뚜기가 외벽을 뛰어넘어 왕도를 마음껏 휘저을 뿐이다."

"천호광개라는 굉장한 장벽으로 왕도를 감싼다는데요?"

"그런 걸 계속 발동할 수 있을 리가 없지. 도시의 마력이 끊어지면, 정말 아무것도 못한 채 끝난다."

"그야말로 군사님 손바닥 위란 거군요."

이야기에 나온 군사를 싫어하는지, 대장이 떫은 표정을 지었다.

"여기서는 사정거리가 너무 아슬아슬하군. 저기 보이는 수렵관 터로 이동한다."

"알겠습니다."

대장의 호령으로, 다시 차량이 출발했다.

드르르르. 키리리릭. 겉모습에 지지 않는 기묘한 소음을 뿌리면서, 신기한 바퀴 자국을 남기며 이동했다.

용사들이 이 자리에 있었다면, 분명 그 차량을 이렇게 불렀으리라.

—전차, 라고.

"차장, 사령부에서 통신. 왕도에 잠입한 척후가 왕성에서 확인한 것은 『물』과 『땅』과 『바람』 셋뿐이고, 『불』은 없다고 합니다."

"좋았어!"

차장이 씨익 웃음을 짓고 자신의 손바닥을 주먹으로 쳤다.

"이 전쟁— 이겼군."

"그렇게 불— 다자레스 후작의 홍련 지팡이가 무서운 건가요?"

한가롭게 맞장구를 치는 장전수의 머리를, 차장이 군화로 콱 밟았다.

족제비 수인족의 영역에서 마키와 왕국과는 다자레스 후작령이 가장 가깝지만, 사자 수인의 왕국이나 호랑이 수인 왕국을 침공해서 멸망시킨 다음에도 한 번도 마키와 왕국에 침공한 적이 없다.

그리고 족제비 제국에 멸망 당하기 전의 사자 수인 왕국이 몇 번이나 마키와 왕국에 침공하여 연례 행사처럼 역대 다자레스 후작에게 격퇴된 것은 유명한 이야기다.

후작은 영지 안으로 쳐들어온 적군은 가차없이 태워 죽이지만, 영지 밖으로 도망친 패군에게는 온정을 베풀어 추격하지 않는 어진 장군으로 이름이 통하는 모양이다.

"장군님에게도 다자레스 후작이 나타나면 공격하지 말고 철수하라는 명령을 받았다."

"군사님은 뭐라고 합니까?"

장군보다 군사가 더 높다고 말하듯 묻는 장전수의 머리를, 차장이 다시 한번 밟았다.

"잘 들어라. 다자레스가 무서운 게 아냐. 그 녀석이 가진 홍련 지팡이가 무서운 거다."

다자레스 후작가에 전해지는 홍련 지팡이는 불꽃의 정령을 봉해 넣은 보물 지팡이로 유명하지만, 동시에 불의 마물을 모은다는 저주가 걸려 있다고도 한다.

이 마키와 왕국에는 홍련 지팡이의 다자레스 후작뿐 아니라 다른 4대 속성의 지팡이를 가진 영주들이 있다.

땅을 다스리는 굉진 지팡이를 가진 북쪽의 지자로스 백작.

물을 다스리는 파도 지팡이를 가진 서쪽의 미자라스 백작.

바람을 다스리는 구풍 지팡이를 가진 남쪽의 무자리스 백작.

방금 전 통신에서, 홍련 지팡이의 다자레스 후작 말고는 왕성에 있다는 보고가 있었다. 사실은 다자레스 후작 대리 쉐르미나 양도 있지만, 척후는 그녀를 수에 넣지 않았다.

또한, 이 착각하기 쉬운 네 가문의 이름은 외교관이나 사관 희망의 젊은이들에게 불평을 사고 있었다.

"이 특차나 포탄은 불에 약하다. 내화 마법 부여만 가지고는 홍련 지팡이의 불꽃을 완전히 못 막아."

네 가문의 강대한 마법 지팡이가 가진 위력 앞에서는 그냥 속성의 차이밖에 없는 것 아니냐고 생각하는 통신사였지만, 차장의 군화는 그의 뒤통수에도 닿기 때문에 현명하게 말하지 않았다.

◆

"시작됐다!"

용사들이 지상의 전투를 지켜보았다.

"유탄이 걱정입니다. 조금 더 동쪽으로 비공정을 이동시키세요."

날개 수인 종자가 비공정의 대피를 지시했다.

"뭐야? 저 너구리 같은 거."

"마치 제트 추진기를 단 장갑차 같아."

이제 자신들이 할 수 있는 일이 없다고 생각하는지, 용사 두 사람의 말이 가볍다.

전장에서 분사 너구리가 중장 보병을 날려버리고 단단한 전위를 뛰어넘은 강철 메뚜기 부대가 후방의 궁병과 경보병을 유린했다.

"용사님, 조심성이 없습니다."

어쩐지 스포츠 관전 같은 분위기의 용사들을, 날개 수인 종자가 타일렀다.

"미안미안. 하지만, 어쩐지 압도적이지 않아?"

"세이기, 마키와 왕국도 당하고만 있지 않습니다. 보세요. 마법 기사단이 강철 메뚜기 부대와 호각으로 싸우고 있어요."

통통한 종자가 용사 세이기에게 전황을 논했다.

"그래도, 저 너구리 같은 건 못 막는데?"

"그것도 조금입니다. 보세요—."

용사 유우키의 말을 듣고, 날개 수인 종자가 왕성 쪽을 가리켰다.

"저건, 뭐야?"

왕성 쪽에서 거대한 골렘— 패호거인이 출격했다.

"봐, 세이기! 거대 로봇이다!"

"괴, 굉장하다."

그 경박한 태도에, 날개 수인 종자가 미간에 주름을 만들었다.

"저 사이즈면 리얼계가 아니라, 슈퍼 로봇이란 건가?"

"분명히 슈퍼지만, 로봇이 아니라 골렘. 사가 제국에도 있었는데, 엄청 커다랗네."

"체중도 굉장하니까, 걷기만 해도 도로가 엉망이야."

패호거인이 걸을 때마다 넓은 메인 스트리트의 돌바닥이 깨지고 함몰되어, 호쾌하게 흙먼지가 일어났다.

"우왓, 외벽을 점프로 뛰어넘었어."

"버니어도 없는데, 어떻게 난 거지?"

"마법 아냐?"

착지한 진동으로 외벽 틈에서 흙먼지가 피어오르고, 전장의 기마가 놀라 푸레질을 하며, 보병들이 비틀거렸다.

패호거인이 열세의 전장에 난입하여, 강철 메뚜기 부대를 휩쓸고 분사 너구리를 짓밟았다.

"우와~ 엄청나네~."

"골렘은 강하구나."

"―이걸 쓰시죠."

통통한 종자가 원견통을 두 사람에게 건넸다.

"와트소!"

그 의도를 깨달은 날개 수인 종자가 비난조로 말했지만, 원견통에 뻗으려던 그녀의 손을 살며시 막고 고개를 옆으로 저었다.

"우와~ 박력이……."

원견통으로 전장을 가깝게 본 용사 세이기의 즐거운 목소리가 점점 줄어들어 사라졌다.

"혼자서만 즐기지마. 나도 보여줘!"

핏기가 가신 용사 세이기의 손에서, 용사 유우키가 원견통을 빼앗아 들여다 보았다.

"─엄청, 어?"

용사 유우키 또한, 원견통으로 본 광경에 말문이 막혔다.

그곳에는 「현실」이 있었다. 피가 뿜어져 나오고, 인간이 쓰레기처럼 너덜너덜하게 찢어지고, 아무렇게나 목숨이 스러져 간다. 그런 「전장의 현실」이 그곳에 있었다.

"이것이, 『전쟁』입니다."

통통한 종자가 담담하게 말하면서, 용사 유우키의 손에서 원견통을 집었다.

"우리들이 막지 못한 『전쟁』입니다."

"와트소! 이번 조정은 처음부터 결렬될 흐름이었습니다. 유우키나 세이기의 잘못이 아니에요."

"그렇더라도, 입니다. 우리들은 이 결과를 무겁게 받아들여야 합니다. 아닙니까?"

통통한 종자의 말에 날개 수인 종자가 침묵으로 답했다.

"……이게, 전쟁."

"이제 못 막는 거야? 우리들의 힘이라면─."

"용사님들의 힘이 있다면, 전황을 뒤집을 수도 있을 겁니다."

"그러면!"

"그러나, 그렇게 하면, 한쪽의 병사들을 당신들의 힘으로 유린하게 되는 것입니다."

"나쁜 녀석들을 혼내주는 것 정도는─."

"도적이나 마족이라면 그래도 될 겁니다. 그러나, 태반의 병사는 영주나 왕에게 징병된 농민들입니다."

고향으로 돌아가면, 좋은 아버지 좋은 남편이라고 통통한 종자가 말을 이었다.

"그러면, 어떡하면 되는데!"

"지금은 지켜보는 수밖에 없습니다."

"아무것도 안 하고 그냥 보고만 있으라고?!"

"『지금은』입니다. 반드시, 우리가 개입할 수 있는 타이밍이 있어요."

그러니까, 지금은 인내를 가지고 견디라고 통통한 종자가 용사들에게 고했다.

"……알았어."

"분하지만, 기다릴게."

용사들이 입을 꾹 다물고, 눈물이 글썽거리는 눈동자로 전장을 보았다.

그 얼굴엔 방금 전과 같은 들뜬 표정이 아니라, 조금이라도 용사이고자 하는 각오를 굳힌 남자의 표정이 있었다.

전장은 난전으로 이행하여, 패호거인이 섣불리 공격할 수 없는 상황이 만들어졌다.

그리고—.

◆

"차장, 정찰을 보낸 표범 수인에게서 보고! 외벽의 세 배는 되는 초거대 골렘이 나타났다고 합니다."

통신사가 특차의 통신기에 온 정보를 차장에게 말했다.

"드디어 나타났군. 물의 용은 안 나왔나?"

"네. 골렘뿐입니다."

"좋아, 발동기를 돌려라! 밖의 병사들에게 은폐용 수풀을 치우라고 해! 통신사, 다른 전차도 시작하라고 전해."

"알겠습니다."

전쟁의 시작을 예감한 병사들이 준비를 진행했다.

"신호탄은 아직인가?"

"─왔습니다! 검은 구슬 두 개, 교전 허가입니다."

관측수의 보고에, 차장이 호령을 내렸다.

"좋아! 사격 위치로 나간다. 포수, 무리해서 다리를 안 노려도 된다. 골렘의 커다란 가슴팍을 꿰뚫어줘라!"

"차장, 대장기가 겁을 먹어서 어쩌라고요─."

장전수가 포신에 길쭉하고 거대한 포탄을 넣고, 포수가 핸들을 돌려 포의 각도를 바꾸었다.

"측면에서는 노리기 어렵네─ 아니, 마수병단이 해결해줬습니다."

도발하듯 히트 & 어웨이를 반복하던 분사 너구리와 강철 메뚜기가, 골렘을 특차부대의 정면으로 유도했다.

"이거면 가능해! 차장, 거대 골렘이 전장의 꽃이었던 시대는 끝입니다. 바보 같은 투영면적을 드러내다니─."

계산자의 결과와 스코프 안의 눈금을 체크했다.

"노립니다, 노려버립니다, 좋~아, 여기다! 과학 앞에서 부서져라!"

포수의 외침과 함께 강철의 포탄이 1킬로미터 이상의 거리를 뛰어넘었다.

분사 너구리와 강철 메뚜기를 상대로 무쌍하고 있던 패호거인이 굉음과 함께 움직임을 멈추었다.

"대상에 명중!"

"다음 포탄을 서둘러라!"

패호거인의 발목이 부서진 것을 확인한 관측수의 보고를 들은 차장이 장전수에게 지시를 내렸다.

그 사이에도 아군기가 차례차례 포탄을 쏘아 발목이 부서져 움직이지 못하는 패호거인의 가슴에 무수한 포탄을 적중시켰다.

아무리 그래도 이 정도 포탄을 맞자, 패호거인이라 해도 견디지 못하고 그대로 왕도의 외벽을 부수며 후방으로 쓰러졌다.

어마어마한 기세로 부서진 흙더미와 흙먼지가 왕도를 유린했다.

"""해냈다!"""

특차 부대의 쾌거에 환성이 올랐다.

패호거인에게서 빗나간 포탄이 마키와 왕도에 몇 갠가 착탄하여 피해를 입혔지만, 그런 건 그들에겐 상관 없는 모양이다.

"좋~아, 잘했다! 다음은 기사들이 이쪽으로 올 거야! 산탄포 준비."

"대장, 특무반에서 통신. 『마 포식자』 작전의 실험을 할 것이니 호위를 부탁한다고 합니다."

"허어, 드디어 『마 포식자』를 실전 투입하나— 윗선이 시가 왕국까지 손을 댈 생각일지도 모르겠군."

통신사의 보고에 차장이 입맛을 다셨다.

"대장, 답신은 어떻게 합니까?"

"알았다고 전해라,『마 포식자』안에서 제대로 싸울 수 있는 건 우리들 과학 특차부대뿐이니까―."

"신체강화가 없는 기사 따위, 그저 맛있는 고기 경단이다. 무한 궤도로 치어 죽여주지."

차장의 말에, 말이 없던 조종사가 메마른 웃음을 흘렸다.

"발진한다! 승차병, 늦지 마라!"

차장의 명령에, 은폐용 수풀을 정리하고 있던 승차병들이 황급히 특차에 뛰어올랐다.

"전차, 전속전진!"

차량의 위에 승차병들을 태우고, 특차부대는 왕도로 진격을 개시했다.

"마법 기사 20, 경기사 180이 접근중!"

"마키와 왕국의 정예를 보냈군."

왕도까지 수백 미터 남은 곳에서, 마키와 왕국의 정예 부대가 요격하러 나타났다.

"마법 기사의『화염구』가 옵니다!"

"마도 채프를 쏴라!"

차장의 명령에 뿜어낸 작은 유탄이 특차의 전방에서 파열하여 반짝반짝하는 가루를 뿌렸다.

가루에 닿은 화염구가 차례차례 유폭되고, 그 여파가 전차를 흔들었다.

"─피해 경미. 승차병이 몇 명 탈락했습니다."

"회수는 나중에 해라. 지금은 돌진!"

전차 승차병은 이 세계에서도 목숨이 가벼운 모양이다.

"신호탄─ 붉은 구슬 셋.『마 포식자』가 발동합니다!"

"진동 제어기가 멎는다. 혀 깨물지 않도록 주의해라!"

차장의 외침에, 모두 그때에 대비했다.

◆

그보다, 조금 전─.

"뭐야? 지금 그거. 거대 로봇이 갑자기 부서졌지?"

"마법인가? 불 마법 아니었지?"

눈앞의 광경에, 용사들이 놀라 소리를 질렀다.

전차포탄으로 부서진 패호거인이 땅바닥에 쓰러지고, 거체에 외벽이 부서지며 외벽 너머의 도시가 파괴된다.

"아무래도, 족제비 제국의 숨겨진 패인 모양입니다."

원견통을 들여다보던 날개 수인 종자가 동쪽에서 흙먼지를 피우며 접근하는 집단을 발견했다.

"어, 저거 전차 아냐?"

"전차형 골렘 아냐?"

"검은 연기를 내면서 달려오고 있으니까, 아닐 것 같아."

"진짜냐. 어디서 저런걸……."

용사 두 사람이 전차를 보고 놀랐다.

"―위험하군. 미에카 공, 마키와 왕도의 백성이!"

통통한 종자의 말에 돌아보자, 전차포탄으로 파괴된 집들에서 나온 사람들이 기수를 잃은 강철 메뚜기에게 찢기고 잡아먹히는 모습이 보였다.

"거, 거짓말이지? 저, 저런 건……."

그것을 보고 만 용사 세이기가, 너무나 심한 광경에 위의 내용물을 게워냈다.

"미카엘! 저래도 손대지 말라고 하는 거야!"

"아뇨, 안 합니다. 구원하러 가요. 가비리에, 기수를 왕도로 돌리세요."

중형 비공정이 선회를 시작했다.

마키와 왕국도 패호거인을 잃어 수세에 서기로 했는지, 왕성 정상에 설치된 마법 장치에서 빛의 막이 왕도 상공에 펼쳐졌다.

"저것이 천호광개―."

박식한 통통한 종자도, 그 발동을 본 적은 없는 모양이다.

그런 그의 시야 끄트머리에, 족제비 제국군의 것으로 보이는 빨간 신호탄이 셋 보였다.

"―저건?"

"더 빨리!"

통통한 종자가 흘린 의문의 말을 용사 유우키의 목소리가 지웠다.

"분사 너구리랑 강철 메뚜기가 돌진해온다!"

"젠장, 그렇겐 못해!"

용사 유우키의 뇌리에, 방금 전 강철 메뚜기가 행한 잔혹한 행위가 스쳤다.

"무한 사거리!"
^{어디까지고 멀리}

"유우키! 위협이다!"

유니크 스킬을 발동한 용사 유우키에게, 용사 세이기가 조언했다.

"―이인, 페르노오오오오오오오오오!"

용사 유우키의 몸 표면에 파란빛이 흐르고, 유니크 스킬「무한
사거리」로 사거리가 확장된 상급 불 공격 마법「화염지옥」이 전장
의 하늘을 붉게 물들였다.

홍련의 불꽃이 종마 군단의 머리 위에 닿으려고 한 그때―.

『―「마 포식자」기동.』

족제비 제국 특무 부대의「마 포식자」가, 용사 유우키의 마법까
지 통째로 전장을 마력 중화 공간으로 채웠다.

"인페르노가 중간에 사라졌어?!"

"용사 유우키의 마법뿐이 아닙니다! 천호광개도 사라졌어요!"

천호광개가 사라진 것은「마 포식자」탓이 아니라 파괴공작을
위해 침입한 족제비 제국의 간자들이 파괴 행동을 한 성과였지
만, 타이밍이 겹친 탓에 통통한 종자는 구분할 수 없었다.

그리고―.

"비상사태 발생! 마력로 긴급 정지! 공력기관에 마력 공급이 끊
어진 것 같습니다!"

조종석의 가비리에가 비명 같은 보고를 외쳤다.

"이대로 가면 낙하합니다."

"전원! 추락의 충격에 대비하세요!"

공력기관으로 뜨는 비공정 또한 「마 포식자」의 먹잇감이 되어, 부력을 잃은 비공정이 정문 앞으로 추락했다.

"유우키! 세이기! 저를 붙잡으세요! 탈출합니다!"

날개를 가진 날개 수인 종자가 두 명의 용사를 데리고 비공정에서 뛰어내렸다.

물론 소년이라지만 남자 두 명을 끌어안고 날 수 있을 정도로 날개 수인의 날개는 크지 않다. 고작해야, 낙하의 치명상을 큰 부상 정도로 하는 게 고작이었다.

그러나, 그래도, 그녀는 용사 두 사람의 생환을 위한 최선의 수라고 믿으며 실행했다.

전장의 부조리

"위대하신 황제 폐하께서 내리신 「과학」은 무적이다. 마법과는 다른 미지의 힘을 쓰는 과학 특차부대는 골렘이나 좀마 군단을 능가하는 차세대의 힘이다. 과학이 있으면, 족제비 제국이 대륙 전토의 패권을 쥐는 것도 꿈이 아니다.

—족제비 제국군 제1특차부대 차장"

"마스터! 성수석로 및 공력기관, 기능 정지. 에머젠시라고 고합니다."

긴급 경보가 사토 일행의 비공정에 가득 찼다.

"나나, 이쪽으로!"

사토는 언제나 발동하고 있는 「이력의 손」으로 동료들을 모으려 했지만, 평소의 감촉이 없는 것을 깨닫고 당황했다.

물론, 그것도 한순간이다. 바로 비공정을 스토리지에 수납하고 곧장 동료들에게 지시를 내렸다.

"타마, 날다람쥐!"

"닌닌~."

타마가 핑크색 천으로 「날다람쥐 술법」을 선보여 하늘을 날고, 포치가 두 다리로 타마의 몸을 홀드하며 빈 양손으로 루루를 캐치했다. 상당히 아크로바틱하다.

"천구는 제대로 발동 안 한다— 그러면."

사토는 미아를 공중에서 붙잡아 그대로 공중 유영으로 나나와 합류했다.

"회수해~?"

"아니, 여섯 명은 무리야."

타마가 재주 좋게 다가왔지만, 사토는 냉정한 판단으로 그것을 거부했다.

"어떻게든 하겠어."

"사토, 위."

"위?"

사토 일행 위에 커다란 그림자가 드리웠다.

"주인님! 우리 왔어!"

"지금 구조하겠습니다!"

아리사와 리자의 목소리에 시선을 돌린 사토의 시야에 비친 것은 뜻밖의 **존재**였다.

"당신들, 주인님 일행을 상처 입혀선 안 됩니다."

—GUROROWN.

리자의 명을 받은 하급룡이, 사토 일행을 회수했다.

"스이루가 왕국의 하급룡?"

그곳에는 사토가 말한 존재가 있었다.

게다가, 리자와 아리사에게 등을 허락하고 있다. 주위를 둘러 보자, 그 밖에도 몇 마리의 하급룡이 함께 있었다.

아무래도, 스이루가 왕국의 하급룡 모두가 여기 온 모양이다.

"리자는 그렇다 치고, 용케 아리사가 등에 탔구나."

"그건 지근거리에서『화염지옥』으로 겁을 줘서 그래."

"그렇군. 그래서 다른 애들도 평범하게 태워주는 건가."

"용은 강자를 간파하는 걸지도 몰라."

―GUROGUGO.

대화하는 사토와 아리사에게 끼어들어, 하급룡이 등을 올려다 보며 짖었다.

상공에서 선회하는 것에 질린 모양이다.

"분명히, 보우―보우료쿠였던가?"

"―용님의 이름을 틀리지 마라!"

"그분은 보우류 님이다!"

자연스럽게 잘못 말한 사토의 말에, 날카로운 태클이 들어왔다.

"어? 누구야?"

예상 밖의 목소리에 사토가 당황하여 중얼거렸다.

목소리 쪽을 보자, 하급룡 보우류가 나르는 커다란 식량 컨테이너 안에서 두 명의 하얀 비늘 종족 청년들이 사토 일행을 올려다 보았다.

"스이루가의 왕자랑 하급룡에게 얻어 맞았던 도련님?"

『미안, 주인님. 구원 물자 안에 숨어서 밀항한거 같아.』

아리사가 원거리 통화로 사토에게 귓속말을 했다.

"그렇군, 뭐 됐어. 보우류, 구원 물자를 저쪽 언덕에 내려라."

―GURORUGO.

네 명령은 안 듣는다. 보우류가 항의하는 소리를 냈다.

"명령에 따르세요. 역린을 뽑아버리겠습니다."

—GUGYAAA.

그건 봐달라고 애원하는 것처럼, 보우류는 나르고 있던 구원 물자를 언덕 위에 내렸다.

보우류는 지표 아슬아슬한 곳에서 컨테이너를 놓았지만, 관성의 법칙으로 컨테이너가 지상을 굴러갔다. 왕자들이 기세에 떠밀려 컨테이너에서 굴러 떨어졌다.

사토는 한순간 부상을 걱정했지만, 두 사람의 레벨과 AR 표시되는 체력 게이지 수치를 확인하고 문제없다고 판단했다.

컨테이너에서 조금 떨어진 장소에, 보우류 일행이 착지했다.

"두 사람의 변장은— 그대로도 괜찮나."

리자와 아리사는 황금 갑옷— 용사 나나시의 종자를 가리키는 모습 그대로였지만, 하급룡을 데리고 온 것을 스이루가 왕국의 왕자나 마초 전사가 알고 있는 걸 고려해서 그렇게 판단했다.

참고로 마 포식자가 마력을 중화한 지금도 사토를 포함하여 연장자 팀은 도마뱀 수인족, 연소자 팀은 쥐 수인족으로 변장한 그대로였다. 두르고 있던 환영이 사라져서 가까이 다가가 자세히 보면 특수 분장이라는 것이 들키겠지만, 조금 떨어지면 구분이 안 된다.

"우웅? 못 써."

"정말이네. 마법을 못 쓰게 됐어."

미아의 말을 들은 아리사가, 무영창으로 마법을 쓰려다가 못 쓰게 된 것을 깨달았다.

"비공정이 떨어진 건, 어떤 방법으로 마력 중화 공간을 전개해서 그런가 보다."

"주인님을 노린 걸까?"

"상황을 생각하면 족제비 제국 짓일 테니까, 전쟁을 유리하게 진행하기 위해서겠지."

"뭐, 그렇겠지. 마력 장벽으로 왕도를 지켜야 하는 마키와 왕국이 쓸 것 같지는 않아. 실제로, 왕도의 장벽이 사라져버린 것 같으니까."

아리사와 사토가 현재 상황을 족제비 제국 짓이라고 판단했다.

"우리 변장이 안 풀렸으니까, 완전히 마력이 무산되는 건 아닌가 보다."

"그렇네. 밖으로 내보내는 마법은 완전히 안되지만."

"마인도 칼날을 만드는 것과 동시에 무산된다."

"집중하면 신체 강화는 가능한 것 같습니다."

"예스~?"

"기합이 있으면 괜찮은 거예요!"

사토 일행이 할 수 있는 일과 할 수 없는 일을 체크했다.

"마력 중화 장치를 최우선으로 무력화하고 싶지만— 아무래도, 그런 이름은 아니군."

사토가 맵 검색으로 그럴 듯한 물건을 찾아봤지만, 검색 워드가 맞질 않아서「마 포식자」장치를 발견할 수 없었다.

"마법을 못 쓰니까 미아랑 아리사는 후방에 대기하면서—"

"안돼."

"그래. 안돼."

즉시 미아와 아리사가 사토의 제안을 거부했다.

"전장은 위험해."

"그건 주인님도 마찬가지잖아. 그리고, 마법을 못 써도 황금 갑옷의 방어력이라면 어지간한 원거리 공격은 무력화할 수 있고, 리자 씨 수준의 전사가 있어도 접근전을 안 하면 위험하지 않아."

"걱정 많아."

"그래그래. 자신이 만든 치트 장비를 신용하라니까."

더욱이 고민하는 사토에게, 미아와 아리사가 괜찮다고 고했다.

최종적으로, 접근전 가능한 거리에 다가가지 않는 것을 조건으로 사토가 꺾였다.

"주인님, 준비가 끝났습니다."

하급룡들에게 안장 대신 로프나 바구니를 묶고 있던 리자가 사토에게 보고했다.

"좋아, 전쟁을 막으러 가자."

이렇게, 팀 「펜드래건」은 하급룡들에게 나눠 타고 마력이 중화된 전장으로 향했다.

◆

"차장, 『마 포식자』로 사가 제국의 비공정이 떨어져버렸는데 괜찮을까요?"

사토 일행이 행동을 개시할 무렵, 특차 부대는 왕도 근방까지 접근해 있었다.

"전장에 계속 있는 녀석이 잘못이다. 그리고 추락 직전에 탈출했—쳇, 혀를 깨물었군. 진동 제어기가 멈추면 혀를 깨무는군."

"『마 포식자』도 좋기만 한 게 아니란 거네요."

마력으로 움직이는 진동 제어기가 멈춘 차내는 격렬한 진동과 소음이 가득했다.

"전방, 기사가 옵니다."

"포수! 해치워라!"

"예! 조준해서 쏠 것도 없다! 먹어라!"

전차포가 검은 연기를 뿜으며 거대 골렘을 쓰러뜨렸을 때와 형태가 다른 포탄이 기사를 향해 쏘아져 나갔다.

"안 맞는 탄환 따위 무시하고 전진하라!"

"""예!"""

누구도 맞지 않는 코스로 발사된 포탄을 무시하고 기사들이 나아가지만, 포탄이 공중에서 분해되어 무수한 산탄을 뿌렸다.

"이 정도의 자갈 따위, 마법 갑옷과 내『금강』스킬과 단련된 근육으로—."

선두의 기사는 마지막까지 말을 하지도 못하고 흩어졌다.

마지막까지 마법이 부여된 갑옷이 그저 금속 갑옷이 되었다는 것도, 자랑하는 스킬이 무력화된 것도 전혀 깨닫지 못한 채 승천하고 말았다.

운 좋게 살아남은 기사들도, 특차의 무한궤도^{캐터필러}에 치어 죽거나 전차 탑승병이 쏜 총탄에 꿰뚫어지는 두 가지 길밖에 없었다.

"전방에 형체를 발견!"

포수가 처음으로 관측창에서 발견했다.

"기사의 생존자 따위, 그대로 치어 죽여라!"

"파란 갑옷을 입은 검사! 용사님입니다!"

"상관없어! 막아서는 놈은 전부 적이다!"

차장이 선언하고, 조종사가 특차의 속도를 올렸다.

"전쟁을 멈춰라아아아아아아아!"

용사 유우키의 성검이 특차의 전면부 장갑을 때린다.

"으에엑. 특차의 장갑을 뚫었잖아."

조금이지만 성검의 일부가 차량 안으로 파고들었다.

마력이 없는 상황에서 두꺼운 장갑을 꿰뚫은 것은, 용사의 레벨 50급 근력과 지나치게 튼튼한 성검의 힘이었다.

"포탑 선회! 포신으로 때려서 날려버려라!"

"알겠습니다!"

차장이 재빨리 지시를 내렸다.

"으그그, 안 뽑혀— 크엑."

성검을 뽑으려고 필사적인 용사의 몸을, 특차의 포신이 날려버렸다.

"유우키이이이이이이!"

나란히 달리는 특차에 치일뻔한 용사 유우키를, 따라온 용사 세이기가 몸을 날려 무한궤도에 깔리는 것을 막았다.

"봤나? 그 사가 제국의 용사도 이 꼴이다. 우리들 과학 특차부대라면, 마왕도 쓰러뜨릴 수 있어"

차장이 특차 안에서 홍소했다.

"종마 부대의 본대가 왕성에 돌입한 모양입니다."

종마에 기승한 자들이 차례차례 정문을 넘어서 왕도에 들어간다.

"놈들에게 뒤처지지 마라! 서문 앞의 언덕에서, 왕성에 소이탄을 쏘아 넣는다!"

평소에는 도시 핵이 만들어내는 방벽으로 수호되고 있어 손댈 수 없는 왕성을, 도시 밖에서 상처를 낸다는 전사에 남을 위업을 새기고자 차장이 야심에 불타올랐다.

그러나, 세상은 그렇게 무르지 않았다.

"차장, 종마 부대가 왕도에서 도망쳐 나왔습니다."

"뭐야? 잠복이라도 당했나? 뭐, 좋아. 우리들 특차부대가 함정과 함께 먹어 치워주지."

차장이 실내등의 조명 안에서 맹렬한 미소를 지었다.

"차, 차장! 위험해위험해위험해위험해."

"진정해라!"

부서진 것처럼 외치는 포수의 후두부를 걷어찼다.

—GWLOROOOOOUNN!

포효를 들은 병사들이 공포로 경직됐다.

차장이 굳어진 팔을 억지로 움직여 천장의 해치를 열고, 창백한 얼굴로 하늘을 봤다.

그곳에 절망이 있었다.

왕도의 하늘을 나는 것은 용의 무리.

단 한 마리라도 군대를 쓸어버리는 절대적인 파괴의 상징이 그곳에 있었다.

게다가, 한 마리가 아니다. 전체 길이 30미터를 넘어서는 흑회색의 하급룡 「보우류」를 필두로 여덟 마리나 된다. 가장 뒤에 날고 있는 짙은 다갈색 하급룡 「싯푸」는 20미터밖에 안 되지만, 그것은 아무런 위안이 안 된다.

"스이루가 왕국의 용이 어째서 이런 장소에······."

차장이 아연한 표정으로 중얼거렸다.

"······방금 전 종마들은 저걸 본 거야."

포수가 절망과 함께 중얼거렸다.

"차장, 옵니다!"

하급룡 「싯푸」가 특차를 향해 내려오기 시작했다.

"제자리회전! 놈의 의표를 찔러 도망친다!"

"대장, 안돼."

"돌격 바보는 닥쳐라. 지금은 특차를 고향에 가지고 돌아가는 것이 최우선이다."

"—아냐."

"뭐가 아니냐!"

"저건, 그냥 용이 아냐— 용기사다."

"말도 안······."

그것은 옛날 이야기에 나올 법한 비현실적인 존재다.

지난 천년여 동안, 용기사라고 불린 존재는 시가 왕국의 왕조 야마토와 스이루가 왕국의 방랑왕 라우이 둘밖에 없다.

"여덟 마리 중 여섯이, 용기사라고?!"

아군이라면 이보다 듬직한 존재도 없지만, 적으로 나타나면 악몽에 지나지 않는다.

유일한 승기가 있다면―.

"차장, 싸우자! 지금이라면 『마 포식자』가 있어."

"그렇지! 시험작 대공 유탄을 쓰면, 상대가 아무리 무적의 용이라도!"

"좋아, 이 자리에서 포격한다! 아군기가 도망칠 시간을 번다!"

자포자기를 한 자도 있지만, 그들은 미약한 가능성에 건 모양이다.

"자랑하는 비늘을 지키는 마력 장벽이 없다는 걸 깨달은 순간의 놈의 얼굴을 보고 싶군."

하급룡 「싯푸」의 등에서, **쥐 수인의 어린애**가 꼬리를 붕붕 흔들며 돌격해온다.

그 옆에는 황금 갑옷을 입은 어린 용이 따르고 있었다.

"어째서 쥐 수인 따위가 용의 등에?"

"그런 건 아무래도 좋다!"

포수의 의문을 차장이 노호로 기각했다.

"쏴라!"

"이거나, 먹어라!"

상대 거리 30미터라는 근거리에서 쏘아낸 포탄이 공중에서 작약을 태워 금속 파편을 뿌렸다.

설령 상대가 용이라도 필살의 거리다.

"깜짝, 놀란 거예요."

하급룡 앞에 뛰쳐나온 쥐 수인 아이가 모든 금속 파편을 검으로 튕겨냈다.

보통 검이라면 금속 파편 하나를 튕겨낸 시점에서 부러졌다.

―LYURYU.

어린 용이 뿜은 「용의 숨결」이 직격 코스가 아닌 금속 파편을 쓸어버렸다.

"―의 수리검에 비교하면 간단한 거예요."

―LYURYU.

빙글, 1회전하고 착지한 쥐 수인 아이와 어린 용이 신기한 포즈를 취했다.

말의 시작에 기묘한 공백이 있었지만, 그걸 신경 쓸 여유가 있는 자는 특차부대에 없었다.

"항복할 거라면 용서해주는 거예요?"

"치어 죽여라아아아아아아아아아!"

쥐 수인의 자비의 말은, 공포에 질린 차장의 외침에 지워졌다.

무한궤도가 흙을 후방으로 피어 올리며, 그 반동으로 급가속한 특차가 쥐 수인 아이에게 돌진한다.

"―펀~치, 인 거예요!"

"『마 포식자』를 눈치 못 챈 것이 너의 패인이다! 치어 죽은 다음 후회해라!"

마력이 없는 상황에서, 작은 주먹과 몇 톤이나 되는 철 덩어리가 격돌했다.

그 결과는 말할 것도 없다.

—그랬어야, 했다.

충격음과 함께 특차가 공중에 떠올랐다.

"승리, 인 거예요!"

—LYURYU.

땅바닥에 떨어져 데굴데굴 굴러가는 특차 옆에, 쥐 수인 어린애—로 변장한 포치와 어린 용 류류가 포즈를 취하면서 승리를 뽐냈다.

"닌닌, 캐터필러 뒤집기 술법~?"

그 옆에서 쥐 수인으로 변장한 타마가 특차의 무한궤도를 핀포인트로 잘라내 행동불능에 빠뜨리고 있었다.

드래고닉 페네트레이터
"용창철갑격!"

도망치려고 무방비한 측면을 드러낸 특차의 동력부를 황금 갑옷을 입은 리자의 용창이 가볍게 꿰뚫어 폭산시켰다.

"실드 던지기라고 고합니다."

도마뱀 수인의 모습을 한 나나가 대형 방패에 올린 특차를 던져버렸다.

고레벨의 근력치만으로 이룰 수 없는 무쌍 상태였다.

20량 가까이 되던 제1특차부대의 차량이 차례차례 격파된다.

"젠장, 저 녀석들은 대체 뭐야!"

용기사 일단에서 조금 떨어진 장소를 진군하던 제2 특차부대의 대장이 그 광경에 욕설을 내뱉었다.

"대장! 저쪽에도 괴물이!"

"종마부대가 차례차례 쓰러지고, 있다고?"

분사 너구리가 아리사가 지휘하는 하급룡들의 손톱에 찢겨나가고, 강철 메뚜기가 루루의 총탄과 사토의 투창과 미아의 활로 차례차례 쓰러진다.

마력의 보조가 없는 상황에서 체격과 방어력이 뛰어난 종마들이 압도적으로 유리할 텐데, 해충을 구제하는 것처럼 담담하게 쓰러뜨린다. 그런 상황에서도, 종마를 탄 기수들 중에 사망자나 중상자는 없었다.

"전방에 다른 괴물입니다!"

제2특차부대 전방에는, 골렘 같은 존재가 있었다.

"주포를 쏴라!"

"우리는 철갑탄과 소이탄밖에 없습니다! 달리면서 맞추는 건—."

"빗나가도 되니까 쏴라!"

너무나 급전개라, 그들은 잊고 있었다.

마력 중화 공간에서 골렘이 움직일 리가 없다는 것을.

그리고, 그 정체는—.

◆

"네즈 씨! 전차가 돌진해와!"

"도, 도망치자."

로봇으로 변신한 전생자 네즈와 마찬가지로 전생자인 가짜 사도 케이가 전장에 있었다.

사토 일행을 따라온 것이리라.

"쏴, 쐈어."

포탄이 네즈 근처를 지나갔다.

울퉁불퉁한 지면을 달리는 특차의 사격은, 명중률이 낮은 모양이다.

"잘도 했겠다!"

포탄이 근처를 지나 놀란 네즈가 케이와 함께 땅바닥을 굴렀다.

그런 두 사람을 치어 죽이려고, 특차가 다가온다.

"도, 도망쳐야 해."

병렬로 다가오는 특차의 박력에, 기가 약한 네즈가 압도됐다.

"나한테 맡겨—"

땅바닥에서 뛰어오른 케이가, 보라색 빛을 띠었다.

"이거나, 먹어라!"

특차의 궤도가 하얗게 변색되어, 소금이 되어 부서졌다.

케이가 가진 유니크 스킬 「무한 염제(솔트 메이커)」의 힘이다.

제어를 잃은 특차가 빙글빙글 선회했다.

그 모습을 깨달은 사토가, 그쪽을 돌아보았다.

"네즈 씨도 이쪽으로 와버렸나?"

안전지대에 두고 온 케이와 케이를 찾아 우왕좌왕하던 네즈가 세트로 전장에 나타난 것을 보고 사토가 탄식했다.

"주인님, 지원하러 갈까요?"

"아니, 네즈 씨네 구원은 내가 간다. 이쪽은 너희에게 맡길게."

재합류한 사토 일행이 다시 산개하기 직전, 지상에서―.

"이 괴물놈들!"

특차에서 튕겨나간 보병들이, 화약식 소총을 케이에게 발포했다.

"―위험해!"

네즈가 급하게, 총탄의 비에서 케이를 감쌌다.

로봇으로 변신한 네즈의 몸이 총탄의 비를 가볍게 튕겨냈다.

"아파아."

대미지는 없지만, 그래도 몸을 때리는 탄환이 네즈에게 통증을 주었다.

"어, 얼른 도망쳐야 해."

여기까지 와서도, 네즈에게 상대를 쓰러뜨린다는 선택지는 없는 모양이다.

"네즈 씨, 괜찮―아, 아파."

땅바닥에 도탄된 탄환이 케이의 팔을 꿰뚫었다.

"케이!"

"괘, 괜찮, 아."

걱정하지 말라고 말하려던 케이였지만, 너무 심한 통증에 말문이 막혔다.

"케이를, 케이를, 케이를 괴롭히지마아아아아아아!"

흥분한 네즈의 몸이 어두운 보라색으로 발광하고, 케이를 두 손으로 감쌀 정도의 거체로 재변신했다.

방금 전까지의 로봇 같던 모습이 아니라, 생물적인 형태의 우주복 같은 모습이다.

"다, 다들, 없어져라아아아아!"

몸의 각 부분에 있던 보석 같은 파츠가 빛을 띠고, 주위에서 소총을 겨누고 있던 병사들을 레이저 광선으로 휩쓸었다.

병사들의 팔다리가 피보라를 뿌리며 날아갔다.

그 피보라가 바람에 실려, 네즈의 안면에 묻었다.

"아앗, 아아."

닦은 손에, 새빨간 피가 달라붙었다.

자신이 저지른 일에, 네즈가 회한의 말을 흘렸다.

"네, 네즈 씨? 뭐가 어떻게 된 거야?"

손바닥 안에 있어서 주위가 안 보이는 케이가 물었다.

『아아, 죽였DA. 내가아 죽였DAA.』

걱정하는 케이의 말도, 죄책감에 사로잡힌 네즈에게 닿지 않는다.

네즈는 발음이 안 좋은 쥐의 목으로, 위화감이 있는 일본어를 중얼거렸다.

『나, 같으은, 괴물은, 죽는 게, 나아AA.』

"네즈 씨! 진정해!"

손바닥에 뭉개질 것 같으면서도, 케이는 괴로운 기색을 보이지 않고 네즈를 배려했다.

"네, 네즈 씨."

케이의 목소리에 고통이 실렸다.

"그만해, 네즈! 이대로는 케이가 죽는다."

손바닥 위에 올라탄 사토가, 억지로 네즈의 손가락을 벌렸다.

"이틈에 부상병을 옮겨라!"

네즈의 발치에서, 병사들의 목소리가 들렸다.

무사했던 병사들이, 레이저 광선에 타버린 동료들을 끌고 간다.

『누구U?』

"나다!"

사토가 머리 부분만 도마뱀 수인의 변장을 풀고 네즈에게 얼굴을 보였다.

『케이르를, 빼앗으러, 온거YA?』

"아냐. 너희들을 구하러 왔다."

진지한 말도 시야가 좁아진 네즈에게는 닿지 않았다.

『케이는, 안 넘겨U.』

비명 같은, 매달리는 것 같은 외침을 지르면서, 네즈의 몸에 빛이 흘렀다.

짙은 보라색의 빛이 네즈의 체모를 반짝이게 하자, 생물 같은 모습에서 철의 성 같은 거대 로봇으로 변형됐다.

"그만둬! 더 이상 유니크 스킬을 쓰면 마왕화한다!"

『케이느은N, 나만의, 케이YA!』

네즈는 사토를 떨쳐내고, 소중한 것을 빼앗기지 않으려고 케이를 머리 꼭대기에 생긴 콕피트에 수납했다.

『—끄악.』

그런 네즈의 몸을 전차포탄이 흔들었다.

살아남은 특차가 네즈를 포위하고 포격을 재개한 것이다. 보병들도 특차 뒤에서 소총으로 총탄의 비를 쏟아낸다.

사토에게 총탄을 쏘는 보병도 있지만, 그 탄환은 모두 지렛대 같은 것으로 튕겨내고 있었다.

『아파아, 아파아아A.』

포탄이 네즈의 장갑을 찌그러뜨린다.

여러 발 맞으면, 장갑을 꿰뚫을 것 같다.

"네즈! 전장에서 벗어나!"

사토가 투창으로 특차의 포탄을 요격하면서 외쳤다.

"어? 저거 보라색 쥐 수인이야?"

"정말? 멋있다~!"

용사 두 명이 방패에 숨으면서 가까이까지 와 있었다.

레이더로 그들의 접근을 깨달았던 사토는, 이미 머리 부분의 도마뱀 헤드를 재장착하고 있었다.

"도와라, 용사. 전차를 무력화한다."

사토가 다른 사람의 음성과 어조로 용사들에게 말을 걸었다.

"누군지는 모르지만, 맡겨둬! 세이기! 리벤지다!"

"어~, 진짜로? 총탄의 비 속으로 뛰쳐나가는 거 싫은데!"

"그건 맡겨둬라."

사토가 보병들에게 땅굴쥐 자치령에서 입수한 포박 구슬을 던져 무력화했다.

"어, 굉장해."

"나도 써보고 싶다. 무슨 아이템이야?"

"―움직여라, 용사."

전장에서 긴장감이 부족한 용사에게, 사토는 현기증이 났다.

"오, 뭔가 큰 기술 올 것 같다."

"어쩐지, 위험하지 않아?"

네즈의 가슴에서 철판이 적열했다.

『전BU, 사라져어버RYU.』

"위험해―."

사토의 모습이 사라지고, 네즈의 등 뒤에 출현했다.

"―그만둬!"

네즈의 오금에 몸통박치기를 해서, 네즈의 자세를 무너뜨렸다.

특차부대를 파괴하려던 열광선이 마키와 왕국의 하늘로 쏘아져 낮은 구름을 하나 날려버렸다.

"내 유니크 스킬 같잖아."

"저건 마법처럼 무력화되질 않네."

"마법이 아닌 거겠지."

"그러면, 과학?"

"내가 알겠냐."

잡담을 계속하는 용사들이었지만, 그러면서도 특차의 궤도를 성검으로 베어내 무력화했다.

여기까지 오는 동안, 타마 일행의 전투를 보고 학습한 모양이다.

"진정해, 네즈 씨. 케이의 치료를 하자."

사토가 네즈의 머리 부분에 달려 올라가, 케이를 보호한 콕피트 커버를 노크했다.

『케이느N, 내GA, 지킨다아. 케이느N, 나MAN의, 케이YA.』

네즈는 듣기 싫다는 듯, 유아처럼 몸을 웅크렸다.

"지키고 싶으면 치료를 해야지! 이대로는 케이가 죽는다!"

네즈가 드디어, 사토에게 고개를 돌렸다.

『케이느N, 나MAN의, 케이YA—하지만.』

그리고, 머리 부분을 사토에게 돌렸다.

『케이GA, 죽는 거언, 더 싫어어..』

사토는 콕피트의 커버가 다 열리는 걸 기다리지 않고 안으로 들어가, 응급처치 스킬을 써서 케이의 응급처치를 했다.

"응급처치만 가지고는— 그렇지."

사토가 케이의 위 속에 상급 체력 회복약의 알맹이만 스토리지에서 꺼냈다. 케이의 상처가 점점 치유되고, 죽을 것처럼 보이던 얼굴에 혈색이 돌아왔다.

『케이느N?』

"상처는 치료했어. 이제 괜찮다."

사토는 마 포식자에 의해 마력이 중화되기 전에 마법약이 효과를 발휘하는 뒷기술을 쓴 모양이다.

"주인님, 대강 무력화했어."

아리사를 필두로 동료들이 모였다.

남아있던 특차는 아인 소녀들이 완전히 무력화한 모양이다.

"어라? 하급룡들은?"

285

"날아온 전투기를 상태로 놓고 있어."

"전투기?"

"응, 폭격기 6기의 호위를 하고 있었어."

"폭격기까지 있었나!"

급하게 주위를 둘러본 사토였지만, 그런 기영은 보이지 않았다.

『괜찮아. 폭격기는 루루가 격추했어.』

아리사가 원거리 통화로 정체가 들킬 법한 정보를 전했다.

사토는 루루를 가리키는 마커가 폭격기의 불시착 포인트를 향해 가는 걸 깨달았다.

『루루는 폭격기 쪽에 갔어?』

『응, 미아랑 나나랑 같이, 중상자가 없나 확인하러 갔어.』

이 조합이라면 괜찮겠지. 사토는 가슴을 쓸어 내렸다.

"벌써 끝난 건가? 활약을 못했군."

구원 물자와 함께 두고 온 왕자와 마초 전사가 나타났다.

"무사해서 다행입니다."

"마력을 못 쓰는 정도로, 스이루가의 남자가 뒤쳐질 것 같은가."

그렇게 승리를 뽐내는 왕자의 어깨에서, 뭔가가 꼬물꼬물 움직였다. 그것은 둘둘 말아 포획한 족제비 수인이었다.

"포로인가요?"

"잘나 보이는 차림새를 하고 있는 녀석이 도망치려고 하길래, 붙잡아왔지."

그렇게 말하고, 왕자가 둘둘 말아둔 족제비 수인을 땅에 떨어뜨렸다.

"사냥감~?"

"포로인 거예요."

타마와 포치가 주워온 나뭇가지로, 콕콕 둘둘 말린 족제비 수인을 찔렀다.

"심문할까요?"

리자의 물음에 사토가 수긍했다.

리자가 용창의 창 끝으로 족제비 수인의 재갈을 잘랐다.

"이런 취급은 무례한 것이로다! 본관은 남서방면 군사령관, 요하토포게로다! 신속하게 밧줄을 풀도록 하라!"

"주인님. 목을 치면 조용해집니다만, 어떻게 할까요?"

"우선 심문부터 시작하자."

리자의 평소보다 살의가 높은 발언에, 사토가 쓴웃음을 지으며 그녀를 달랬다.

"흥, 시시한 위협이다. 그 정도로―."

코웃음을 친 족제비 사령관의 코끝에 리자가 창 끝을 겨누었다.

"죽고 싶다면 그렇게 말하세요. 언제든지 병사들 곁에 보내주겠습니다."

리자가 진심으로 살기를 담아 족제비 사령관을 위압했다.

팀 「펜드래건」의 공격 대상 중에 사망자는 없지만, 하급룡을 이끌고 있던 높은 공격력이 뼈에 사무쳤는지 족제비 사령관이 허세를 잊고 떨었다.

"알고 있는 것을 얘기하세요. 그동안에만 생존을 허가하겠습니다."

족제비 수인에 대한 혐오감 탓인지, 리자의 말이 평소보다도 살벌하다.

"뭐, 뭘 알고 싶지?"

"우선, 이 마력 중화를 해제하는 방법부터."

"그것은—."

머뭇거리는 족제비 사령관의 목덜미에, 리자가 창을 따끔하게 찔렀다.

"—『마 포식자』의 해체 방법은 없다. 용을 사용해 장치를 파괴한 모양이지만, 마법을 쓸 수 있게 될 때까지 한나절은 걸릴 거다."

족제비 사령관의 시선 끝에, 파라볼라 안테나가 달린 차량이 검은 연기를 피우고 있었다.

아마도 용들이 「용의 숨결」로 태워버린 거겠지.

"뉴!"

—위기감지.

타마와 사토가 거의 동시에 동쪽 하늘을 올려다 보았다.

머나먼 고공에, 뭔가가 날아온다.

"쿠하하하하하하하."

그것을 본 족제비 사령관이 홍소했다.

"말하세요! 저건 뭔가요?!"

"저것은 파멸이다. 우리들의 패배를 안 황제 폐하께서 결단하신 거다. 어리석은 신 놈들이 과학을 눈치채지 못하도록, 모든 것을 불살라 멸하는 원초의 화염—."

족제비 사령관이 처절한 웃음을 사토에게 향했다.

"—『아이시비엠』이다."

"ICBM?"

사토가 원견통과 망원 스킬을 겹쳐 비행물체에 초점을 맞추었다.

그것에는 분명히, 지구의 핵 보유국 국기와 약칭이 적혀 있었다.

"왜 그런 것이……."

"데지마 섬에 봉한 마왕이 황제 폐하를 시해하고자 다른 세계에서 불러온 악마의 병기다. 설마, 이러한 끝을—."

아리사의 말에 반응한 족제비 사령관이, 술술 내력을 말했다.

그런 건 아무래도 좋다는 듯, 사토는 스토리지에서 성창을 꺼내 도움닫기를 해서 투척했다.

"—안 되나."

아무리 레벨 300을 넘는 그라도, 「가속문」 마법의 보조도 없이 이 거리에서 닿을 수는 없었다.

^{액셀러레이션 게이트}

"크하하하하아하, 새도 날 수 없는 높이다! 지상에서, 닿을 것 같은가!"

"입 다물어!"

아리사가 재갈로 족제비 사령관의 입을 막았다.

"리자, 용들을 부르러 가줘."

사토는 지시를 내리면서 스토리지를 열어 가진 수단으로 ICBM를 격추할 방법을 찾았다.

"알겠습니다!"

"—한테 맡기는 거예요!"

리자와 포치가 멀리서 전투기들을 상대로 날아다니는 용을 부르러 갔다.

그것을 배웅한 용사 유우키가 뭔가 생각나서 용사 세이기 쪽을 돌아보았다.

"세이기! 활 빌려줘! 스이루가 왕국에서 샀지?"

"괜찮은데, 어쩌려고?"

"ICBM을 격추하는 거야!"

"가능할 리 없잖아? 애당초 안 닿아!"

"닿아! 내 유니크 스킬이라면, 어디까지든지 닿는다!"

"그러면, 이 활을 써라. 미궁산의 강력한 장궁이다."

사토가 마궁을 용사 유우키에게 건넸다.

"우오오오— 어, 이렇게 강한 활을 당길 수 있겠냐아아아! 세이기!"

"그래그래. 마지막까지 멋을 못 부리네."

태클을 걸면서 마궁을 내던진 용사 유우키가, 용사 세이기에게 받은 활을 겨누었다.

"무한 사거리—."
_{어디까지고 멀리}

용사의 몸에 파란빛이 흘렀다.

"—맞아라아아아아아아아아아아!"

용사가 쏜 화살이 엉뚱한 방향으로 날아갔다.

비거리는 충분했지만, 활 연습도 제대로 안 한 초보자가 몇 킬로나 떨어진 타깃을 맞출 수 있을 리 없었다.

"도, 도망치자아, 케이랑, 둘이서라면."

인간 사이즈로 돌아온 네즈가, 케이를 안아 일으켰다.

"안돼, 네즈 씨. 마키와 왕국 사람들을— 아니, 족제비 제국의 병사들도, 죽게 놔두고 싶지 않아."

"하지만—."

항변하려는 네즈의 손을, 케이가 감싸듯 쥐었다.

"부탁해, 네즈 씨. 힘을 빌려줘."

케이가 네즈에게 애원했다.

"알았어. 케이가, 그거얼, 바란다, 며언."

"기다려! 지금 상태에서 유니크 스킬을 쓰면 돌이킬 수 없어!"

네즈가 마왕화 직전인 것을 깨달은 아리사가 막았다.

"상관없어어."

네즈의 몸에 검은색에 가까운 짙은 보라색 빛이 흘렀다.

불룩불룩 네즈의 몸이 부풀어 오르고, 보라색 체모가 금속질의 광택을 가진 금속의 장갑판으로 변했다. 그리고, 기어이 머리 부분에 콕피트가 있는 로봇의 모습으로 바뀌었다.

한계를 돌파하기 직전인지, 로봇이 된 네즈의 몸 표면이 갈라지고, 안쪽에서 짙은 보라색의 기분 나쁜 빛이 새어나와 명멸하고 있었다.

"이, 레이일건, 이라, 면, 닿을 거어야아."

스파크가 깜빡이고, 레일건이 웅웅거리며 전력을 차지했다.

차지가 진행될 때마다, 갈라진 곳에서 새어 나오는 짙은 보라색의 빛이 짙게 응어리진다.

"해버려, 네즈 씨!"

"알았어어."

네즈가 무릎을 짚고 앉은 자세로, 팔에 고정한 레일건을 발사했다.

공기와의 마찰열로 탄환이 적열하고, 빨간 궤적을 그리며 하늘 너머로 비상했다.

그대로 ICBM을 격추하는 줄 알았더니, 중간에 속도를 잃고 훨씬 앞에서 떨어져 버렸다.

이어서 몇 발인가 발사했지만, 유감스럽게도 결과는 변하지 않았다.

"젠장, 내 유니크 스킬을 다른 사람이 쓸 수 있었다면."

그걸 지켜보던 용사 유우키가 분한 기색으로, 손바닥에 주먹을 때렸다.

"그렇지! 유우키, 그거야!"

용사 세이기가 희색을 띠면서, 용사 세이기와 네즈를 교대로 보았다.

"제대로 설명해."

"유우키가 로봇의 콕피트에 타서 쏘는 거야!"

"그렇구나! 그러면 내 유니크 스킬을 겹칠 수 있어!"

용사들이 반짝거리는 눈빛으로 네즈를 보지만, 네즈는 겁을 먹었다.

"네즈 씨, 할 수 있어?"

"……케이가, 말하안, 다면."

네즈는 마지못한 느낌으로, 몸을 숙이고 콕피트를 열었다.

"오오, 어쩐지 두근거린다."

"나도 타도 돼?"

"좁으니까 오지 마."

"잠깐, 놀지 말고 어서 타."

"아, 알고 있어."

상황을 이해 못 한 용사들을 아리사가 타일렀다.

두 명의 용사가 콕피트에 파고들었다.

"네즈 씨, 시간이 없어."

ICBM이 점점 다가온다.

이제, 한두 발 정도의 시간밖에 없을 거야.

"차지, 했어어."

레일건이 스파크를 띠고, 발사 태세가 됐다.

몸 표면의 갈라짐이 늘어나고, 짙은 보라색의 빛에 검은 독기가 섞이기 시작했다.

이제 슬슬 진심으로 위험해. 이대로 계속하면, 네즈가 정말로 마왕화할 것 같다. 리미트까지 앞으로 몇 발이란 느낌일 거야.

"좋아, 무한 사거리."

콕피트에 앉은 용사 유우키의 몸을 파란 빛이 감싸지만, 그 빛이 네즈의 몸으로 흘러가지 않는다.

"젠장, 안 되나?"

"유우키! 생각하지 마, 느껴라!"

"바보 세이기! 그런 걸 할 수 있는 건 천재뿐이야!"

"그러면, 네즈 로봇을 몸의 연장이라고 생각해! 착각이라도 천원돌파하는 거야!"

말다툼하는 용사 두 명에게 아리사가 조언했다.

뭐, 아리사의 조언 후반도 용사 세이기의 발언이랑 큰 차이 없지만.

"젠장, 해주겠어!"

용사 유우키가 자포자기한 기색으로 외치고, 중얼중얼 「로봇은 내 팔다리」라고 반복해서 자기암시를 걸었다.

"우오오오오오오오오오오오오!"

용사 유우키가 외침과 함께 유니크 스킬을 발동해, 그의 몸을 감싼 파란빛이 천천히 네즈의 몸으로 흘러갔다.

"그거야!"

"크우오오오오오오오오오오오오오오오오오오오!"

파란빛의 기세가 늘어나, 네즈의 몸을 따라 레일건의 포신에 모였다.

용사의 유니크 스킬과 상성이 나쁜지, 네즈가 고통을 느끼듯 포신이 움직였다.

"괜찮아?"

"응, 멀쩡해애, 이 정도는."

걱정하는 케이에게, 네즈가 허세를 부렸다.

"지금이야, 네즈 씨!"

"알았어어. 간다, 케이."

케이가 신호하고, 네즈가 작게 고개를 끄덕였다.

"가라아아아아아아아아아아아아아아아아아아아!"

용사 유우키의 외침과 동시에, 네즈의 레일건이 불을 뿜었다.

파란빛을 띤 포탄이, 굉음과 함께 ICBM으로 쏘아져 나갔다.

"가라~!"

"맞아라~!"

모두가 지켜보는 가운데 파란 포탄이 ICBM에 닿는 것 같더니, 스스로 피하는 것처럼 빗나가 버렸다.

"어? 빗나갔어?"

"지금 그건 맞아야지?"

"포탄이 닿을 때까지의 시간 때문에 위치가 어긋났다."

"그런 걸, 어떻게 맞추라고?"

"미래 위치를 노려야지."

의미를 모르겠다고 중얼거리는 용사 유우키에게, 사토가 조언했다.

"맞을 때까지 쏴주겠어!"

"기다려! 무턱대고 쏴도 안 맞는다."

사토가 말하고, 인외의 도약력으로 네즈의 콕피트에 달라붙었다.

"그러니까, 어떡하라고!"

용사 유우키가 사토의 조언에 대들었다.

"조준을 돕는다. 방금 전 일격으로, 관측사격은 충분해. 다음은 반드시 맞춘다."

사토가 교섭 스킬과 설득 스킬을 의식하며 용사 유우키에게 말했다.

"─칫. 알았어. 돕게 해주지."

"네즈 씨, 포신을 만진다."

"알았어어."

사토는 재빠른 움직임으로 콕피트에서 다리 부분에 이동하여, 손을 뻗어 포신을 밀어 미세조정을 했다.

"어이, 어긋났잖아."

"이거면, 된다. 타이밍을 맞추지—아홉, 여덟, 일곱."

"빠르잖아~. 무한 사거리!"
^{어디까지고 멀리}

방금 전처럼 레일건의 포신에 파란빛이 모였다.

첫 번째로 익숙해졌는지, 두 번째는 매끄럽다.

"여섯, 다섯, 넷."

레일건의 포신이 대전을 시작하고, 포신을 지탱하는 사토의 몸을 감전시켰다.

"주인님!"

"괜찮아."

보통 사람은 견딜 수 없는 고전압의 전류에 노출되면서도, 사토는 걱정하는 동료들에게 미소 지을 여유가 있었다.

그대로 감전되면서 포신의 각도를 미세조정한다.

"둘, 하나, 쏴라아아아!"

"맞아라아아아아아아아아아아아아아아아아아!"

—ZYUUGGG.

사토의 지시로 용사 유우키가 방아쇠를 당기고, 네즈의 포효와 함께 파란 포탄이 발사됐다.

대기가 떨리고, 바람을 가르면서, 포탄이 창공으로 빨려 들어갔다.

명백하게 ICBM과 다른 방향으로 발사된 포탄에 지켜보는 사람들이 조마조마했을 때, 방금 전과 반대로 포탄에 맞으러 가는 것처럼 ICBM과 겹쳤다.

"맞았어?"

조용한 반응에 불안해진 케이가 중얼거렸다.

다음 순간, 머나먼 상공에서 ICBM이 둘로 부러지며 폭발했다.

성대하게 퍼지는 폭연과 터져 날아가는 파편이 불꽃과 연기를 끌면서 허공에 흩어졌다.

"""해냈다아아아아아아아아아아아아아아아아아아아!"""

지켜보던 사람들이, 그것에 펄쩍 뛰며 기뻐했다.

"후이이이이이이이."

"수고했다."

콕피트에서 용사 유우키의 힘이 빠져서, 사토가 차가운 과실수가 든 수통을 건넸다.

"해냈구나, 네즈 씨."

"응, 해냈어어, 케이."

케이가 든 손과 네즈가 뻗은 손가락이 하이파이브를 나누었다.

이렇게 마키와 왕국을 침략하려고 쳐들어온 족제비 제국의 야망은, 용사와 전생자와 의문의 도마뱀 수인^{사토}의 협력으로 가로막혔다.

에필로그

　"사토입니다. 운명이라는 말이 유행한 시대가 있었다고 합니다만, 개인의 의지나 노력이 소홀히 되는 것 같아서 그다지 좋아하지 않습니다. 『운명의 상대』 같은 로맨틱한 거라면 모르지만요."

　"파괴해서 다행이었지만, 방사선 같은 건 괜찮을까?"

　폭산된 ICBM을 올려다보며, 아리사가 걱정스레 중얼거렸다.

　"맵을 보니까, 파편이 떨어진 곳은 거주지가 없는 곳이야. 나중에 방호복이라도 입고 방사성 물질을 회수해올게."

　아리사에게 뒷일은 맡기라고 하며 안심시켰다.

　"주인님. 늦어서 죄송합니다."

　"차례 없었던 거예요."

　하급룡을 데리고 오라고 보낸 리자 일행이 돌아왔다.

　"저렇게 멀리 있는 표적을 맞추다니, 네즈 씨는 굉장하네요."

　루루의 칭찬을 받은 네즈가, 거대 로봇 모습으로 쑥스러워한다.

　로봇의 볼이 빨간 건 대체 무슨 원리지?

　""""용사님!""""

　"아, 왓슨이다!"

　용사들을 발견한 종자들이 달려왔다.

너덜너덜한 모습인 걸 보니, 그들은 그들대로 싸운 모양이군.

"유우키! 거기서 빨리 내리세요!"

용사 유우키가 네즈의 콕피트에 있는 것을 발견한 날개 수인 종자가 필사적인 형상으로 용사 유우키에게 외쳤다.

"미카엘! 내 활약을 좀 들어봐—."

콕피트를 열고 몸을 내민 용사 유우키에게, 날개 수인 종자가 힘껏 달려들었다.

"미, 미카엘?"

동요해서 새빨개지는 용사 유우키를 무시하고, 날개 수인 종자는 그를 콕피트에서 빼내, 그대로 하늘에 날아올랐다.

"유우키는 확보했습니다!"

"일단, **마왕**과 거리를 벌립니다!"

날개 수인 종자의 보고를 받고, 통통한 종자가 다른 종자들에게 지시를 내렸다.

—마왕?

그 말을 듣고 깨달았다.

네즈의 칭호가 「마왕: 미각성」이 되어 있었다.

마지막 몇 번의 유니크 스킬 행사로, 마왕화해버린 모양이군.

"어? 잠깐, 어떻게 된 건데?"

당혹하는 용사 세이기를 끌어안은 마초 토끼 귀 종족 여성이 제일 먼저 달려나가고, 사무라이 루도루 씨를 비롯한 궁수들이 네즈에게 활을 겨누며 물러났다.

"루도루~?"

"네즈 씨는 나쁜 쥐가 아닌 거예요?"

그런 루도루를 보고, 타마와 포치가 신기하단 기색으로 고개를 갸웃거렸다.

"N애가, 내애가, 괴, 괴물, 이니까아……."

종자들의 적의를 느낀 쥐 마왕 네즈가 몸의 각 부위에서 칠흑의 독기를 뿜으며 괴로워했다.

이대로 가면 이성을 잃고, 완전히 마왕이 되어버린다.

"주인님, 네즈한테 이거!"

아리사의 혼각화환을 네즈에게 들려줬지만 효과가 없다.

"네즈 씨, 이걸 마셔! 엘릭서다."

"이리 주세요. 내가 먹일게요."

웅크리기만 하고 엘릭서를 안 받는 네즈에게 참을성이 바닥난 케이가 내 손에서 엘릭서를 가로챘다.

"네즈 씨, 부탁해, 마셔봐—."

입으로 먹이는 건가 했는데, 케이가 네즈의 입에 엘릭서를 병째로 넣어버렸다.

뜻밖에 와일드하군.

"콜록, 콜록, 콜록— 케이, 조금만 더 살살해줘어."

엘릭서의 효과가 있는지, 네즈의 몸에서 분출되던 독기가 옅어지고, 발음이 수상하던 어조도 상당히 좋아졌다.

유감스럽게도, 「마왕」의 칭호는 안 떨어졌지만 이거면 비밀기지의 암자에서 은거하고 있는 마왕 시즈카처럼 평화롭게 살 수 있겠어.

◆

　"―뉴!"

　타마가 서쪽 하늘을 돌아보았다.

　그와 동시에, 공간이 일그러지고 사가 제국의 중형 비공정이 차원 틈을 건너 출현했다.

　종자 한 명이 신이 내린 탈리스만을 들고 손을 흔들었다.

　그가 탈리스만의 힘을 써서 용사 소환을 한 거겠군.

　"메이코 님! 마왕은 여기 있습니다!"

　마 포식자의 영향이 남은 장소에 소환된 중형 비공정이 땅바닥을 깎아내며 불시착했다.

　완전히 멈추기 전에 해치가 열리고, 용사 메이코가 뛰쳐나왔다.

　"보라색의 체모를 가진 쥐가 마왕입니다!"

　"저 녀석이네!『무한 무기고^{끝없는 검}』― 무명의 성검!"

　용사 메이코의 몸 표면에 흐른 파란빛이 오른손에 모이고, 멋스런 가는 성검이 나타났다.

　"내 칼날에―『최강의 칼^{베지 못할 것 없으리}』."

　다시 흐른 파란 빛이 성검을 감쌌다.

　그에 비해 네즈는 그저 머리를 감싸고 웅크리고만 있었다.

　"안돼애애애애애애!"

　성검을 치켜든 용사 메이코 앞을, 양손을 펼친 케이가 막아섰다.

　"비켜, 그 녀석을 죽일 수 없어."

　"죽이지 마! 네즈 씨는 좋은 사람이야!"

"사람? 그 쥐는 마왕이야."

"쥐 수인이야! 쥐라고 하지마! 그리고, 네즈 씨는 마왕이라도 좋은 마왕이야!"

케이와 용사 메이코가 네즈 앞에서 눈싸움을 벌였다.

"유우키! 세이기! 너희들도 도와! 일본에 돌아가기 싫어?!"

용사 유우키와 용사 세이기가 방관하는 것을 깨달은 용사 메이코가 소리쳤다.

"아니, 뭐―그래도, 그치?"

"응. 네즈 씨를 토벌하는 건 좀 아니지 않아?"

두 사람은 네즈에게 호의적인 것 같다.

"주인님―."

아리사가 나한테 귓속말을 했다.

"―누가 보고 있어."

아리사의 말을 듣고 신경을 집중하자, 미약하게 공간 마법의 기운이 있었다.

미아와 타마도 그걸 느꼈는지, 진정 못하는 기색이었다.

누가 보고 있는지는 모르지만, 「마 포식자」로 마력이 중화되어 있는 이 자리를 엿보다니 상당히 탁월한 솜씨군.

"……이거, 뭐야?"

"후하하하하! 우리 사가 제국이 자랑하는 마도공학의 정수― 『유신박쇄』의 맛이 어떠냐!"

몰래 등 뒤로 돌아간 종자가 투망 같은 아이템으로 네즈를 포박했다.

묶인 상대의 마력을 계속 빼앗는「마를 봉하는 덩굴」의 상위호환 같은 아이템인가 보군.

"……움직일, 수가."

뒤엉켜 붙잡힌 네즈가 몸부림쳤다.

"괜한 짓 하지 마!"

용사 메이코가 종자들을 질책했다.

"네즈 씨!"

케이가 네즈에게 뛰어들어 사슬을 필사적으로 벗겨내는 것에 협력했다.

"도울게."

자작 마검 중에서도 특히 튼튼한 검으로 사슬을 베어냈다.

마인을 만들려고 하면 금방 마력이 확산되지만, 사슬을 끊는 순간에는 어떻게든 된다.

"뭐 하는 거지! 네놈들, 마왕 신봉자인가!"

"설마. 하지만, 전우가 구속된 것을 그냥 두는 건 마음이 불편하거든."

나는 어깨를 으쓱거리고 종자들을 상대했다. 되도록, 사토도 용사 나나시도 연상되지 않는 어조를 의식했다.

뒤에서 촤라락 소리가 나고, 네즈가 사슬에서 빠져나왔다.

"당신이 내 상대를 하겠다는 거야? 여자애라면 모를까, 무기를 가진 도마뱀 상대라면 용서 안 한다?"

"가능하면, 평화적으로 해결하고 싶은데?"

이대로 물러나주면 좋겠다.

귀환을 위해 마왕 토벌이 필요하다면, 예언에 있는 나머지 두 군데 마왕 토벌을 도울 테니까.

물론 그 두 군데에 안 나오면 다른 방법을 생각할 필요가 있지만.

"—케이."

"네, 네즈 씨?"

뒤에서 그런 대화가 들린 다음, 용사 일행이 놀란 표정을 지었다.

거의 동시에, 뒤에서 굉음과 함께 분사의 연기와 열풍이 흘렀다.

돌아보자, 로봇 같은 로켓으로 변신한 네즈가 하늘로 날아올랐다. 케이는 네즈의 콕피트에 타고 있는 모양이군.

"놓칠 것 같아—."

공격하려고 달려드는 메이코의 다리를 붙잡아 막자, 노타임으로 돌아보면서 참격을 하길래 마검으로 받아 흘렸다.

몸을 비틀어 구속에서 빠져 나오려 하길래, 그대로 손을 놔줬다. 붙잡고 있으면 발목 뼈가 부러져버릴 테니까.

"내려와!"

용사 메이코가 하늘을 향해 외쳤다.

"그렇지, 비공정! 비공정으로 추적하자!"

"네, 메이코 님!"

용사 메이코 일행이 비공정으로 달려갔다.

"주인님, 지금 비공정은 못 날지?"

"마력이 중화되어 있으니까."

아리사의 말처럼 추적은 불가능할 거야.

"아! 사라졌다!"

"텔레포트?"

용사 유우키와 용사 세이기가 하늘을 가리켰다.

분명히 하얀 연기를 뿜으며 상승하던 네즈가 사라졌다.

"주인님, 방금 전의 공간마법이야."

아리사 말로는, 공간왜곡의 특색이 비슷하다고 한다.

"엿보기라면 모를까, 다른 사람의 전이까지 한다면 유니크 스킬인가?"

"응, 적어도 나는 못해."

순수한 마법사이며 공간 마법의 스킬 레벨이 최대인 아리사가 무리라면, 평범한 인물은 무리일 거야. 나도 여기서 귀환전이^{리턴}를 하는 건 무리다.

마커 일람을 확인하자, 네즈의 현재 위치가 족제비 제국의 제도에 있었다.

네즈와 케이를 데리고 간 누군가는 족제비 제국의 관계자인 모양이군.

"뭔가 떨어졌어요."

네즈가 사라진 곳을 보고 있던 루루가 말했다.

"종이 조각."

"―가 잡아오는 거예요!"

"안 져~."

포치와 타마가 대쉬로 종이조각을 추적했다.

참고로 포치의 1인칭이 사라진 건, 황금 갑옷의 정체 누설 방지 기능이다.

"주워온 거예요!"

포치가 종이조각— 편지를 가지고 돌아왔다.

고맙다고 하며 포치의 머리를 쓱쓱 쓰다듬었다. 쥐 수인 위장 아래쪽은 황금 갑옷의 투구가 있지만, 포치는 기쁜 기색이다. 타마도 쓰다듬어달라고 하는 기색이라, 편지를 가볍게 읽고서 아리사에게 건네고 같이 쓰다듬어줬다.

"『동향의 동료는 내가 보호한다』? 아래쪽 도장 같은 건 뭐지?"

"—이것은 족제비 황제의 옥새로군요."

뒤에서 들여다본 것은 용사 세이기의 통통한 종자였다.

그 뒤에는 용사 세이기와 용사 유우키가 있었다. 일부러 시선을 돌리고 있는 걸 보니, 그들도 통통한 종자랑 같이 들여다본 모양이다.

"이거 실례했습니다. 용사님을 막으러 왔습니다만, 눈에 들어와 버렸어요."

"이것이 『족제비 황제의 옥새』라는 증거는?"

"저는 종자가 되기 전에 황제 폐하의 문관을 하고 있어서, 그때 족제비 제국에서 온 정식 서한에 찍혀 있는 것을 본 적이 있습니다."

그렇군. 이 편지에 적힌 문장이 정말이라면, 족제비 황제도 전생자라는 거군.

"동향의 동료? 족제비 황제는, 일본인이었어?"

"그러면 전차 같은 걸 만든 것도 이해가 되네."

용사 두 명이 그렇게 말했다.

"그건 그렇고, 어째서 마왕이 된 네즈를……."

"여기서만 하는 이야기입니다만."

그렇게 운을 떼고, 통통한 종자가 마키와 왕국의 왕성에서 들었다는 이야기를 가르쳐 주었다.

—족제비 황제가 마왕이라는 소문을.

◆

"무슨 생각해?"

"아아, 그게……."

전쟁이 끝난 뒤, 우리는 평소처럼 인명구조를 하러 다녔다. 가지고 온 구원 물자를 마키와 왕국의 사람들이나 포로들에게 나눠주고, 변장을 풀기 위해 하급룡을 타고 한 번 떠났다.

용사 메이코는 즉시 비공정에 올라타 출발하려 했지만, 불시착할 때 고장이 나서 얼마간 발이 묶이게 된 모양이다.

"네즈땅이랑 케이 생각?"

"응. 잘 지내고 있나 싶어서."

맵 정보를 보니, 네즈는 틀어박혀 있지만 케이는 평범하게 돌아다니고 있는 것 같다. 구속되거나 감금되지는 않은 느낌이다.

"마왕화가 진행되지 않았나 걱정인데, 그건 괜찮다며?"

"그렇지 뭐."

네즈의 칭호나 상태에 변화는 없다.

당연하지만 케이도 이상한 상태는 아니다. 족제비 제국에서 두 사람의 취급은 나쁘지 않은 것 같아.

"전쟁난민인 사람들도 고향에 돌아갈 수 있을 것 같아 정말 다행입니다."

리자가 감개가 깊은 듯 말했다.

족제비 제국의 침략 전쟁으로 고향에서 쫓겨나, 시가 왕국에서 전쟁 노예가 됐었던 그녀의 말은 무겁다.

한 번, 고향을 되찾고 싶은지 물어봤지만 「이제, 그곳을 되찾아도 고향은 돌아오지 않습니다」라고 조용히 고개를 옆으로 저어 거부했단 말이지.

"주인님, 우리는 아무것도 안 해도 될까요?"

루루가 불안한 기색으로 물었다.

"이번에는 에치고야 상회가 모아준 인재가 해주니까 괜찮아."

"그래그래. 매번 우리가 할 필요는 없어."

지배인이 대형 비공정과 함께 유능한 인재를 보내줬으니, 난민의 케어부터 이송 수속, 지원 물자의 운송 계획까지 떠넘길 수 있어서 편하다.

나는 사토로서 비공정으로 대형 비공정에 동행하여 시가 왕국고관이란 역할을 일단 다하고 있다.

지금, 우리가 있는 곳은 마키와 왕국의 영빈관이다.

"유적에서 발견한 그 증폭기는 쓸만해?"

"응. 그건 꽤 좋은 걸 찾았어."

여러모로 협력한 대가로 마키와 왕국의 국내 유적 자유 탐색권을 얻어 틈나는 시간에 조사를 했다.

유감스럽게도 신석 자체는 발견하지 못했지만, 신석을 끼워서 사용하는 증폭기 같은 물건을 발견했으니 충분한 성과가 있었다고 생각한다.

　그러고 보니 세리빌라 미궁 하층에서 요로이나 무쿠로가 말했던 「구두의 마왕」을 격퇴할 법한 뭔가가 있다는 것은, 마지막까지 알 수가 없었다.

　마키와 왕국의 공백 지대는 전부 체크했으니까, 이미 유실됐거나 벽령에 있던 이공간처럼 발견하기 어려운 장소에 있는 게 아닐까 생각한다. 이쪽은 뭔가 새로운 정보가 들어오면 재조사를 해야겠군.

　"사토."

　"마스터, 쉐르미나 다자레스가 면회를 하러 왔다고 고합니다."

　"뭐지? 무슨 용건인지 들었어?"

　미아와 나나가 내객을 알려주었다.

　"감사 인사를 하러 왔다고 말했다고 고합니다."

　"아아, 홍련 지팡이구나."

　강바닥에서 회수한 홍련 지팡이의 부품을 본래 주인인 다자레스 가문의 현 당주 대리 쉐르미나 양에게 반환했다.

　"응접실."

　"나도 갈래."

　"응, 바람 방지."

　아리사와 미아를 양손에 매달고, 나는 내객 대응의 응접실로 갔다.

"있잖아, 다음은 어디 갈 거야?

"몽환 미궁이 있는 족제비 제국의 데지마 섬이나 남쪽 대륙에 갈 생각이야."

족제비 제국은 이번 일로 입국이 어려울 것 같으니 무리일 것 같으면 설탕항로의 남쪽에 있는 대륙에 가볼 생각이다.

요즘 들어 살벌한 사건이 많았으니까, 느긋하고 평화로운 여행을 하면서 남쪽 대륙에 있는 고룡에게 원시마법을 배워보는 것도 좋겠어.

"남쪽 대륙은 좋네."

"응, 바다."

"어이쿠, 아리사의 신작 수영복이 불을 뿜는다!"

응, 그런 평화로운 게 좋겠다.

전쟁이나 살육은 당분간 인연이 없으면 좋겠어.

진심으로 생각한다.

EX: 아가씨들의 고난

"제나, 공도가 보이기 시작했답니다."

대하를 내려가는 배의 갑판에서, 무노 백작영애 카리나가 뒤를 돌아보며 말했다.

그 액션으로 그녀의 세로 롤 금발과 너무나 훌륭한 두 언덕이 흔들려, 갑판에서 작업을 하고 있던 남자들의 시선이 모였다.

"저것이 공도! 왕도도 대단했지만, 공도도 대단히 번성하고 있는 거군요."

반짝이는 눈빛으로 공도를 보는 것은, 해님 색의 머리카락을 가진 미소녀— 세류 백작령 영지군의 마법병인 마리엔텔 사작영애 제나였다.

"제나 씨, 공도는 해산물이 맛있슴다!"

"잠깐, 에리나 씨. 이제 곧 입항이니까, 짐 정리하러 가요."

"신입은 성실한검다~."

카리나의 호위 메이드인 에리나와 신입 아가씨^{리에나}가 소란스럽게 대화하면서 선실로 갔다.

"위트는 유생체와 재회하는 것이 기대된다고 고합니다."

"트리아도! 트리아도 바다사자 유생체랑 만나는 것이 기대됩니다."

두 사람이 말하자, 다른 다섯 명의 자매들도 수긍했다.

일곱째인 나나는 여기 없지만, 다른 일곱 명은 이렇게 제나와 카리나랑 함께 미궁도시 세리빌라로 가는 여행에 동행하고 있었다.

"두 사람, 짐은 챙겼나요? 제대로 챙기지 않으면, 유생체랑 만나는 게 늦어집니다."

""곧장 한다고 고합니다!""

자매의 장녀 아진이 지적하자, 위트와 트리아가 선실로 달려갔다. 그것을 본 다른 자매도 그 뒤를 따랐다.

"이스난은 괜찮아?"

"괜찮아, 문제없어."

혼자서 따라가지 않은 차녀 이스난이 무표정하게 수긍했다.

"그러면, 같이 배의 입항을 구경하죠."

"예스 아진."

◆

"—어쩐지 어수선하네요."

"무슨 일이 있었던 걸까요?"

배에서 내린 공도의 항구에서 병사들과 신전기사가 바쁘게 달려 다녔다.

"위트는 도적이 나온 것 같다고 청취조사한 정보를 개시합니다."

"항구에는 여러모로 보기 드문 것이나 비싼 물건이 있으니까 그런 검다~."

자매의 막내 위트와 호위 메이드 에리나가 태평한 대화를 하고 있는데, 삼엄한 기색의 신전기사들이 찾아와 항구에 정박한 고속정에 올라탔다.

"『자유의 날개』를 자칭하는 괘씸한 마왕 신봉자들을 이번에야말로 뿌리뽑는다!"

"""예!"""

카리나 일행이 지켜보는 가운데, 고속정 여러 척이 바쁘게 출항했다.

"어수선하군요."

『공도의 지하에서 마왕 부활을 꾸미던 놈들의 잔당 사냥인 모양이군.』

카리나의 말에 반응한 것은 「지성이 있는 마법 도구」 라카였다.

"들어본 적 있어요. 왕도에서 소동을 일으킨 사람들과 동류군요."

『음. 어느 시대든 민폐인 놈들이다.』

라카는 제나의 질문에, 깜빡이며 동의했다.

"아진, 마차가 왔어."

"카리나 님, 제나 님. 소동에 말려들기 전에 이동하죠."

차녀 이스난이 준비한 마차로, 다 같이 걸어갔다.

"""우선 유생체랑 만나고 싶다고 고합니다."""

"그 전에 숙소 준비를 해야 합니다."

자매들의 발언을 장녀 아진이 기각했다.

"아진, 우리들도 세라 님이랑 만나고 싶은데요."

"아~, 그러면, 숙소 준비는 우리가 해두겠슴다."

"괜찮을까요?"

"네. 저랑 에리나 씨한테 맡겨 주세요."

이것도 메이드의 역할이라고, 에리나와 신입 아가씨가 가슴을 두드리며 맡아주었다.

자매들은 바다사자 아이들에게, 제나와 카리나는 세라가 있는 테니온 신전으로, 에리나 일행은 숙소 준비를 하러 갈라졌다.

"테니온 신전에 잘 오셨어요. 오랜만입니다, 카리나 님, 제나 님."

""오랜만입니다, 세라 님.""

귀족가에 있는 신전으로 가자, 금방 신전 안쪽으로 안내를 받아 기다리지도 않고 무녀 세라와 면회할 수 있었다.

"기다리고 있었답니다."

"기다려요?"

세라의 말에, 카리나와 제나가 고개를 갸웃거렸다.

"네. 히카루 님이 조만간 두 사람이 공도를 방문할 거라고 말씀하셨어요."

"히카루 씨는 예언까지 할 수 있는 거군요."

제나가 놀라서 말했지만, 실제로는 예언이 아니라 사토에게 「원거리 통화」로 「조만간 제나 씨 일행이 공도에 간다」라고 들은 히카루가 잡담을 하다가 전달한 것뿐이다.

"히카루 씨랑 편지를 주고받으시나요?"

"아뇨, 얼마 전까지 건국기의 유적에 히카루 님을 모셨었어요. 두 사람에 대해서는 그때 들었죠."

세라는 이유까지 들었지만, 「옛날 지인의 성묘」라는 히카루의 사적인 이야기라서 자세한 말은 하지 않았다.

"나나 씨 자매도 함께라고 들었습니다만—."

"아진 씨 일행은 아는 사람을 만나러 가려고 따로 행동하고 있어요."

"그랬나요. 만나지 못한 건 유감이지만, 용건이 있다면 어쩔 수 없죠."

제나의 대답에, 세라가 유감이란 대답을 했다.

"두 사람은 공도에 얼마 동안 계실 건가요?"

"여기에는 미궁도시 세리빌라에 가는 도중에 들렀을 뿐이라, 배편을 구하는 대로 출발할 생각이에요."

"어머, 미궁도시요? 혹시, 사토 씨에게 용건이 있나요?"

"아뇨, 그건 아니랍니다! 수련을 하러 가는 거랍니다!"

세라의 질문에, 카리나가 의자에서 일어설 기세로 대답했다.

"수련, 인가요?"

영애답지 않은 목적에, 세라가 말을 머뭇거렸다.

"저는, 부끄럽게도 조금 체질적인 문제를 해결하러 미궁도시에."

"그렇답니다! 세라 님도 함께 가지 않으시겠어요?"

좋은 생각이라는 듯 카리나가 세라에게 권했지만, 세라는 「신전의 일이 있으니까요」라고 하며 부드럽게 거절했다.

"그러고 보니, 방금 배편이라고 하셨습니다만, 왕도까지 비공정을 안 쓰는 건가요?"

"그러고 싶은 마음은 굴뚝 같습니다만……."

"그렇다면, 할아버님께 소개장을 쓸게요."

금전적인 여유가 없다고 말을 꺼내지 못해 머뭇거리는 제나를, 세라가 「연줄이 없어서」라고 오해하여 제안했다.

『감사하오. 해로는 마물이 많지. 지상에서는 용맹한 카리나 님도, 바다 위나 안에서는 그 힘의 절반도 발휘할 수 없으니까. 무녀 나리의 제안은 뜻밖의 행운. 카리나 님도 그거면 되겠지?』

카리나의 가슴에서 조용히 하고 있던 「지성이 있는 마법 도구」 라카였지만, 현안 사항을 해결하는 세라의 제안을 가뿐하게 승낙했다.

라카의 물음에 카리나는 「라카 씨가 권한다면」이라며 수긍했다.

세라는 제나도 고개를 끄덕이자 승낙이라고 판단하여, 그 자리에서 그녀의 조부인 오유고크 공작에게 소개장을 적었다.

"이걸로 다음 왕도편에 탈 수 있을 겁니다."

두 사람은 세라의 선의에 감사하며 소개장을 받았다.

물론 각자 마음 속에서는, 제나는 비공정의 운임에, 카리나는 소개장을 가지고 오유고크 공작과 면담하는 것에 각자 창백해져 있었다.

◆

"환담중에 실례합니다."

세라 일행이 즐겁게 환담을 하고 있는데, 조용한 노크가 방의 문을 두드렸다.

"세라 님, 이제 그만……."

"어머? 벌써 시간이 그렇게 됐나요?"

여성 신관이 들어와, 세라에게 귓속말을 했다.

"즐거워서 이야기에 빠지고 말았어요."

"죄송합니다, 세라. 용건이 있는데 이렇게 오래……."

"아뇨. 사과할 필요 없어요, 제나."

환담하는 사이에, 서로를 편하게 부르는 관계가 된 모양이다.

"그렇답니다! 괜찮다면, 같이 가지 않을래요?"

그렇게 제안한 세라와 동행하여, 카리나와 제나도 공도 가장자리에 있는 양육원을 방문했다.

"""무녀님."""

마중 나온 아이들이 기뻐하며 세라를 따랐다.

"세라, 언니야."

작은 여자애가 세라의 다리를 끌어안았다.

"밋치! 님이라고 해야지! 세라 님은 엄~청 높은, 무녀님이야!"

"잘못했어요오오."

연장자인 남자애한테 혼난 여자애가 울음을 터뜨렸다.

"목소리가 커서 깜짝 놀랐네요. 저는 세라 언니야라고 해도 괜찮아요."

세라가 여자애를 달랬다.

"응, 세라 언니야."

"네."

울음을 그친 여자애한테, 세라가 자애로운 미소를 지었다.

"에헤헤."

그걸 본 여자애도 자연스럽게 미소를 지었다.

제나와 카리나도 주변 아이들도, 거기에 이끌려 미소를 지었다.

양육원 위문은, 카리나가 타고난 서투름으로 물건을 부수거나 제나에게 깃든 뇌수의 폭주로 전신이 반짝반짝해서 아이들이 좋아하거나, 그런 해프닝이 있었지만 차질 없이 끝났다.

"세라는 아이들을 좋아하는군요."

"네, 아이들은 나라의 보물이니까요."

제나의 질문에, 세라는 마차의 창에서 아이들을 상냥한 눈으로 보며 대답했다.

◆

이튿날, 카리나와 제나는 오유고크 공작을 면회하기 위해 오유고크 공작의 성을 방문했다.

사교가 서투른 카리나는 이유를 들어 연기하려고 했지만, 아진과 제나가 달래서 어떻게든 면회를 시켰다.

"—평생 분량의 기력을 다 써버렸답니다."

"카리나 님, 수고하셨습니다."

카리나가 애원해서 성까지 동행했던 제나였지만, 아무래도 사작영애의 신분으로 나라의 중진인 오유교크 공작과 면회할 수는 없어서 카리나의 종자로서 대기실에서 기다리고 있었다.

"실례합니다. 비공정의 준비가 끝났으니, 여권을 가지고 왔습니다."

공작성의 문관이 카리나에게 접시에 올린 여권을 보여줬다.

"그리고 이것에 수령 사인을 부탁드립니다."

제나가 여권의 날짜를 확인한 뒤 고개를 끄덕인 것을 보고 카리나가 서류에 사인했다.

비공정은 닷새 뒤에 출발하는 모양이다.

"수속이 끝났습니다."

사무적으로 나가려고 한 문관이었지만, 뭔가 생각하더니 발을 멈추고 카리나를 돌아보았다.

"노파심으로 한마디만. 귀족영애가 다른 영지의 귀족에게 면회를 희망할 때는 먼저 기별을 하는 법입니다."

문관의 말에 짚이는 것이 있었는지, 카리나가 「아뿔싸」란 표정을 지었다.

당연히 제나도 규칙은 알고 있었지만, 카리나의 호위 메이드인 에리나가 기별을 넣었을 거라고 착각한 모양이다.

"죄송합니다, 카리나 님. 분명히 기별을 넣었을 거라고 생각해서, 확인하는 걸 잊고 있었어요."

"아뇨, 제나 탓이 아니랍니다. 잊고 있던 제가 잘못했답니다."

"두 분의 우정은 아름답습니다만, 예의의 기초를 잊어서는 가족이 웃음거리가 됩니다. 니나 선배에게 편지를 보내둘 테니, 영지에 돌아가면 듬뿍 재교육을 받아주세요."

"문관 나리는 니나의 후배인가요?"

"네. 『철혈』 니나에게 단련된 덕분에, 선배의 후임으로 취임할 수 있었습니다. 그 사람의 지도는 엄격하지만, 반드시 장래 도움이 되니까 카리나 님도 명심하고 받도록 하세요."

문관이 말한 다음, 「소관의 간언에 귀를 기울여주셔서 참으로 영광입니다」라고 덧붙이고 물러났다.

　두 사람은 그대로 곧장 세라에게 감사 인사를 하러 테니온 신전으로 갔는데―.

"어쩐지 소란스럽답니다."

"무슨 일이 있는 걸까요?"

　어제와 딴판으로 소란스러워, 카리나와 제나가 얼굴을 마주보았다.

"저기, 세라 님을 만나고 싶습니다만―."

　제나가 근처를 지나던 신관에게 말했지만, 신관이 격렬한 기세로 가로막았다.

"세라 님?! 안 된다, 안돼! 세라 님은 만날 수 없어!"

"제나와 카리나 님이 왔다고 전해주시면―."

"안 된다고 했으면 안 되는 거야. 돌아가."

　매정하게 신관이 신전 밖으로 쫓아냈다.

　그 격렬함에, 제나도 카리나도 말을 잃었다.

　마차로 돌아가는 두 사람 앞에, 나나의 자매들이 달려왔다.

"카리나! 긴급 사태라고 고합니다."

"제나! 유생체의 위기라고 호소합니다."

　자매들은 몇 명의 아이들을 끌어안고 있었다.

　곧장 제나와 카리나는, 그것이 어제 양육원에서 만난 아이들이라는 걸 깨달았다.

"무슨 일이 있었나요?"

"밋치가 나쁜 놈들한테 잡혀갔어!"

"무녀님도!"

"밋치가 인질이 돼서, 그래서……."

"다들, 진정하세요—."

"밋치라는 여자애랑 세라 님이 나쁜 녀석들한테 잡혀간 것 같습니다."

제나가 아이들을 진정시키자, 자매의 장녀 아진이 아이들의 이야기를 요약해서 들려주었다.

"신전 사람들은 알고 있는 걸까요?"

"우선 행동이라고 위트는 고합니다!"

"트리아도! 트리아도 알리러 가야 한다고 권장합니다."

제나 일행은 아이들을 데리고, 다시 한번 신전으로 갔다.

"틀림없습니다, 이 사악한 심볼은 마왕 신봉 집단『자유의 날개』놈들 것입니다."

아이들이 현장에서 주운 심볼이 결정타가 되어, 제나 일행은 아이들과 함께 테니온 신전의 무녀장과 면회를 이룩했다.

"놈들은 또 무녀 세라를 마왕 부활에 이용하려는 건가!"

동석하고 있던 신전장이 분노를 드러냈다.

"진정하세요, 신전장. —그자들은 또 뭐라고 했나요?"

"『사사의 탑~』이라고 했어!"

"부장이 뭐라고 했어!"

"거기서 의식을 한다고 하면서 웃었어!"

무녀장이 재촉하자 아이들이 입을 모아 말했다.

"무녀장님, 그것은 『사자의 탑에서 부정을 모아 의식을 한다』가 아닐까요?"

"그거!"

"그거 말했어!"

"응!"

신전장이 정리한 말을 듣고 아이들이 일제히 가리켰다.

"그런가요. 그러면 신전기사들과 고위 사제를 그곳에 파견하여—."

"죄송합니다, 무녀장님. 실력 있는 신전기사들과 고위 사제는 『자유의 날개』 잔당 토벌작전으로 나가고 없습니다."

신전에 남은 것은 견습인 자들뿐이다.

"그랬었죠. 제가 움직일 수 있었다면 좋았겠지만……."

"이렇게 되면, 제가 왕년의 힘을 짜내서—."

"그만두세요. 다리가 약해진 당신에게, 격렬한 움직임은 무리입니다."

성역 밖으로 나갈 수 없는 무녀장과 노령으로 몸이 약해진 신전장이 함께 어깨를 떨구었다.

"그러면, 저희들이 세라 님을 구하러 가겠답니다!"

"카리나 님, 요청은 감사합니다만, 다른 영지의 귀족인 당신을 위험한 곳에 보낼 수는……."

"아뇨! 『의를 보고하는 아이는 요기가 있음이니』라고 포치가 말했답니다. 친구를 구하기 위해, 입장은 상관없어요."

『잘 말했다, 카리나 님. 무녀장 나리, 이번엔 카리나 님을 신뢰하고 맡겨주실 수 없겠소?』

"그러나, 『자유의 날개』는 마족을 거느리고 있을 가능성이 높습니다."

"마족 따위, 마왕에게 도전하는 것과 비교하면 별것도 아니랍니다!"

카리나가 말하고 일어서더니, 제나와 자매들을 보았다.

"카리나 님, 저도 함께 가겠어요!"

""""물론, 우리도 동행한다고 고합니다.""""

제나와 자매들이 카리나의 손을 잡았다.

"여러분, 세라를 잘 부탁드립니다."

무녀장의 부탁을 받아, 카리나 일행은 세라를 구출하러 「사자의 탑」으로 출발했다.

◆

"츄키치가 세라와 유생체를 발견했다고 보고합니다."

위트가 종마인 쥐 마물에게 보고를 받고 모두에게 전달했다.

여기는 공도에 인접한 깊은 숲 안쪽, 공도의 신전이 공유하는 비밀 수련장이었다.

"위트, 세라 님 일행은 어디 있었나요?"

"저 기분 나쁜 탑의 최상층이라고 고합니다."

위트가 가리킨 곳에, 사령이 상공을 부유하는 하얀 탑이 있었다.

325

"아래층에는 30명 정도의 악당, 그중에서 셋이 특히 악당 같았다고 고합니다."

"바보처럼 정직하게 정면으로 도전하면, 세라 님과 유생체가 인질이 될 것 같군요."

"그러면, 내가 비행 마법으로 최상층에 숨어들어 두 사람을 구출할게요."

위트의 정보를 들은 아진이 생각에 잠기고, 제나가 그렇게 제안했다.

"트리아는 제나가 침입하는 것을 지원한다고 고합니다."

"그렇네요. 우리가 정면에서 쳐들어가 주의를 끄는 사이에 침입하는 것이 좋겠답니다!"

"작전은 해가 떨어진 다음에 할까요?"

"노 리에나. 잠입중인 츄키치에게서 긴급 보고. 오늘 일몰 뒤에 세라가 산제물이 된다고 악당의 보스가 말했다고 보고합니다."

"일몰까지 시간이 얼마 없어요. 카리나 님, 결행하죠."

"알겠답니다. 시작해요."

제나와 아진을 중심으로 작전회의를 하고, 몇 가지 다듬은 다음 작전이 결정됐다.

"포메이션 V, 발동 동기— 이력의 창 일제 발사!"

"""예스 아진!"""

나나 자매들이 이슬로 탑의 상공을 선회하는 사령들을 공격했다.

"신입, 가는 검다!"

"네, 에리나 씨!"

그와 동시에 에리나와 신입 아가씨 호위 메이드 페어가 불 지팡이의 화탄을 탑의 입구에 쏘아 넣었다. 갑작스런 습격을 받고, 탑에서 검과 지팡이를 든 마왕 신봉자들이 뛰쳐나왔다.

"명견지수—."

카리나가 잘못된 단어로 명경지수에 이르는 집중을 시작했다.

키이잉 소리가 나고, 카리나의 수왕장구가 홍색의 빛을 띠었다.

"—카리나 너크으으으으을!"

빨간빛을 끌면서, 카리나가 땅을 기는 것처럼 낮은 궤도로 적에게 돌격했다.

당연하게도 마왕 신봉자들이 불 지팡이나 벼락 지팡이로 요격하지만, 그런 공격은 모두 라카가 펼친 철벽의 수호가 막아냈다.

"■■……■ 비행!"
_{플라이}

카리나가 마왕 신봉자들을 쓸어버리는 걸 흘려보면서, 제나가 숲 안에서 비행 마법을 발동해 하늘로 날았다.

"저 창문—."

최상층의 창에 착지하기 직전, 제나가 아래쪽에서 살기를 느끼고 궤도를 바꾸었다.

"감이 좋은 아가씨군. 싫지 않아."

자기 날개로 나는 파란 피부의 남자가 큰소리를 쳤다.

"—마족."

"그렇다! 지도자인 이 몸에게, 마왕님께서 하사해주신 힘이다!"

짧은 뿔 마족으로 변해버린 마왕 신봉자의 리더가 이형의 몸을 뽐냈다.

"무녀를 구하고 싶다면, 이 몸을 쓰러뜨린 다음에 해라!"

외치는 것과 동시에 뿜어져 나온 보이지 않는 파동이 제나의 비행 마법을 해제했다.

"—꺅."

"떨어지도록 해라! 날개 없는 나약한 인간이여!"

마족은 지상으로 낙하하는 무력한 제나를 비웃었다.

◆

그 무렵, 지상에서는—.

"어이, 꽤나 화려하게 나오는걸?"

"이건 안 되겠군요."

붉은 체모의 마족과 노란색의 갈라진 피부를 가진 마족이 탑에서 나왔다.

그들의 눈앞에는, 카리나 일행이 해치운 마왕 신봉자들이 기절해 굴러다니고 있었다.

"그러나, 여기까지입니다."

"우리가 나온 이상—."

"—카리나, 키이이이이이이이이이이이이이이이이이이이이익!"

느긋하게 말하는 마족에게, 카리나의 필살기가 작렬했다.

"앗커가 일격에? 이 계집, 정체가 뭔가요?"

근거리 전이로 난을 피한 갈라진 피부 마족이, 뭔가에 부딪혔다.

"방심은 금물입니다— 실드 배쉬!"

"뭐라고오오오오오오!"

장녀 아진의 방패 공격(실드 배쉬)이 작렬하여 갈라진 피부 마족이 날아갔다.

"부서져라!"

차녀 이스난의 전투 망치(워 해머)가 머리 꼭대기에서 내려오지만, 갈라진 피부 마족은 아슬아슬하게 근거리 전이를 실행했다.

"크윽, 내 꼬리가!"

무사히 도망친 것처럼 보인 마족이었지만, 조금 늦어서 자랑하는 꼬리가 땅바닥에 뭉개져 있었다.

"……■ 자극의 안개(머스터드 미스트)."

"크악."

4녀 피어의 흉악한 물 마법이 근거리 전이로 도망친 마족을 감쌌다.

"이건, 뭐냐—."

목과 폐가 타 들어간 마족이 괴로워하며 안개 밖으로 굴러 나왔다.

"선회참(윈드밀 블레이드)!"

그 목을 베고자, 5녀 퓐프의 긴 자루 도끼(폴 액스)가 허공을 가르며 다가갔다.

"그런 큰 공격이 맞을 것 같—."

"백돌화(헌드레드 피어서)!"

"—크오오오."

피한 곳에 있던 6녀 시스가 단창의 러쉬로 마족을 밀어냈다.

그리고 그 끝에는 퓐프의 긴 자루 도끼가 기다리고 있었다.

묵직한 참격이 마족의 몸을 양단했다.

"이 정도로 쓰러질 것 같나!"

"그것은 허락할 수 없다고 고합니다— 카드 오픈! 그곳은 지뢰밭!"

상반신만 도망치려고 한 마족이었지만, 기다리고 있던 트리아의 연쇄 트랩에 빠져 폭발했다.

몰래 도망치려고 한 마족의 하반신은—.

"생쥐 지옥이라고 고합니다."

위트가 조종하는 쥐 마물들이 몰려들어, 뼈까지 갉아먹혀 검은 안개가 되어 사라졌다.

◆

"인간 따위에게 패하다니. 한심한 부하들이군."

지상을 내려다보는 날개 마족의 눈에 동료들이 쓰러진 것에 대한 분노는 없었다.

"어차피 즉석 하급 마족. 나와 같은 중급 마족에 한없이 가까운 존재하고는 비교가 안 된다."

번갯불이 날개 마족을 태웠다.

"무, 무슨 일인가. 어디서 공격해왔지?"

주위를 둘러보는 날개 마족의 눈에, 번갯불을 두른 제나의 모습이 보였다.

—벼락 두르기.

제나는 뇌수가 깃든 뇌명환의 힘을 둘러 낙하를 막아냈다.

"벼락 마법을 쓰는가. 제법 좋은 기습이었지만, 어차피 인간. 영창의 시간을 주지 않으면 네놈이 쓸 수는—."

마지막까지 말하지도 못하고, 제나의 발차기가 날개 마족의 배에 박혔다.

닿는 순간, 막대한 전류가 날개 마족을 태웠다.

"무, 무영창이라고? 이렇게 되면, 무녀를 인질로 잡아주마."

날개 마족이 얼음 기둥의 비를 주위에 뿌려 제나와 거리를 벌리고, 날개를 돌렸다.

"우음—."

최상층의 창으로 가는 날개 마족 앞에서, 무녀가 이쪽을 보고 있었다.

지팡이를 든 손이 날개 마족을 향했다.

"어째서, 구속이 풀려있는가?!"

"……■ 애신성창."

세라가 뿜어낸 녹색으로 빛나는 창이 날개 마족을 파헤쳤다.

"역겹고 어리석은 신의 창 따위가!"

"레이징 카리나 키이이이이이이이이이이이이이이이이이이이이이익!"

탑을 달려 올라온 카리나의 발차기가 빈사의 날개 마족을 분쇄했다.

"뇌수 일섬!"

제나의 뇌명환에서 뿜어져 나온 뇌수의 화신이 너덜너덜해진 날개 마족을 소각했다.

◆

"세라, 다친 곳은 없나요?"

"네, 괜찮아요. 제나, 카리나 님, 구조에 감사합니다."

"세라 님, 함께 잡혀간 아이는 어디에—."

"유생체는 구출했다고 보고합니다!"

자그마한 여자애를 안은 위트가 탑 안쪽에서 감금방에 들어왔다.

—찌익.

그런 위트에게, 쥐 종자가 날아갔다.

"츄키치도 잘 했다고 칭찬합니다."

—찌이이익.

"츄키치라고 하는군요. 아까는 구속을 풀어줘서 고마워요."

—찍찌익.

세라의 감사를 들은 쥐 종마가 자랑스레 가슴을 폈다.

그대로 뒤로 넘어져 떨어질 것 같았지만, 위트가 주워 올려 가슴 주머니에 넣었다.

"저쪽에서 수상한 마법진을 발견했습니다."

장녀 아진이 탑 안의 잔당을 소탕하다가 발견했다고 보고했다.

최우선으로 파괴해야 한다는 의견이 일치하여, 다 같이 마법진이 있는 방으로 갔다.

"저것이군요."

"안좋다고 고합니다."

"예스 시스. 동의한다고 고합니다."

"얼른 정화해 버리죠."

세라가 신성 마법으로 마왕 신봉 집단이 만든 사악한 마법진을 정화했다.

"이걸로 마왕이 부활하는 일은 없습니다."

정화를 마치고, 카리나와 자매들이 물리적으로 마법진을 파괴했다.

"자, 돌아가요."

◆

나흘이 지나, 비공정의 출항일—.

"제나 일행의 수련이 큰 탈 없이 될 수 있도록 기도하겠습니다."

"감사합니다, 세라."

"세라 님, 함께—."

카리나는 함께 가자고 권하려 했지만, 세라가 말없이 고개를 옆으로 저어 이어지는 말을 하지 못했다.

그런 세라의 등을 밀어준 것은 뜻밖의 인물이었다.

"다녀오세요, 세라."

"신전장님?"

—성역에서 나올 수 없는 나를 대신해서, 지금의 세상을 보고 오세요.

"그것이 무녀장님의 전언입니다. 세라가 망설이면 전하라고 부탁을 하셨어요."

"……무녀장님."

등을 밀어주는 말에, 세라가 눈물을 글썽였다.

"제나, 카리나 님, 그리고 여러분. 부디, 잘 부탁드립니다."

"""네."""

"""예스 세라!"""

이렇게, 한 명 늘어난 일행을 태운 비공정이 왕도로 출항했다.

■작가 후기

　안녕하세요? 아이나나 히로입니다.

　기다리셨습니다! 「데스마치에서 시작되는 이세계 광상곡」 29권, 간행입니다!

　전권에서 조금 시간이 지나버렸습니다만, 이렇게 「데스마치에서 시작되는 이세계 광상곡」 29권을 구매해 주셔서, 정말로 감사합니다!

　이렇게 권수를 거듭할 수 있었던 것도, 응원해주시는 독자 여러분 덕분입니다.

　앞으로도 매너리즘 타파를 마음에 새기고, 초심을 잊지 않고 지금까지 이상의 재미를 추구할 것이니, 앞으로도 변함없는 지원을 부탁드립니다.

　자, 그러면 후기를 읽고서 살까 정하는 분을 위해, 본권의 볼거리로 가보죠.

　전권에서는 격투에 이은 격투로, 어렵사리 승리를 쟁취한 사토 일행.

　「이런 싸움을 반복하면, 조만간 돌이킬 수 없는 일이 생긴다」
위기감을 느낀 사토는 불멸의 존재에 대항할 수 있는 대신병장을 찾아서, 동방소국군의 남쪽에 있는 스이루가 왕국과 마키와 왕국, 그리고 이름만 몇 번 나온 번마 미궁으로 여행을 떠납니다.

전권과 마찬가지로 WEB판 14장의 이야기를 베이스로 하고 있습니다만, 스이루가 왕국편의 도입 부분이나 인상적인 두세 개의 에피소드를 제외하고 모두 신규 집필이 되었습니다. 특히 서적판은 사토가 영창 스킬을 못 쓰기 때문에 기믹이 여러모로 변했으니, 차이를 비교해보는 것도 재미 있을 것 같습니다.

스이루가 왕국의 전반에 리자와 데이트를 하거나, 무쌍을 하거나, 구혼을 받거나, 리자 팬인 분을 위한 셀렉션의 흐름에서, 서적 오리지널 전개로 사토 일행이 스이루가 왕국의 국난을 해결하기 위해 행동합니다. 그곳에서 만난 인물이, 사실은⋯⋯.

너무 스포일러를 적으면 혼나니까, 데스마치 29권의 내용에 대해서는 이쯤에서 마무리를 할게요.

감사 인사를 하기 전에 공지 하나가 있습니다.

이번 권부터 일러스트레이터 나가하마 메구미 씨가 삽화 담당으로, 새롭게 참가해주시게 됐습니다! 참으로 멋진 일러스트를 그려주시는 분이니, 부디 기대해 주세요!

shri 씨 팬 분은 안심하세요. 일러스트레이터 교체가 아니라, 증원이라는 형태가 되니 표지는 지금까지와 마찬가지로 shri 씨가 담당합니다.

그러면 늘 하는 인사입니다!

담당 편집자 I 씨와 A 씨 두 사람에게는 아무리 감사를 해도 모자랍니다. 작품의 질을 유지할 수 있는 것도, 적절한 지적과 개고 어드바이스 덕분입니다. 앞으로도 오래도록 지도편달을 부탁 드립니다.

　또한, 멋진 일러스트로 데스마치 세계를 선명하게 채색하여 띄워주시는 shri 씨에게는 아무리 감사를 해도 부족합니다. 표지에 있는 메이코의 표정이 절묘해서 멋집니다. 이번부터 참가해주신 나가하마 메구미 씨는 급한 요청이었는데도 멋진 삽화를 그려주셔서 정말 감사합니다.

　그리고, 카도카와 BOOKS 편집부 여러분을 비롯해, 이 책의 출판과 유통, 판매, 선전, 미디어믹스에 관여해주신 모든 분에게 감사를 보냅니다.

　마지막으로, 독자 여러분에게는 최대급의 감사를!!

　본 작품을 마지막까지 읽어주셔서, 정말 감사합니다!

　그러면 다음 권, 데스마치 30권 「데지마섬 편」에서 만나요!

아이나나 히로

■역자 후기

안녕하세요? 불초 역자 돌아왔습니다.

지난 권은 사무치는 추위가 몰아치는 계절이었는데, 이번에는 윌○스 형이 다시 위대해지는 계절이 되었습니다. 여러분은 타임머신을 타고 과거의 자신을 만나면 뭐라고 하실 겁니까? 적어도 최근의 역자는 대체 여름에 에어컨 없이 어떻게 버티는 거냐고 물어볼 겁니다. 진짜 예전에는 어떻게 에어컨 없이 여름을 난 거지. 냉방병이고 뭐고 진짜 에어컨은 이제 필수품인 것 같아요.

그래서 이렇게 날이 더울 때는 어떻게 해야 하느냐. 일단 집에 틀어박혀야죠. 그리고 에어컨을 틉니다.

다음으로 틈새의 땅에 놀러 갑니다.

최근까지 역자는 루비콘에서 지내고 있었습니다. 몸이 투쟁을 요구하다 보니까요. 그런데 전에도 말한 적이 있는데 여기가 늘 겨울이라서요. 강화인간이나 강화인외나 이레귤러 놈들을 상대하다 보면 저혈압이 치료되면서 추위를 느낄 틈도 없기는 합니다만 그래도 역시 다른 계절이 그리워지는 법입니다.

힐링이 필요해. C병기들은 네스트에서 스산해진 마음을 치유해주는 참 좋은 친구들— 아~ 잠깐. 헬리안서스 넌 나가 있어.

―실례했습니다. 아무튼 네스트에서 배운 겸손을 다시 자신감으로 바꿔주는 친구들도 있기는 합니다만 역시 때로는 다른 땅으로 여행을 떠나고 싶어지는 법이잖아요. 게다가 결정적으로 이제 곧 그림자 땅이란 곳에 갈 수 있다고 합니다.

그래서 역자는 결심한 겁니다. 그래. 그림자 땅이란 곳이 열리기 전에 사계절이 풍부한 틈새의 땅을 다시 한 번 유람해보고자 아니 진짜 굴렀다니까! 그 거리에서 공격하는 게 말이 되냐! 아 피했다고! 피했단 말야! 파고 들었는데 그걸 왜 맞아아아아아아아아아아아!!!!

허억허억허억.

장담하는데 분명히 잠수함 패치가 있었어요. 아니면 말이 안 돼. 내가 틈새의 땅 오랜만에 돌아온 거긴 하지만 기억하던 거랑 뭔가가 미묘하고 애매모호하며 복잡다단하게 다른 것 같은 느낌적인 감각 같은 필링의 감이 있어요. 진짜라고.

두고 보자. 내가 언젠가 실력을 키워서 제작진의 잠수함 패치를 다 간파해주겠어. 반드시 나의 필링의 감 같은 감각적인 느낌의 증거를 잡고야 말겠다.

혹시 저혈압으로 고생하시는 분이 있다면 꼭 해보십시오. 아 괜찮아요. 맵긴 매운데 맛있어요.

그럼 여러분. 그림자 땅에서 다시 만나요!

데스마치에서 시작되는 이세계 광상곡 29

초판 1쇄 발행 2024년 12월 10일

지은이_ Hiro Ainana
일러스트_ shri, Megumi Nagahama
옮긴이_ 박경용

발행인_ 최원영
본부장_ 장혜경
편집장_ 김승신
편집진행_ 권세라 · 최혁수 · 김경민 · 최정민
편집디자인_ 양우연
국제업무_ 박진해 · 조은지 · 남궁명일
관리 · 영업_ 김민원 · 조은걸

펴낸곳_ (주)디앤씨미디어
등록_ 2002년 4월 25일 제20-260호
주소_ 서울시 구로구 디지털로 32길 30, 코오롱디지털타워빌란트 1301-1308호
전화_ 02-333-2513(대표)
팩시밀리_ 02-333-2514
이메일_ lnovellove@naver.com
ㄴ노벨 공식 카페_ http://cafe.naver.com/lnovel11

DEATH MARCH KARA HAJIMARU ISEKAI KYOSOKYOKU Vol.29
ⓒHiro Ainana, shri, Megumi Nagahama 2024
First published in Japan in 2024 by KADOKAWA CORPORATION, Tokyo.
Korean translation rights arranged with KADOKAWA CORPORATION, Tokyo.

ISBN 979-11-278-7975-4 04830
ISBN 979-11-278-4247-5 (세트)

값 11,000원

© Dachima Inaka, Iida Pochi. 2019
KADOKAWA CORPORATION

일반공격이 전체공격에 2회 공격인 엄마는 좋아하세요? 1~9권

이나카 다치마 지음 | 이이다 포치. 일러스트 | 이승원 옮김

"이제부터 이 엄마와 함께 실컷 모험을 하는 거야.", "맙소사……."
고교생 오오스키 마사토는 그렇게 염원하던 게임세계로 전송되지만,
어찌된 영문인지 그의 어머니이자
아들이라면 껌뻑 죽는 마마코도 따라오는데?!
길드에서는 「아들의 연인이 될지도 모르는 애들이니까」라는 이유로 마사
토가 고른 동료들에게 면접을 실시하고,
어두운 동굴에서는 반짝반짝 빛나는데다,
무릎베개로 몬스터를 재우는 걸로 모자라,
전체공격에 2회 공격인 성검으로 무쌍을 찍는 등
아들인 마사토가 질릴 정도로 대활약을 하는데?!
현자인데도 유감스런 미소녀 와이즈,
치유계 여행 상인인 포타를 동료로 맞이한 그들이 구하려는 것은
위기에 처한 세계가 아니라 부모자식간의 정.

제29회 판타지아 대상 〈대상〉 수상작인
신감각 모친 동반 모험 코미디!

라이트노벨의 새로운 빛! L노벨의 신간은 매월 10일에 발매됩니다. http://cafe.naver.com/lnovel11

© Takumi Minami, Koin 2017 / KADOKAWA CORPORATION

덜떨어진 마수연마사 1~7권

미나미 타쿠미 지음 | 코인 일러스트 | 이경인 옮김

자신이 받은 몬스터의 문장에 따라 우열이 정해지는 세계.
몬스터를 거느리며 싸우는『마수연마사』를 육성하는 학원,
『베기움』에 다니는 레인은 학원 유일의 슬라임 트레이너.
주변의 조소도 아랑곳하지 않고, 파트너인 펨펨을 믿으며
누구보다도 노력을 거듭하고 있었다.
그런 레인에게 집요하게 달라붙는
학년 3위의 미소녀 드래곤 트레이너 에르니아.
문장과 미모를 겸비한 완벽한 그녀가
밑바닥에 있는 레인에게 집착하는 이유는
과거의 인연이 원인인 모양인데……?!
"그 분통함은 잊을 수가 없다!
억에 하나라도 네놈이 나를 이긴다면 기꺼이 연인이든 뭐든 되어주지!!"

최약이건 최강이건 상관없다!
승리를 향한 집념이 정해진 운명에 역전극을 불러온다!

라이트노벨의 새로운 빛! 노벨의 신간은 매월 10일에 발매됩니다. http://cafe.naver.com/lnovel11

©Taro Hitsuji, Kurone Mishima 2023
KADOKAWA CORPORATION

변변찮은 마술강사와 금기교전 1~24권

히츠지 타로 지음 | 미시마 쿠로네 일러스트 | 최승원 옮김

알자노 제국 마술 학원의 계약직 강사인 글렌 레이더스는 수업 중
자습 → 취침 상습범.
그러다 웬일로 교단에 서나 싶으면 칠판에 교과서를 못으로 고정해놓는 둥,
그야말로 학생들도 기가 막혀 하는 변변찮은 강사다.
결국 그런 글렌에게 진심으로 화가 난 학생,
「교사 킬러」로 악명이 자자한 시스티나 피벨이 결투를 신청하지만—
이 해프닝은 글렌이 허무하게 패배하는 안타까운 결말로 막을 내린다.
하지만 학원에 닥친 미증유의 테러 사건에 학생들이 휘말리자,
"내 학생에게 손대지 마!"
비로소 글렌의 본성이 발휘된다!

TV애니메이션 방영 화제작!!

L NOVEL

15세 미만 구독 불가

7

신은 유희에 굶주려있다.

사자네 케이

일러스트
토모세 토이로

The Ultimate game-battles
of a boy and the gods
Novel Sazane Kei
Illustration Tomose Toiro

©Kei Sazane 2023
Illustration : Toiro Tomose
KADOKAWA CORPORATION

신은 유희에 굶주려있다. 1~7권

사자네 케이 지음 | 토모세 토이로 일러스트 | 김덕진 옮김

한가한 지고의 신들이 만든 궁극의 두뇌 게임 「신들의 놀이」.
오랜 잠에서 깨어난 신이었던 소녀 레셰는 눈을 뜨자마자 이렇게 선언했다.
"이 시대에서 게임을 제일 잘하는 인간을 데려와!"
지명된 사람은 「이 시대 최고의 루키」로 주목받는 소년 페이.
두 사람이 도전하는 「신들의 놀이」는 난이도가 너무 높아 완전 공략한 사람은 제로.
그 이유는, 신들은 변덕쟁이에 불합리하고, 가끔은 이해할 수 없으니까.
그러나 그런 게임이기에 진심으로 즐기지 않으면 아깝다!
여기에 천재 소년과 신이었던 소녀, 그리고 동료들이 펼치는
지고한 신들과의 궁극 두뇌전이 펼쳐진다!

신과 인류의 두뇌전, 드디어 개막!

NOVEL

왕의 프러포즈 1~4권

타치바나 코우시 지음 | 츠나코 일러스트 | 이승원 옮김

쿠오자키 사이카.
300시간에 한 번 멸망의 위기를 맞이하는 세계를
항상 구해온 최강의 마녀이자,
마술사가 다니는 학원의 수장.
"―너에게, 내 세계를 맡기겠어―."
그리고―
쿠가 무시키에게 신체와 힘을 물려주고, 죽음을 맞이한 첫사랑 소녀.
무시키는 사이카의 종자인 카라스마 쿠로에로부터
사이카로서 누구에게도 들키지 말고 학원에 다니란 지시를 받지만…….
클래스메이트와 교사에게도 두려움을 사고,
재회한 여동생에게서는 오빠를 좋아한다는 상의를 받는
파란만장한 생활이 기다리고 있었다!
게다가 긴장을 풀면 남성으로 돌아가기 때문에,
여성과의 키스가 필수 불가결한데?!

신세대 최강의 첫사랑!

내 화염에 무릎 꿇어라, 세계여 1권

스메라기 히요코 지음 | Mika Pikazo 일러스트 | mocha 배경화 일러스트 | 김장준 옮김

'기회만 있으면 뭔가 불태우고 싶다…….'
그런 욕구를 가진 호무라는 이세계로 불려간다.
그곳에는 똑같이 이상한 여고생이 모여 있었고
특별한 재능을 가진 그녀들에게 이 세계를 구해 달라는 이야기가 나오는데?
100년 만에 부활한 마왕, 혼란에 틈타 활개 치는 악당들.
대혼란의 시대를 평정하기 위해서 소녀들은 세계의 운명을 짊어진다―.
"당신 악당이에요? 그럼 마음 놓고 불태울 수 있죠!"
불로 정화하는 것이야말로 정의! 소각 처분에 대흥분!!
압도적 화력으로 세계를 제압하는
정상인 듯 정상 아닌 미소녀 호무라의 미래는?!

최강 방화녀의 이세계 코미디!!

라이트노벨의 새로운 빛! L노벨의 신간은 매월 10일에 발매됩니다. http://cafe.naver.com/lnovel11